KB267972

댕형 설서린

대형 설서린 8

설봉 新무협 판타지 소설

초판 1쇄 찍은 날 § 2004년 2월 12일
초판 1쇄 펴낸 날 § 2004년 2월 22일

지은이 § 설봉
펴낸이 § 서경석

편집장 § 문혜영
편집 § 장상수 · 권민정 · 유경화
마케팅 § 정필 · 강양원 · 이선구 · 김규진 · 홍현경

펴낸곳 § 도서출판 청어람
등록번호 § 제1081-1-89호
등록일자 § 1999. 5. 31
어람번호 § 제2-0333호

주소 § 경기도 부천시 원미구 심곡1동 350-1 남성B/D 3F (우) 420-011
전화 § 032-656-4452 팩스 § 032-656-4453
http://www.chungeoram.com
E-mail § eoram99@chollian.net

ⓒ 설봉, 2003

값 8,000원

ISBN 89-5505-996-5 04810
ISBN 89-5505-684-2 (SET)

대형 설서린

설봉 新무협 판타지 소설

8

무영묘(無影廟)

도서출판 천어람

목
차

8 뇌궁편(雷宮篇)

第五十章

이의전의(以意傳意)

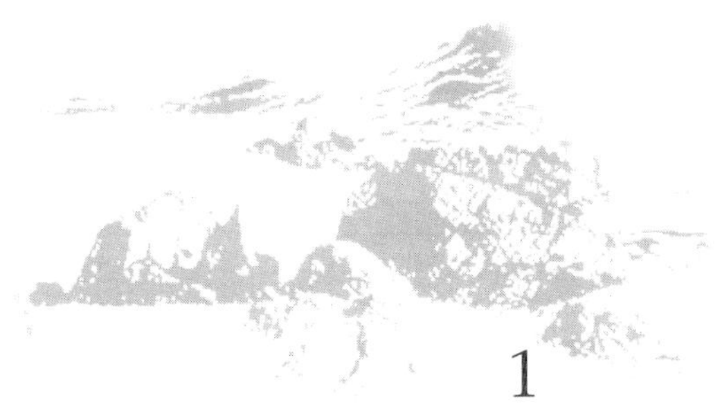

1

이의전의(以意傳意)

섬으로 들어서는 행동은 쥐가 독 안으로 기어들어 가는 꼴이다.

현문으로서는 나쁠 것이 없다. 그들이 섬을 빠져나가지 못하도록 주변만 정리하면 된다. 배나 뗏목 같은 것들이 떠다니지 못하도록 해서 발을 잘라 버린다면 오도 가도 못하는 신세가 되고 만다.

혜월이 급하게 소리를 지른 이유도 여기에 있다.

굶주린 고양이들이 침을 질질 흘리고 있는데, 그들이 빤히 바라보는 곳에서 오래 머무를 바보가 어디 있으랴.

쉭! 쉭쉭!

독사는 무공이 약한 귀주사괴 중 통음의 뒷덜미를 낚아챈 후, 쾌속하게 신법을 전개했다.

이심전심(以心傳心), 독사의 뜻은 모두의 마음에 전달되었다. 무공이 강한 자는 약한 자를 낚아채서 독사의 뒤를 좇아 치달렸다.

독사가 신형을 날리는 방향은 섬 반대 방향이다.

"지금까지의 강폭을 고려해 볼 때 섬은 그리 크지 않아요. 모양은 유엽(柳葉). 강이 갈라지고 다시 모인다면 유엽형일 가능성이 농후하죠. 마음먹고 달린다면 열을 헤아리기 전에 도착할 수 있지 않을까 싶네요. 더군다나 섬 중앙도 아니고, 끝자락에 가까운 데야."

혜월의 생각은 옳았다.

독사 패거리는 촌각 만에 섬 반대쪽에 도착했다.

섬은 유엽형으로 독사가 치달리는 곳에서는 강이 합류하는 모습까지 비쳤다.

두 개로 갈라진 강은 소리없이 합쳐지면서 인간 세상의 암투를 그려내듯 작은 부딪침을 끊임없이 흘려냈다.

쉬익! 휙!

당문삼기가 누구의 명도 받지 않은 채 강물 속으로 뛰어들었다.

명령은 이미 내려졌다. 혜월이 '지금!' 이라고 고함을 지르는 순간, 일련의 행동은 예정되었다.

당문삼기의 뒤를 이어 일수일살이, 그리고 신검서생이…… 독사 패거리는 한 명, 혹은 무더기로 강물과 하나가 되었다.

'풍덩!' 하는 소리와 함께 연신 물보라가 튀어 올랐다.

독사는 가장 마지막으로 물에 뛰어드는 지천도에게 통음을 던져 주었다.

"자네는?"

지천도가 통음의 육신을 받아 안으며 물었다.

"조금 있다가 가죠."

"시간이 없네!"

“요지성녀가 올라오고 있어요. 만나봐야 할 것 같습니다.”

지천도는 잠시 망설이는 듯하다가 결단을 내렸다.

“익숙지 않은 싸움은 누구나 부담스러운 법이네. 자네도 마찬가지지. 물속에서 벌이는 싸움이라면 자네도 한 수 접어야 해. 무슨 말인지 알겠나?”

독사는 이미 몸을 돌리고 있었다.

“제게는 어느 싸움이나 익숙지 않습니다. 그건 저뿐만이 아니라 누구라도 마찬가지일 겁니다.”

독사는 유엽의 끝, 섬의 뾰족한 부분으로 걸어갔다.

지천도에게 말했듯이 무인에게 익숙한 싸움이란 있을 수 없다.

똑같은 장소에서 똑같은 상대와 똑같은 무공으로 싸우더라도 승패는 갈릴 수 있다. 어제는 이겼어도 오늘은 질 수 있다. 무인에게 싸움이란 언제나 생소한 것이다.

독사는 이번 탈출에서 암혼사 내력을 일성 이상 끌어올린 것에 비견될 만한 정도의 깨달음을 얻었다. 깨달음에 양과 폭, 깊이를 측정한다는 자체가 어리석은 행동이지만 그만큼 현실적인 깨달음이었다.

능자(能者)와 무능자(無能者)의 차이는 백지 한 장이다.

참 우습다.

수십 년의 고련이 하루아침에 물거품이 되어 허공 중에 흩어질 수 있다는 게.

만무타배가 무너졌다.

쉽게 무너지지 않을 사람인데 무너지고 말았다. 견뎌낼 수 있을 것이라고 생각한 상대에게 무너진 것이 더욱 충격이다.

일(一)은 이(二)를 이기고, 이(二)는 삼(三)을 이긴다. 당연히 일(一)은 삼(三)을 이겨야 하지만, 오히려 삼이 일을 이긴다.

이런 물고 물리는 관계는 일상사에서 흔히 찾아볼 수 있다.

무림에서도 이런 경우는 종종 발생한다. 서로 간의 무공 차가 현격하게 벌어지지 않는 이상 언제 어디서든 볼 수 있는 삼각관계다.

무공 차가 현격하게 벌어지지 않는 이상.

여기서 독사는 충격을 받았다.

쉽게 무너지지 않을 자, 만무타배가 현문 고수들에게 당했다.

독사의 판단으로는, 독사 자신이 현문 최강자들을 만나보았지만 그들 무공으로는 만무타배를 무너뜨릴 수 없다. 현문 고수들이 중원을 쥐락펴락하는 최강자인 것은 틀림없지만, 만무타배는 그들을 뛰어넘는 초절정무인 중 한 명이다.

당시 같으면 판단이 잘못되었다고 할 수도 있지만 어느 정도 무공이란 것에 눈을 뜬 지금, 그는 자신이 내린 판단에 확신을 가질 수 있다.

현문에서 가장 많이 접했던 사람은 소천검객.

지금 그에게 소천검객과 싸우라고 하면 망설임없이 싸울 자신이 있다. 승패는 어떻게 될지 모르지만, 적어도 싸움에 임해 머뭇거릴 이유는 없다.

반면에 만무타배와 싸우라고 하면 생각을 해야 한다.

오공사수에게 십초지적밖에 되지 않는 만무타배지만, 독사에게는 역시 버거운 상대다. 암혼사가 일성밖에 이르지 못했을 때, 만무타배와 겨뤘고 패배했기 때문에 그런 생각이 드는지도 모르지만…….

오공사수와 만무타배, 또 오공사수와 요지성녀의 싸움은 일반적인 상식에서 생각하면 안 된다.

그들은 서로의 무공에 대해서 환히 알고 있다.

초식의 흐름이며, 장단점은 물론이고 파훼 방법까지 알고 있다.

만무타배는 오공사수에게 십 초도 견디지 못했지만, 오공사수에게 이십 초 이상 견뎌낸 자신과 비교해서 약하다고 볼 수 없는 존재다. 설혹 오공사수와의 싸움에서 자신이 이겼다고 해도 만무타배를 이긴다는 보장은 어디에도 없다. 만무타배와의 싸움은 승패를 가늠할 수 없는 전혀 새로운 싸움이 될 것이다.

그런데 자신조차도 싸울 수 있을 것 같은 현문 고수들에게 만무타배가 쉽게 당했다.

이유가 있다.

현문 고수들은 마단의 무공을 마단 무인들만큼이나 낱낱이 파악하고 있다. 철저하게 연구했고, 파훼법을 창안해 냈으며, 자신들보다 두어 수 윗길에 있는 고수와 맞부딪쳐서도 사용할 수 있을 만큼 수련해 냈다.

그런 사람들에게 마단 고수들은…… 어쩌면 삼류고수와 싸우는 것만큼이나 쉬운 상대일지도 모른다. 하물며 현문 고수들은 절대 약한 자들이 아니다.

탐지해 낸 허실을 찔러댈 수 있는 무공을 지닌 자는 약자의 범주에서 벗어난다.

능자와 무능자의 관점이 바뀌는 순간이다.

세상에 절대 강자는 없다.

무림에 나와서 단 일 초밖에 전개하지 않은 절대 강자라 할지라도, 무공이 노출되고 나면 무공을 전개하기도 전에 무너질 수도 있다. 상대가 자신과 같은 절대 강자가 아니라 자신이 경멸했던 자일지라도.

물론 무공이란 수련한 사람의 정도에 따라서 삼류무공도 일류무공으로 변모하지만, 허실이 완벽하게 노출된 무공이라면 약점 하나는 잡히고 들어간 싸움이다.

'상대를 알면 싸움이 한결 쉬워진다.'

우습게도 삼척동자조차도 알고 있는 사실이 새삼스럽게 부각되었다.

오공사수에게 절대무에 버금가는 무공을 수련해 낼 자로 인정받은 그가 크나큰 진리인 양 얻어 들인 것이 고작 길거리에 굴러다니는 무언(武言) 나부랭이였다.

독사는 무덤덤한 표정으로 강을 쳐다봤다.

배는 그들을 태우고 유유히 나아가고 있어야 옳으나, 완전히 침몰하여 흔적조차 남지 않았다.

배에 타고 있던 무인들도 침몰하는 배와 함께 사라져 버렸다.

만무타배 역시 강물 속으로 침잠하여 떠오르지 않는다.

'이번 싸움은 현문이 득을 봤군.'

하지만 현문이 얻은 이득은 크지 않을 것이다. 이득이라고 해봤자 손톱만큼도 되지 않으리라.

만무타배의 제거가 현문에 무슨 득이 되랴. 또한 득이 된다 할지언정 현문 또한 상당수의 무인들을 잃었을 텐데.

쉬익!

가벼운 미풍이 살랑인다 싶은 순간 요지성녀가 사뿐히 날아올랐다.

그녀의 표정은 밝았다.

사제 만무타배의 생사를 짐작할 수 없는데도 봄바람처럼 훈훈한 미소를 머금었다.

　처음 그녀를 만난 사람이라면 포근한 느낌을 받았으리라. 무공과는 상관없는, 명문대가의 부유한 마님 정도로 오인했으리라. 어려운 사람을 보면 넉넉하게 베풀고, 작은 실수쯤은 웃음으로 넘기는 마님.

　"동생, 만무타배가 편지를 썼는데 보여줄까? 혈서라서 보기 좀 그런데 읽기 싫다면 말로 해줄 수도 있고."

　"성녀, 난 동생이 아니오."

　"호호호! 아무렴 어때? 세상에 형으로 태어나고 싶어서 형으로 태어나고, 동생으로 태어나고 싶어서 동생으로 태어난 사람이 있나? 모두 인연 맺기 나름 아니겠어?"

　"혈서라고 했소? 혈서를 주시오."

　요지성녀가 몸소 왔으니 혈서는 필요없었다.

　즉, 만무타배 자신도 서신을 적을 때는 요지성녀를 사자로 보낼 생각이 없었던 것이다.

　요지성녀가 자신에게 온 것은 자의(自意)다.

　그런 생각은 혈서를 읽는 동안 더욱 굳어졌다.

　혈서에는 예상했던 대로 마단과 접촉할 수 있는 방법이 간단하게 기재되어 있었다.

　독사가 마단과 접촉하기 위해 노력할 것은 없었다.

　혈서 내용대로라면 절대무를 수련해 냈다는 자신이 들면 은신한 거처의 문가에 빨간 깃발을 꽂아놓으면 그만이다. 어디에 은신해 있든, 심심산골 깊은 곳에 은거해 있더라도.

　혈서에는 중원 어디에 숨어도 마단의 눈길을 피할 수 없다는 자신감이 내재되어 있다.

　이런 자신감은 어디서 나오는 것일까?

이쪽에 두뇌가 있으니 어쭙잖게 숨지 않으리란 것은 잘 알고 있을 터인데. 숨기로 작정한다면 두 번, 세 번 확인해 가면서 완벽하게 숨어 버릴 텐데.

또 한 번의 동상이몽(同床異夢)이다.

현문과 마단의 첫 번째 동상이몽은 어떻게 끝났을까? 현문의 생각이 옳았나, 마단의 생각이 옳았나. 현문과 마단의 입장을 알지 못하니 승패도 명확하게 말할 수 없었다. 그러나 한 가지, 수중왕이라는 괴물들이 이번만은 왕이 되지 못했다는 것은 분명했다.

두 번째 동상이몽, 독사는 숨을 자신이 있고 만무타배는 어디서든 깃발만 꽂아놓으라고 했다. 기껏해야 마을 사람들밖에는 볼 수 없는 깃발을. 이 넓디넓은 중원에서.

'바닷가에서 모래알을 찾겠다는 건가? 자신있으니 이런 혈서도 보냈겠지.'

"잘 알아들었소."

독사는 혈서를 돌려주었다.

요지성녀는 받지 않았다. 대신 생글생글 웃으며 물어왔다. 노파라고는 믿어지지 않는 중년 여인의 웃음, 그것도 애교가 듬뿍 묻어나는 웃음이었다.

"어떻게 빠져나갈 거야? 쉽지 않을 것 같은데?"

"걱정 마시오."

"왜 걱정이 안 되겠어. 그렇게 말하니 너무 쌀쌀맞다. 여자들은 정 감있는 사내를 좋아한다는 것도 몰라?"

"그럼 이만."

독사는 더 이상 요지성녀와 나눌 말이 없었다. 또한 벌써 강으로 뛰어든 패거리들의 안위도 걱정되었다. 빨리 가봐야 한다. 그런데……

그가 걸음을 떼어놓자, 요지성녀도 사뿐사뿐 따라오는 것이 아닌가.

"왜 따라오시오?"

"따라가긴. 내 갈 길 가는 것뿐인데."

"뭐요?"

요지성녀가 올 때부터 불길한 예감이 들었다. 그리고 불행히도 그 예감은 들어맞았다.

애초 전서 같은 것은 수하를 시켰어도 될 일이다. 그리 중요한 내용이 기재되어 있는 것도 아니고 깃발 하나 꽂아놓으라는 내용이니 굳이 사람을 보낼 것도 없이 활 같은 것을 이용했어도 무방하다.

요지성녀가 패거리와 같이 움직이려고 하는 것은 그녀가 면전에 서 있는 것을 보는 것과 마찬가지로 그녀 스스로 택한 자의(自意)다.

만무타배 역시 혈서를 적을 때만 해도 요지성녀의 마음을 알지 못한 듯하다. 그러니 혈서를 적었겠지. 요지성녀가 말로 전해도 충분한 것을.

아니다. 서신 자체가 필요치 않았다. 요지성녀가 따라나서는데 무슨 서신이 필요하단 말인가.

그녀가 독사 패거리를 따라나서는 이유는 간단하게 추측된다.

여자 골인 예광.

요지성녀와 예광 사이에 무슨 사연이 있는 것만은 틀림없다. 하지만 그것이 요지성녀 같은 고수를 움직이게 만들 만큼 비중이 클 줄은 몰랐다.

"안 가? 빨리 가지 않으면 마수귀나 현문도에게 당할 수도 있는데, 걱정이 안 되나 보지?"

독사는 요지성녀를 힐끔 쳐다본 후, 신형을 날렸다.

그녀가 따라오든 따라오지 않든 상관없었다. 자신들이 가는 길을 막지만 않는다면 철망을 지키든 마단 무인들 전원이 따라오더라도 상관없었다.

휘이익……!

독사의 신형은 한 줌 바람이었다.

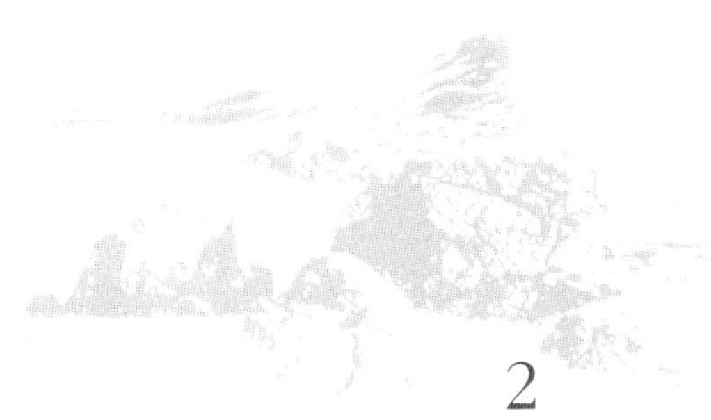

기러기 떼가 하늘을 나는 모습을 보면 참으로 아름답다는 감탄이 절로 튀어나온다. 또한 아름다움 속에 숨겨져 있는 생존 본능과 질서까지 읽어낸 후에는 자연의 신비함에 절로 고개가 끄덕여지곤 한다.

기러기 수천 마리를 이끄는 것은 단 한 마리.

무리를 이끄는 놈이 동쪽으로 날면 동쪽으로 따라가고, 서쪽으로 날면 서쪽으로 따라간다.

중간에 낙오하는 놈들도 더러 있고, 무리에서 떨어져 나와 안주해 버리는 놈들도 있지만, 대부분은 우두머리 기러기를 따라 날개를 젓는다.

독사 패거리를 인도하는 우두머리 기러기는 당호였다.

당호는 물속으로 뛰어들기 무섭게 물속 정황을 살폈고, 다음으로 독사 패거리를 챙겼다.

적이 물속에 있으니 물속 정황을 살피는 일이야말로 최우선적으로 해야 할 일이다. 두 번째로 독사 패거리를 안전하게 뭍에 올려놓을 책무가 있으니 하나하나의 유영 실력을 살펴봐야 한다.

당호가 독사 패거리를 살펴본 결과 불행 중 다행으로 유영 실력들은 뛰어난 편이었다.

패거리 중에 가장 유영을 못하는 사람이 대물인데, 그도 도움을 받아야 될 정도는 아니었다.

당호는 대물을 기준으로 삼았다.

가능한 신속하게 빠져나가려면 중간 정도에 기준을 두고 움직여야 하겠지만, 낙오자를 단 한 명이라도 남기지 않으려면 최하위의 능력에 기준을 둬야 한다.

당호는 대물이 유영하는 속도에 맞춰 천천히 자맥질했다.

물속은 투명하리만치 맑았다. 물 밖과는 비교할 수 없지만 접근이 환히 드러나 기습을 하더라도 충분히 반응할 정도는 시계가 확보되었다.

'이런 데서 싸웠단 말이군.'

당호는 시계를 확보했음에도 방심하지 못했다.

마수귀와 현문 고수들은 이런 곳에서 싸웠다. 기습의 효과가 전혀 나타나지 않는 곳에서. 그렇다면 양쪽 모두 진신(眞身) 수공(水功)으로 싸웠다는 말이 된다. 수공의 달인들. 어느 쪽이든 경시할 수 없다는 것을 의미한다.

마수귀가 익힌 수공은 어떤 것이며, 현문 고수들이 익힌 수공은 무엇인가. 또 자신들을 향해 다가올 사람들은 마수귀인가, 현문 고수들인가.

첨벙! 첨벙……!

허우적거리는 손발의 놀림에 따라서 물보라도 크게 튀었다.

일부는 고양이에게 쫓기는 쥐 떼처럼 정신없이 앞으로만 나아갔다. 그들은 물속 정황을 살필 겨를도 없었다. 또 다른 일부는 당호처럼 잠수를 하여 물속을 살피며 나아갔다. 그들의 유영 솜씨는 물살을 크게 일으키지 않으면서도 빨랐다.

‘무사히 강을 건널 수 있도록 해다오.’

당호는 자신의 생각이 터무니없다는 것을 잘 알면서도 내심 빌고 또 빌었다.

그는 자신의 능력을 냉정하게 계산했다.

사천성에서는 이름난 무인. 당문으로 들어가면 존경 어린 눈길마저 받는 무인. 그러나 이곳에는 세상에 선보인 적이 없는 고수들이 구름처럼 모여 있다. 그리고 그 속에서 자신은 겨우 이류무인을 갓 벗어난 정도에 불과하다.

오공사수는 얼마나 놀랍던가. 만무타배는, 요지성녀는. 그들의 제자로 보이는 자들의 무공도 자신을 상회하고…… 또 그들을 상대하는 현문 고수들의 무공은 어떤가.

싸움이 벌어진다면 득보다 실이 많을 것 같다.

믿는 것은 오직 하나, 부균독.

그것도 지금은 믿을 수 없다. 지상에서라면 확실히 보증할 수 있는 맹독(猛毒)이지만 물속에서도 그만한 효과를 발휘할지는 미지수다.

당호의 바람은 채 삼 장을 나아가지 못하고 공염불이 되었다.

물고기가 헤엄을 치듯 아주 자연스럽게 유영하며 다가오는 이들.

머리끝부터 발끝까지 척 보기에도 미끈거리는 검은 가죽을 뒤집어

쓴 자들.

그들의 움직임은 물개처럼 부드럽고 우아했다.

그들이 마단의 마수귀인지 현문 고수들인지는 분간할 방도가 없다. 직접 손속을 맞대더라도 본인들 입으로 신분을 밝히지 않는 이상 어느 쪽 사람인지 알아낼 방도는 없다. 일반적인 통념으로는 무공을 보면 파악할 수 있는데, 이곳에 나타난 무인들은 한결같이 신비막측해서 무공으로도 가늠하지 못한다.

분명한 것 한 가지는 있다. 그들이 손을 쓸 만큼 가까이 다가오게 내버려 두어서는 안 된다는 것.

당호는 물살의 흐름에 유의하면서 손에 들고 있던 죽통 마개를 열었다.

오징어가 먹물을 뿜어내듯 검은 물이 쏟아져 나왔다. 그러나 죽통에서 흘러나온 먹물은 빠른 물살에 휩쓸려 순식간에 사라져 버렸다. 드넓은 강물에 비하면 죽통 속의 먹물은 코끼리 발바닥에 긴 때만큼도 되지 못하는 적은 양이다.

'부처님! 이번 한 번만 제대로!'

모순도 이런 모순이 있을까. 사람을 살상하면서 부처님께 간구한다는 것이 말이 되는가.

부처님은 기적을 일으켜 주었다.

유유하게 다가오던 자들이 급살이라도 맞은 듯 꿈틀거리더니 양손으로 목을 움켜잡고 발버둥 쳤다.

그러나 정작 당호는 그들을 보지 못했다.

위험은 당호 일행에게도 존재했다. 위에서 아래로 흐르는 것이 물살이라지만, 일시간에 퍼져 나간 부균독의 영향이 위쪽에 미치지 않으리란 보장은 하지 못했다.

또 한 가지 위험은 이제 당호에게는 부균독이 없다는 사실이다.

그가 무려 반년에 걸쳐서 찾아 헤맸던 적엽시균은 상당한 양이었으나 부균독으로 정제하고 나니 죽통 하나를 간신히 채웠을 뿐이다.

죽통 하나라고 간단하게 말해서는 곤란하다. 분말로 만들었으면 능히 천 명을 죽이고도 남을 양이다.

강물에 살포해야 하니 액으로 만들었고, 강이 넓다 보니 한 번에 살포할 수밖에 없었다. 그것도 강 전체에 영향을 준 것이 아니라 극히 적은 범위, 상류에서 하류로 적이 다가오는 방향을 향해 흐르는 물살에만 제한적으로 영향을 주게 된다.

검은 가죽 옷을 입은 자, 세 명이 발버둥을 멈추고 축 늘어진 채 둥실 떠올랐다.

당호는 조급해졌다.

검은 가죽 옷을 입은 자들은 더 이상 보이지 않지만 대신 다른 자들이 눈에 띄었다.

생선 비늘 같은 어선갑(魚鮮鉀)을 입은 자들로 검은 가죽 옷을 입은 자들의 죽음에 놀라 쉽게 다가오지 못하지만 호시탐탐 기회를 엿보는 듯했다.

그들은 강 속 여기저기에 흩어져 있다.

하나같이 갈대를 길게 이어놓은 것 같은 대롱을 입에 물고 있다.

그들이 수면 위로 얼굴을 내밀지 않고도 숨을 쉴 수 있는 이유가 거기에 있는 듯하다.

저러한 대롱을 입에 물고 있다면 몇 날이고 물속에 잠겨 있어도 곤란하지 않을 것 같다. 반면에 대롱은 그들의 행동에 제약을 주기도 한다. 그들 역시 사람인지라 대롱이 미치지 않는 범위로 이동하려면 숨을 참아야 하기 때문에.

당호는 그들의 위치를 눈여겨본 후, 수면 위로 솟구쳐 올랐다.

"푸우!"

참고 참았던 숨을 길게 쏟아냈다.

가슴이 꽉 막힌 듯하던 답답함이 일거에 사라지면서 맑고 상쾌한 공기가 폐부 깊숙이 파고들었다. 그러나 상쾌함을 맛보는 것도 잠시, 당호는 다시 물속으로 자맥질해 들어갔다.

어선갑을 입은 자들이 황망하게 자리를 뜨는 모습이 보였다. 몇몇이 먼저의 흑색 가죽 옷을 입은 자들처럼 두 손으로 목을 움켜잡고 괴로워하는 모습도 보였다.

뒤늦게 퍼져 나간 물살에 중독된 것이다.

이들의 고통은 먼저 사람들보다 훨씬 지독할 것이다. 먼저 사람들은 무지막지한 독류(毒流)에 휩쓸려 지극히 짧은 순간에 절명하고 말았지만, 어선갑을 입은 사람들은 어느 정도 독기가 흩어진 물살에 당했기에 죽음도 서서히 찾아든다.

'다행이야. 이제 강은 무사히 벗어났어.'

당호는 빈 죽통을 버리지 않고 곧게 잡았다.

자라에게 놀란 가슴 솥뚜껑 보고 놀란다고…… 죽통을 들고 있는 이상은 쉽게 다가오지 못할 것이다. 미수귀가 아니라 천신이라 할지라도.

강안으로 올라서는 순간부터 무리를 이끄는 우두머리 기러기는 혜월이 맡았다.

혜월은 누구보다도 조몽산(鳥蒙山), 일명 봉운령산(鋒云靈山)이라고 불리는 명산(名山)에 대해서 손바닥 들여다보듯이 알고 있다.

아니, 그 말은 잘못되었다. 혜월 역시 조몽산에 대해서는 잘 알지 못한다. 워낙 이름난 산인지라 모르는 사람이 없다지만, 모두들 수박 겉핧기 식으로 알고 있을 뿐 조몽산을 낱낱이 아는 사람은 없다.

그만큼 넓고 깊은 산이다.

혜월이 알고 있는 곳은 조몽산 중에서도 비락봉(枇珞峰)이다.

비락봉은 자신있게 말할 수 있을 만큼 속속들이 알고 있다.

혜월이 비시문에 입문하여 백가지모(百家智謀)를 전수받은 후, 구도에 전념하기 위해 입산한 곳이 비락봉이기 때문이다.

혜월은 비락봉에서 태어나 성장한 사람이나 다를 바 없었다.

"오십 리는 벗어나야 안심할 수 있어요. 빨리 움직여요."

혜월은 뭍에 올라서기 무섭게 움직이려고 했다.

"대형이 오지 않는데 기다려야 하는 것 아니오?"

왕가달이 뒤를 돌아보며 말했다.

독사 패거리 중 일부는 물속에서 무슨 일이 벌어졌는지 알지 못했다. 당호가 부균독을 풀었고, 그 영향이 자신들에게 미칠 수 있었다는 사실도 까마득히 몰랐다.

왕가달이 그중 한 명으로 아무 제지 없이 강을 건넌 것으로 생각하고 있다.

아니다. 상황은 무척 급박하다. 물속에서 다가서지 못한 자들은 뭍에서 다가올 것이다. 그러나 독사가 따라오지 않고 있는데, 어느 길로 갔는지 모를 것이 자명한데 무작정 내뺄 수도 없고.

모두들 망설이고 있을 때 지천도가 나섰다.

"우린 양쪽에서 표적이 되어버렸네. 마단은 우리들…… 골인들이 세상에 나가는 것을 달가워하지 않아. 마단은 사마 무리지만 무림에 뚜렷한 악행을 저지를 것도 아니고, 지금은 무사할 수 있지. 하지만 우리가 무림에 나간다면 상황이 달라지지 않겠나. 우릴 본 무림인들은 치를 떨 테고, 마단을 척살(刺殺) 제일공적(第一公賊)으로 명명할 테지. 마단이 우릴 지금까지처럼 통제하지 못할 상황이 된다면 반드시 죽이려고 할 걸세."

말을 잇는 지천도의 안색은 검은 그늘로 덮였다.

"그렇다고 우리가 무림에 나갈 수 있는 상황도 아니네. 무슨 이유에선지 현문도 우리가 무림에 나가는 것을 달가워하지 않고 있네. 이 싸움은 무림과는 상관없이 현문과 마단이 벌이는 싸움인 것 같은데…… 고래 싸움에 새우 등 터진 게지."

"현문이…… 우릴 죽이려고 할 거란 말이오?"

냉설이 물었다.

"아직은…… 우선은 잡아두겠지. 무엇인가 그들에게 필요한 것이 있을지도 모를 테니까. 하지만 종국에는 죽일 걸세. 아니면 아무 눈에도 띄지 않는 곳에 감금할지도 모르고. 멸혼촌 같은 곳 말일세."

"어른 말이 맞습니다. 우린 양쪽에서 협공을 받고 있습니다. 이곳에 남을 수도 없고, 무림으로 돌아갈 수도 없습니다."

마천옥이 말을 할 것도 없다. 자신들의 처지가 진퇴양난(進退兩難)이라는 것은 진작부터 알고 있었다.

결국 방도는 하나뿐이다. 자신들끼리 똘똘 뭉쳐 난관을 타개해 나가야 한다. 마단과 현문 싸움의 중심에 위치했던 자신들이 살아남을 방법은 그것밖에 없다.

"우린 독사를 기다려야 하네."

지천도가 한숨 섞인 음성으로 말했다.

엽수낭랑은 이들의 대화에 끼어들지 않았다. 그녀는 희한한 경험을 하고 있었다.

그녀의 눈에는 물에 흠뻑 젖은 사람들의 모습이 보이지 않았다. 보이기는 보였지만 자신과는 상관없는 사람들처럼 희미하게 보였다. 그들이 무엇이라고 말을 나누고 있지만, 그 말 또한 그녀의 귀에는 의미없게 들렸다. 떠들썩한 시장바닥에서 중구난방(衆口難防)으로 들리는 웅성거림에 지나지 않았다.

그녀는 주위에 있는 사람들에게서는 느낄 수 없는 전혀 다른 기운을 감지해 냈고, 모든 의식을 집중시켰다.

낯설면서도 익숙한 느낌이었다.

대단한 모순이지만 그녀는 처음 사람을 만났을 때처럼 낯선 느낌을, 그러면서도 아주 친근하면서도 가깝게 느껴지는 기운을 달리 해석할 방법이 없었다.

'뭐지, 이건?'

주위를 두리번거렸다.

나무도 있고, 바위도 있고, 흙도 있다. 물도 있다. 그러나 사람 그림자는 보이지 않는다.

숨어 있는 것일까? 독사가 그랬던 것처럼 자신 또한 숨어 있는 자들의 기도를 읽어내고 있는 것일까?

처음에는 그렇게 생각했다. 그래서 긴장하기도 했다. 그러나 시간이 지날수록 낯설다는 느낌 대신 정겨운 느낌이 소록소록 깃들어 마음마저 평온하게 만들어주지 않는가.

적어도 마단이나 현문 고수들은 아닌 것 같은데…….

잠시 시간이 더 흐른 후, 엽수낭랑은 자신이 감지한 기운의 정체를 알아냈다.

'독사야!'

놀라운 경험이다.

독사는 어디에 있는 것일까? 강을 건너는 중은 아니다. 강은 아무런 일도 없었던 것처럼 무심히 흘러가고 있다. 그곳에서는 그 어디에도 사람 모습을 발견해 낼 수 없다.

물속으로 잠수해 오는 것일까?

그럴 수도 있겠지만…… 엽수낭랑은 아니라고 확신했다. 확신의 근거가 어디에 있는지 말하라고 하면 할 수 없다. 딱 꼬집어서 말할 수 있는 성질이 아닌 단순한 느낌일 뿐이지만…… 그래도 확신했다.

독사는 아직 섬에 있다.

느껴지는 기운이 싱그럽다. 물에 젖은 축축한 모습이 아니라 벼랑에서 찬바람을 맞고 서 있는 듯.

엽수낭랑은 진기를 운용하여 전신에 휘돌렸다.

'번뇌가 찾아들었나? 풋! 생각이 지나치면 심마가 깃드는 법인데, 내가 그런…… 아닌데?'

느낌으로는 독사가 곁에 있는 듯하다. 코로는 독사의 체취가 맡아진다. 눈에만 보이지 않을 뿐…… 장님이었다면 독사가 옆에 있다고 생각해도 좋을 정도이니.

다시 한 번 심호흡을 깊게 하며 암혼사를 운용했다.

그래도 마찬가지다. 옆에 없는 독사가 손을 뻗으면 만질 수 있을 것처럼 가깝게 다가선다.

'혹시 이게 그……!'

엽수낭랑의 머리 속에 퍼뜩 독사의 음성이 스쳐 지나갔다. 몽환소에 중독되어 골인이 되느냐 정상인으로 돌아오느냐 하는 막바지 고비에서 독사가 일러준 말이다.

"획천안(獲天眼), 천이(天耳), 타심(他心), 천리감지(千里感知), 천리진 치각충질병(千里診治各种疾病)…… 이 부분은 당장은 필요없을 것 같 소. 암혼사의 효능 중 하나인 것으로 추측되는데, 나도 아직 성취하지 못한 부분이라 단정할 수 없어서 일러주기는 하지만……."

암혼사는 열이 배우면 열 가지 무공이 창출된다는 신비의 무공이다. 어떻게 그럴 수 있을까 하는 의심은 지금도 가지고 있지만 한 사부에 게 같은 구결을 전수받아도 수련한 결과는 달리 나온다는 것이다.

독사는 암혼사를 일러주면서도 엽수낭랑이 수련해 낼 무공의 성질 에 대해서는 전혀 알지 못했다. 자신이 수련한 무공이면서도.

하늘의 눈과 하늘의 귀를 얻는다. 내 마음을 다른 사람의 마음처럼 냉정하게 볼 수 있게 되며, 천 리 밖의 일을 감지할 수 있다. 궁극에 이 르면 천 리 밖에서 일어나는 질병도 치료할 수 있다.

꿈같은 일이다.

그런 경지에 이르면 인간의 범주를 벗어나 신의 영역에 들어섰다고 할 수 있을 게다.

몽환소에서 풀려난 후, 엽수낭랑이 암혼사에 심취되어 있을 때 독사 가 지나가는 말로 말했다.

"난 이 암혼사란 무공을 도대체 모르겠소. 어느 순간에는 오성의 경지까지 이르렀다고 생각한 적도 있지만 기연을 얻어 무공 성취가 높아진 후에는 겨우 이성에 들어섰다는 것을 알았소. 지금의 내 판단도 맞다고는 할 수 없소. 지금 내가 생각하고 있는 십성 경지가 막상 도달했을 무렵에는 겨우 일성에 불과할지도. 암혼사는 끝이 없는 무궁무진한 무공 같소."

엽수낭랑은 성취에 연연하지 않았다. 그녀의 뜻은 의도(醫道)에 있었지 무공에 있지 않았기 때문에.

그렇다고 무공 수련을 게을리 한 것도 아니다.

그녀 역시 무림인. 의도에 뜻을 두고 있다지만 무공 수련 역시 게을리 할 수 없다.

그녀에게 불현듯 찾아온 이상한 감각은 옛 기억을 되살려 놓았다.

'맞아! 이게 암혼사! 암혼사가 독사의 모습을 보여주고 있어!'

독사는 무공 수련에 몰두하여 며칠이고 두문불출할 때도 많았다.

몹시 보고 싶었다. 어떤 때는 너무 보고 싶어서 바늘로 손끝을 따기도 했다. 그러면서도 찾아가지 않았다.

빙굴에 남아 있는 그를 보며 힘없이 발길을 돌려야 했을 때처럼 그의 마음속에 담겨 있지 않으면서도 그를 연모하는 여인이 감수해야 할 서러움이기에.

자신에게 그는 연인, 그러나 그에게 자신은 누이일 뿐. 가까이 다가서려고 하면 오히려 더 멀어질 사내인 것을.

대신 혼자만의 상상은 마음껏 할 수 있었다.

내색은 하지 않았지만 그녀의 마음은 온통 독사에게 집중되어 떨어질 줄 몰랐다. 그가 말을 할 때도, 무공을 수련할 때도…… 자신이 연단을 하고 있을 때도…… 그를 보고 있을 때나, 보지 못할 때나…… 독사의 생각을 떨친 적이 없었다.

생각을 하려고 노력한 것이 아니라 생각을 하지 않으려고 애써도 성난 독사처럼 고개를 쳐드는 연모의 마음을 지우지 못했다.

그런 마음이 암혼사와 손을 잡고 이런 형태로 나타난 것이리라.

'암혼사…… 성취가 높아졌어. 나도 독사처럼 기운을 읽을 수 있어. 독사가 주변 기운을 읽어낼 때, 어떤 식으로 읽어내는지 늘 궁금했는데…… 이런 거였어.'

기뻤다. 너무 기뻐서 하늘이라도 날고 싶었다. 암혼사의 성취도가 높아져서 기쁜 것이 아니라 독사가 멀리 있어도 그의 기운을 감지할 수 있기에 기뻤다.

"우린 독사를 기다려야 하네."

힘없이 말하는 지천도의 음성이 들려왔다.

독사의 느낌을 뚜렷이 잡으면서도 주변과 어울릴 수 있을 만큼 적응이 된 게다.

낯선 느낌…… 그것은 독사의 느낌이 아니었다. 암혼사가 그녀의 감각을 일깨우는 작용이 비항파의 내공심법으로 감각을 끌어올리는 작용과 너무도 다르기에 잠시 혼동이 생겼던 게다.

낯선 느낌 속에 깃들었던 정겨운 느낌이 진실이었다.

엽수낭랑은 즉시 말했다.

"그럴 필요 없어요. 독사는 무사해요. 싸우는 것도 아니고요. 우리가 지체해서 포위라도 당하거나, 적이라도 만난다면 그게 오히려 독사에게 짐이 될 거예요. 혜월 언니, 빨리 앞장서세요."

엽수낭랑의 말을 증명이라도 해주듯 신령이 말을 받았다.

"이런! 여기 신령이 한 명 또 생겼네. 이래서는 중원에 돌아가도 빌어먹기 십상이겠어."

"거참! 답답하게 뜸 들이지 말고 뭐 본 게 있으면 빨리 말하쇼. 이거야 원 답답해서."

광안이 대뜸 면박을 주자,

"이놈아, 보는 거야 네 전문이지 내 전문이냐? 왜 눈으로는 볼 것이 없디? 쯧! 내가 본 건 두 가지야. 하나는 독사의 운이 끝나지 않았다는 것. 당 소저 말대로 안심해도 좋을 것 같고. 또 하나는 이 주변을 둘러싼 기운이 숨을 조여와. 호랑이 수천 마리가 산에 풀려 있는 느낌이니…… 여기서 잠시라도 더 머무르다가는 쥐도 새도 모르게 목이 달아날 게야."

신령은 광안이 보지 못한 것, 진취가 냄새 맡지 못한 것, 통음이 듣지 못한 것, 그리고 절치부심(切齒腐心), 이를 악물며 무공을 수련한 무인들이 감지하지 못한 기운을 말했다.

"빨리 벗어나는 게 좋겠는데……."

대물까지 동조하고 나서자 이제는 망설일 것이 없었다.

위험이 현실로 다가와 피부에 젖어드는 것은 아니지만 신령이 경고를 발했다는 것만으로도 몸을 사릴 이유는 충분하다. 그리고 무슨 이유에선가 독사를 가장 염려해야 할 엽수낭랑이 자신만만하게 말하고 있다. 독사는 무사하다고.

"광안과 당옥이 선두. 광안은 길을 찾고, 당옥은 길을 뚫어요. 강을 끼고 달리는데, 오 장을 벗어나지 마세요. 여차하면 강으로 뛰어들어야 하니까. 맨 후미는 일수일살과 당한. 우측은 사시와 삼화가 맡아서 강에서 튀어나오는 급습에 대비하고, 다른 사람들은 좌측을 맡아요.
발 밑에서 검이 솟구쳐도 대응할 수 있도록 만반의 준비를 갖춰야 해
요."
　혜월은 독사가 한림을 죽일 적의 한청이 아니었다. 그녀는 무림의
생리뿐만이 아니라 무림의 속성에 대해서도 환히 아는 무림 여걸이 되
어 있었다.

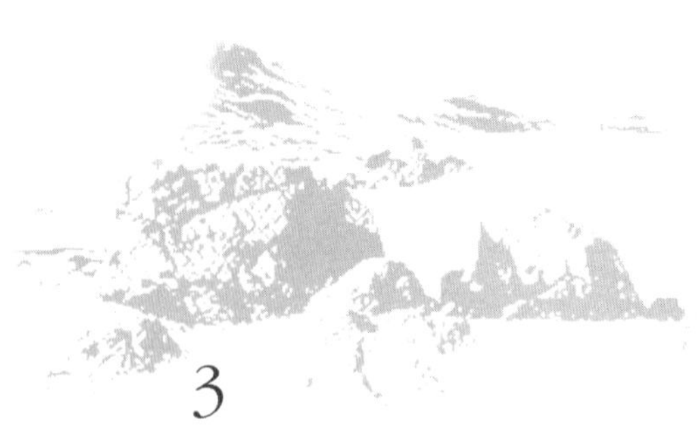

3
이의전의(以意傳意)

독사와 요지성녀는 먼저 간 독사 패거리처럼 물속으로 뛰어들지 않았다.

세상사란 등잔 밑이 어두운 법이다. 또한 마수귀가 물속에서는 제왕이라지만 일차 싸움을 끝낸 그들로서는 현문 고수들의 이차 공격에도 대비해야 한다는 맹점이 있다.

독사와 요지성녀는 방향을 돌려 요지성녀가 올라왔던 벼랑을 다시 기어 내려갔다. 바로 마단의 범선이 침몰했고, 만무타배가 절명한 곳으로.

요지성녀는 말 잘 듣는 어린아이처럼 고분고분했다. 독사가 엉뚱한 방향으로 움직여도 가타부타 말 한마디 하지 않았다. 하다못해 마수귀나 현문 고수들에 대해서 한마디쯤은 할 만도 한데, 굳게 입을 다문 채 묵묵히 뒤따르기만 했다.

강물 속은 조용했다.

벌 떼처럼 허공을 촘촘히 수놓았던 화살들이 어디서 솟구쳤는지 모를 정도로 조용한 침묵을 지켰다. 간간이 보이는 시신들만이 격렬한 싸움의 흔적을 대변해 줄 뿐.

'마수귀는 움직이지 않는다. 요지성녀가 있으니 마단 쪽은 움직이지 않는다는 말인데…… 그럼 남은 쪽은 현문뿐이군.'

독사도 미처 생각지 못했던 부분.

이유야 어쨌든 요지성녀가 행동을 같이한 것이 독사 쪽에서 보면 한결 짐을 덜어주었다.

마수귀는 그렇다 치고 어찌 된 일인지 현문 고수들도 잠잠했다. 철수라도 한 것이 아닌가 하는 의구심마저 들 정도였다.

상대가 물속에서 자유롭다는 점을 염두에 두고 잠수하여 물속 곳곳을 세심히 살펴보았지만 그 어디에서도 사람의 흔적은 발견할 수 없었다.

'영문은 모르겠지만 다행이야. 한바탕 혈투를 벌여야 될 줄 알았는데.'

육안으로 보이는 것이 없어서 안심을 한 것이 아니다. 암혼사를 극성으로 끌어올려 주변의 기운을 살펴봐도 사람의 기척은 느껴지지 않는다.

대신 다른 기척이 감지되었다.

신묘한 느낌이었다. 오래전부터 주변에 존재하는 산천초목의 기운을 감지해 왔던 독사로서도 처음 느껴보는 낯선 기운이었다.

뭐랄까? 마치 가슴속에 묻어둔 요빙이 현실에 나타나 말을 거는 듯한 느낌이라고나 할까?

'엽수…… 낭랑?

사람이 바뀌었다. 요빙이 아니라 엽수낭랑이다. 꿈결처럼 아련하게 잡히는 기운이지만…… 이런 경우는 요빙밖에 경험한 적이 없지만 지금 것은…… 분명히 엽수낭랑의 체취가 묻어 있는 기운이다.

그러고 보니 요빙에게서 느낀 기운과 지금 감지한 엽수낭랑의 기운은 많이 달랐다. 요빙의 기운은 자신의 상상력이 만들어낸 가공의 기운이지만 지금 느끼고 있는 기운은 현실이다. 공통점이 있다면 두 기운 모두 안개에 가려진 것처럼 희미하다는 것. 손에 잡히지 않는 모호한 기운이라는 것.

독사는 이러한 기운이 어떻게 해서 감지되었는지 금방 알아챘다.

암혼사의 진기가 꿈틀거리는 파동에 맞춰서 희미한 영상이 피부에 젖어드는 느낌도 한결 강해지고 있으니.

'암혼사의 성취가 높아졌군. 이 정도라면 나에 비해서도 부족하지 않을 듯싶은데. 당 매, 놀랍군.'

독사는 솔직히 감탄했다.

암혼사의 성취도를 측정하는 일은 진작 포기했다.

성취가 높아져 앞으로 한 발 나아가면 그곳이 바로 전인미답(全人未踏)의 신천지다.

아무도 디딘 적이 없고, 앞에 무엇이 있는지도 모르는데 얼마나 나아갔다고 어떻게 단정할 수 있을까.

엽수낭랑의 경우도 마찬가지다. 그녀가 수련한 암혼사는 자신이 전수해 주었으나 그녀가 걷는 길은 자신과 전혀 다르다. 자신이 산을 올라가고 있다면, 엽수낭랑은 북극(北極) 빙해(氷海)를 헤쳐 나가고 있는지도 모른다. 그녀가 얼마만큼 걸었는지는 그녀 자신만이 알 것이며,

얼마나 더 나이가야 할지도 그녀 자신이 깨달을 문제다.

자신의 성취도 측정할 수 없고, 엽수낭랑의 성취도 측정할 수 없다.

하지만 현재를 기준으로 해서 서로의 무공을 가늠해 볼 수는 있다.

종류는 다를지 모르지만 엽수낭랑이 발산한 천리전기(千里傳氣)는 자신의 기준으로 볼 때 적어도 이성 이상의 성취를 이루어야 발산해 낼 수 있다. 독사 자신이 그랬으니까.

세상에 존재하는 모든 동물, 생물은 기를 발산한다. 종류에 따라서는 느끼지 못하는 경우도 있으나, 천적인 경우에는 종류가 다르더라도 지극히 예민하게 느낀다.

인간이 느끼는 살기도 마찬가지. 살기(殺氣)는 생기(生氣)의 천적이기에 조금만 예민한 사람이라면 무공을 수련하지 않았어도 감지해 낼 수 있다. 언제 감지해 내느냐 하는 것이 문제이지만.

천리전기는 생기의 천적인 살기를 걸러내는 기운이다. 주변에서 뿜어져 나오는 기운 중에 나쁜 기운은 몸에 흡수되지 않도록 정화하는 기운이다.

그런 기운 또한 무형의 형태를 갖추게 되어 있고, 내력이 강해질수록 범위가 넓혀져 간다.

그것이 천리전기다.

신의 경지에 이르면 범위가 천 리 밖까지 미친다고 하나 그것은 요원한 일이고…… 현재로서는 일 장 안을 추스르기에도 벅차다.

내력이 강한 절정고수라도 감지해 내지 못할 만큼 지극히 미약한 기운이다. 그러나 같은 천리전기를 발산하는 사람들이라면 훨씬 먼 거리에서도 상대를 감지해 낼 수 있다.

그런 상태, 자신이 천리전기를 발산해 낸다는 사실을 자각하거나,

타인이 발산한 천리전기를 감지해 낼 수 있는 상태가 되기 위해서는 암혼사를 이성 이상 수련해 내야 한다. 아니, 적어도 이성 이상 수련했을 때에서야 알 수 있다.

'움직이고 있어. 부지런히…… 가는 쪽은 동쪽…… 조몽산…… 잘했어.'

엽수낭랑은 정말 뛸 듯이 기뻤다.

이제 남몰래 그의 안위를 걱정하느라고 가슴을 쓸어 내릴 필요가 없어졌다.

독사의 존재가 손에 잡힐 듯이 가까이 있다.

'따라오고 있는데…… 뒤는 아니고…… 강이야. 강에서 따라오고 있어. 우릴 지켜보고 있어. 우릴. 내가 독사와 이 사람들을 연결해 주는 끈이 된 거야.'

강에는 아무것도 없었다. 사람은커녕 큰 나무토막 하나 보이지 않았다. 그래도 엽수낭랑은 독사가 따라오고 있다고 확신했다.

혜월은 쉼없이 독사 패거리를 동쪽으로 몰고 갔다.

강은 구릉이 많고 수림이 우거진 원시림을 관통해 흘렀다.

그들 앞에는 무수한 난관이 기다렸다. 도검을 꺼내 가시덤불을 쳐낸 후에야 간신히 움직일 공간이 생긴 적도 있었고. 더군다나 쫓기는 몸이니 마음은 급할 수밖에 없었다.

"좌측으로!"

광안이 길 없는 수림에서 길을 찾아낸 후 고함쳤다.

광안의 말이 떨어지기 무섭게 당옥이 암기를 한 움큼 움켜쥐고 좌측 숲 속으로 치달려 들어갔다. 그리고 그 뒤를 독사 패거리가 한 명씩 쏜

살같이 뒤좇았다.

그들의 얼굴은 긴장으로 얼룩져 잔뜩 굳어져 있었다.

유독 엽수낭랑의 얼굴만 편해 보였다.

실제로 엽수낭랑은 편했다. 독사가 가까이에서 따라오고 있다는 사실을 확신한 것만으로도 마음이 포근했다. 독사는 힘을 북돋워주는 힘을 가지고 있다. 잔잔하면서도 강한 힘으로 그녀의 마음을 감싸주고 있다.

"조금만 더 가면 위도(韋島)가 나와요. 사람이 살지는 않지만 무척 큰 섬이죠. 일 리쯤 더 가다가 강을 건너서 섬으로 들어가는 게 좋겠어요."

혜월이 다급하게 말했다. 신령이 '불안하다'는 말을 꺼낸 후였다.

독사는 감각을 따라 조용히 나아갔다.

엽수낭랑이 내뿜는 기운은 그를 이끌어 주었고, 그가 나아갈 속도를 정해주었다.

둥둥 떠내려가는 시체 한 구를 붙잡았다.

얼굴 부분만 제외하고 머리끝에서부터 발끝까지 검은 가죽으로 감싼 중년인. 검끝처럼 일직선으로 날카롭게 자리한 눈썹이 참 단정한 사람이었구나 하는 느낌을 갖게 만드는 사람이다.

그의 얼굴은 청동상(靑銅像)만큼이나 푸르뎅뎅했다.

얼굴색도, 입술도…… 검은 눈썹만이 유일하게 다른 색깔이다.

그는 죽기 직전, 상당한 고통을 받은 듯 얼굴 근육이 잔뜩 찡그려져 있었다.

그의 몸에 손을 대는 순간, 짜릿한 전율이 일었다.

'독!'

경각심이 일었을 때는 이미 늦어서 손끝을 짜릿하게 울렸던 전율이 팔목을 거쳐 팔꿈치까지 전해진 후였다.

이게 무슨 독이기에 이토록 치명적인 것일까? 대체로 물과 독은 상극이라고 할 수 있는데…… 어느 독이든 이만큼 넓은 강에 풀면 흔적도 없이 녹아버리고 말 텐데.

중독과 동시에 반사적으로 튀어나온 암혼사 진기가 몸속으로 침투해 들어온 독기를 모공 밖으로 밀어냈다.

"극독이네. 역시 당문도는 잠시라도 풀어놔 주면 안 되는 사람들인가 봐. 들여온 약재들 중에는 독초(毒草)가 없었는데, 이만한 극독을 만들어내다니."

요지성녀가 감탄했다.

"마단 사람이 아니오?"

"물에서 노는 사람은 마수귀밖에 없는데, 마수귀는 어선갑을 입어. 이런 옷이 아니라. 이 사람은 현문도야. 현문 오십사천 가운데 한 명이겠지."

요지성녀의 말을 빌리자면 현문도는 당문삼기와 싸운 듯하다.

승자는 당문삼기. 당문삼기 중 독을 사용하는 사람은 당호. 그렇다면…… 부균독이다.

독사는 손에 진기를 주입하여 모공을 막고 시신을 움켜잡았다.

언제까지 유영으로 강을 따라 갈 수는 없다. 좀 더 편안한 보조물을 구할 때까지는 시신이라도 부여잡고 있어야 한다.

"동생, 왜 같이 가지 않는 거야? 난 동생이 일행과 떨어져 사서 고생하는 걸 이해할 수 없네?"

“……..”

독사는 대답하지 않았다.

이해할 수 없을 게다.

일행과 떨어져 뒤처질 때만 해도 따로 떨어져서 움직일 생각은 없었다. 만무타배가 전하는 전갈을 받은 다음 신속하게 뒤를 좇고자 했다.

그러나 나타난 사람이 요지성녀이고, 요지성녀의 뜻이 같이 행동하는 데 있다는 것을 안 다음에는 생각을 달리했다.

요지성녀와 함께 움직이니 물속 귀신들이 망동하지 않으리란 생각.

그 생각은 옳았다.

한 걸음 더 나아가서 요지성녀와 함께 움직이니 물속 귀신들이 현문 고수들을 막아주지 않을까 하는 생각.

그 생각이 옳았는지는 모르지만 살기를 숨기고 다가서는 자들이 없으니 옳았다고 해도 무방할 듯싶다.

그가 숨어서 움직이는 첫 번째 목적은 현문 고수들에게 자신의 존재를 드러내고 싶지 않기 때문이다.

사부님, 사형……

지금은 만날 자신이 없다. 만나면 검을 겨눠야 할 것 같고, 누군가는 죽어야 할 것 같다. 자신의 몸에 검을 틀어박는 순간에 끝나 버린 인연이지만 아직은…… 아직은 만나서는 안 될 것 같은 생각이 막연하게 든다.

다른 또 한 가지 이유는, 독사는 마단 고수들보다 현문 고수들이 더 신경 쓰였다.

마단은 약속을 지키는 한 살검을 뽑지 않는다. 중원 무림인들의 눈에 띄지 않는 곳에 숨어서 무공 수련에만 전념한다면 방관하는 차원을 넘어서 도움까지 받을 수 있다.

독사나 마단의 주공이란 자, 둘 중에 어느 한 명이 절대무를 익힐 때까지만 지속되는 시한부 도움이기는 하지만.

현문은 다르다. 마단보다 현문을 더 잘 알고 있고, 사부님과 사형이 현문도이니 더 가깝다고 할 수 있지만 어쩐지 더 위험스럽게 느껴진다.

두 가지 이유 모두 다 지금은 막연한 느낌뿐이지만, 나쁜 느낌을 좇을 필요는 없지 않은가.

요지성녀가 말했다.

"강을 건너려는 모양인데?"

독사의 눈에도 강으로 뛰어드는 패거리의 모습이 비쳐졌다.

섬으로 올라선 엽수낭랑은 먼저 도착해서 모닥불을 피워놓고 있는 독사를 보며 눈빛을 반짝였다.

'이제 우리는 하나야.'

떨어지려야 떨어질 수 없는 필연이 두 사람을 꽁꽁 묶어놓고 있다는 느낌이 들었다.

"어, 어떻게 우리가 여길 올 줄 알고?"

독사 패거리가 놀라서 벌린 입을 다물지 못했다.

독사가 고개를 들어 패거리를 쳐다보며 말했다.

"추울 텐데 옷부터 말려."

엽수낭랑에게는 한마디도 하지 않았다. 아예, 쳐다보지도 않았다. 그래도 섭섭하지 않다. 이제는, 이제는…… 그가 아무리 다른 곳을 쳐다보고 있어도 같이 있다는 느낌이 든다.

엽수낭랑이 독사 곁에 앉으며 물었다.

“우리가 여기 올 줄 알고 있었죠?”

“그래.”

“그것뿐이에요?”

“……..”

“절 봤죠?”

“물에 뛰어드는 걸 봤지.”

엽수낭랑은 고개를 살래살래 흔들었다.

“그것 말고요. 제가 달릴 때…… 그때 절 봤죠?”

독사는 고개를 돌려 패거리를 쳐다봤다.

모두들 두 사람이 무슨 이야기를 나누는지 궁금한 표정으로 지켜보고 있었다. 엽수낭랑의 물음이 너무도 기괴했기 때문에.

독사는 봤다고 했다. 물에 뛰어드는 걸. 서로 보이지 않는 곳에 있으면서 서로를 봤다는 것도 괴이하지만, 엽수낭랑의 물음은 계속 이어지고 있지 않은가. 봤냐고.

“전 봤어요. 물속에서 따라올 때.”

“그랬나.”

“절 봤죠?”

또 묻는다.

도대체 무엇을 봤다는 말인가.

재차 쏟아지는 질문에는 독사도 대답을 회피할 수 없었다. 그는 고개를 끄덕이는 것으로 대답을 대신했다.

엽수낭랑이 깊은 보조개를 띠며 웃었다.

“그 말을 하기가 그렇게 힘들어요?”

“무공이…… 많이 늘었어.”

"호호호! 그건 악담이에요. 제가 무림 선배잖아요. 선배가 후배에게
그런 말을 들어야겠어요?"

'당신은 이제 나와 떨어질 수 없어요. 절 떼어놓고 싶었으면 암혼사
를 전수하지 말았어야 했다고요.'

침착하기 이를 데 없어서 좀처럼 들뜨지 않던 엽수낭랑도 오늘만은
들뜬 마음을 감추고 싶지 않았다. 그리고 독사 패거리는 천 년이 지나
도 이해하지 못할, 그녀 혼자만 알 수 있는 미소를 머금었다. 포근한
사랑이 담긴 미소를.

"사방이 적인데 여기서 이러고 있어도 되는지 모르겠네."

대물이 중얼거렸다.

"젊은 사람이 걱정할 걸 걱정해야지. 뭘 그런 것까지 걱정하고 있나.
걱정이 많으면 머리가 빨리 세는 법이여."

신령이 독사와 엽수낭랑을 쳐다보며 대꾸했다.

"걱정이 되지 안 됩니까? 이구! 생각만 해도 소름이 끼치네. 노인장
은 그 화살세례를 또 받고 싶어서 그럽니까?"

"아! 그놈 참, 말 많네. 어떻게 머리 좀 쓴다는 놈이 대가리가 그렇
게 안 돌아가. 저 두 사람이 편히 쉬면 우리도 편히 쉬면 되는 것이야.
한 사람이라면 몰라도 저 두 사람이 한자리에 앉아 있으면…… 이목을
숨기고 다가서기가 쉽지 않을걸?"

"정확히 어떤 거죠?"

혜월 한청이 눈빛을 반짝이며 물었다. 그녀의 눈길은 독사와 엽수낭
랑에게 고정되어 떨어지지 않았다. 간혹 독사와 또는 엽수낭랑과 눈이
마주치기도 했지만 눈길을 피하지 않았다.

“뭐가?”

“저 두 사람이요. 전과는 달라요. 분명히 말하자면 우리가 강물로 뛰어들기 전과 지금은 확연히 달라요. 지금은 보이지 않는 끈이 두 사람을 묶고 있는 것 같아요. 그 실체가 뭐죠?”

“내가 그걸 어떻게 아누.”

“신령, 잊은 건 아니죠? 우리 한가장은 당신들 귀주사괴에게 은자를 지불했어요. 독사의 머리를 가져오라고. 독사의 머리를 가져오지 않는 한, 당신들은 한가장에 빚이 있어요.”

“여자가 한을 품으면 오뉴월에 서리가 내린다더니만…… 소저도 많이 변한 것 같네.”

“변하지 않았어요. 한을 품지도 않았고. 계산이 남아 있는 거죠. 귀주사괴와 한가장의 계산. 지금은 묻는 말에 대답하는 게 좋을 거예요. 저 두 사람에게 무슨 일이 일어난 거죠?”

“쩝! 그걸 뭐라고 말해야 하나? 일종의 감응이지. 서로 멀리 떨어져 있어도 서로의 존재를 느낄 수 있는…… 그런 거지 뭐.”

신령은 독사와 엽수낭랑 사이에 무슨 일이 벌어지고 있는지 짐작했다. 아마도 독사 패거리 중 유일하게 짐작할 수 있는 사람일 게다. 그의 예지력과는 전혀 다른 종류이지만 비슷한…… 분명히 일종의 감응 현상이다. 예지력 또한 감응의 일종이라고 할 수 있지 않은가. 그는 종류를 알 수 없는 두 남녀 간에 오가는 미증유의 파동을 감지해 냈다.

“당신도 그런 걸 할 수 있나요?”

“난 못해. 난 앞날의 느낌이 후딱후딱 스쳐 가는 것뿐이니 감응이고 뭐고 할 것도 없지. 저 두 사람은 내력의 기로 이어진 거니 나 같은 사이비와 비교할 수 있나.”

한청은 차분했다. 입가에는 가는 미소까지 배어 물었다. 그녀가 말한 대로 독사에 대한 한 같은 것은 전혀 없는 듯했다. 아니, 모르는 사람이 보았다면 독사가 그녀의 오라버니를 죽였다는 사실조차도 믿지 못할 만큼 편안하고 태연한 신색이었다.

한청은 독사에게 원한이 있으나 적대적인 모습은 찾아볼 수 없었다. 반면에 요지성녀와 삼화 예광 사이에는 철천지원수를 만난 듯 팽팽한 긴장감이 넘쳐흘렀다.

"죽엇!"

예광은 섬에 올라서고도 한참이 지나서야 강변 한구석에 쪼그려 앉아 있는 요지성녀를 발견해 냈다. 그리고 다짜고짜 검을 뽑아 들고 짓쳐 들어갔다.

차앙! 캉!

예광이 쳐낸 검은 사시에게 막혔다.

"아직은 때가 아니다. 분노를 참을 줄 알아야 원한을 풀 수 있는 법이니 지금은 참아라."

사시 중 한 명이 자상한, 그러나 거역할 수 없는 음성으로 말했다.

"전 지금……."

"참아라. 네 무공으로는 조롱만 당할 뿐이야."

말하는 모습으로 미루어 사시는 섬에 올라서는 즉시 요지성녀를 발견한 듯싶었다.

"호호호! 또 만났네. 잘 있었어? 어멋! 무서워라. 그렇게 노려보지 마. 호의를 갖고 찾아온 사람에게."

요지성녀가 깔깔거리며 다가왔다.

예광은 한 번 더 검을 짓쳐 나가려고 했지만 은초홍과 연미심이 양 팔을 움켜잡고 있어서 뜻을 이룰 수 없었다.

"그만 하시죠. 쥐도 궁지에 몰리면 고양이를 문다고 했습니다."

예광에게 말했던 사시가 정중하게 말했다.

요지성녀에 대한 원한이라면 사시도 삼화 못지않게 컸다. 그녀들에 게는 친어머나 다름없던 유심동주가 요지성녀에게 죽었다. 유심동의 많은 골인들이 요지성녀에게 무참히 살해당했다. 다른 것은 차치하고 라도 그 일 하나만으로도 같은 하늘을 이고 살 수 없는 처지다.

"호호호! 철시(鐵屍), 그래서 날 물겠다는 말이야?"

"그럴 리가요. 이빨이 삭아서 물지도 못합니다. 아이를 다독거리느 라고 해본 말이니 괘념치 마세요."

"철시는 미워하려야 미워할 수 없는 사람이야. 그래서 무서워. 언젠 간 검을 뽑을 테고, 반드시 내 피를 보고야 말겠지?"

"그런 날이 올지 모르겠습니다."

"그거야 세월이 지나다 보면 자연히 알게 되는 것 아니겠어? 그건 그렇고…… 예광과 내 문제는 우리들 문제니까 우리가 풀게 해줬으면 좋겠는데."

"유심동에서 억눌려만 살아오다가 요 얼마간 참 마음 편히 지내봤지 요. 조금만 더 이 여유를 즐길 수 있게 해주시지 않겠습니까? 부탁드립 니다."

원한이 골수에 박힌 사람이 적을 앞에 두고 이토록 겸양하기도 쉽지 않은 노릇이다.

독사 패거리는 사시를 다시 봤다.

신비한 여인들이다. 똑같은 일을 당했어도 사내들보다 한결 충격이

컸으리라. 원한도 깊고. 지난 일 년여간 그녀들이 쏟아낸 땀과 피는 강이 되어 흐를 정도다.

유심동에서 나왔을 적과 지금의 그녀들을 같이 생각한다면 큰 오산이다.

그런데도 한없이 허리를 굽히고 있다. 요지성녀에게뿐만이 아니라 독사 패거리 앞에서도 무공을 자랑하거나 시연(試演)하는 경우가 전혀 없었다.

독사 패거리는 무서운 예감에 사로잡혔다.

사시와 삼화가 합심하여 검을 뽑는 날, 누군가의 생명은 반드시 꺾이고 말 것이다.

"좋아, 나도 급한 건 없어. 예광에게도 시간을 줘야 하고. 억지로 가로막지만 마. 그런 일이 벌어진다면 내 검이 용서를 안 해."

요지성녀는 자상한 눈빛으로 예광을 훑어본 후, 등을 돌렸다.

第五十一章

잔재만 남겨두고

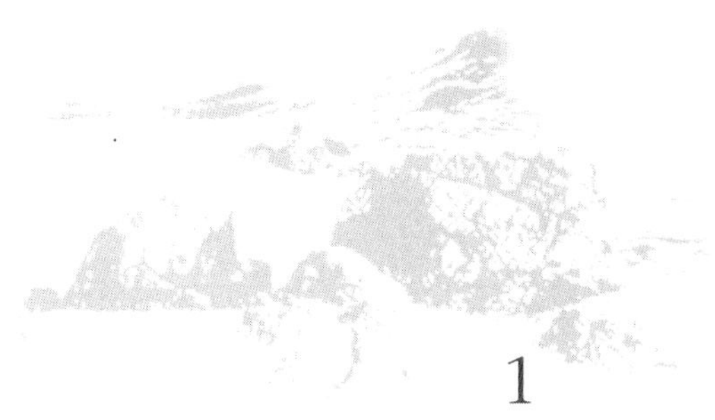

독사가 모닥불을 피워놓은 것은 여자들을 위한 배려였다.

사내들은 한가하게 불기나 쬐고 있을 여유가 없었다. 길고 긴 강을 유영으로 헤쳐 나갈 수도 없는 노릇이니, 어떻게든 배를 준비해서 타고 가야 한다.

"삼지, 배를 만들어야겠어. 빠져나갈 방도를 강구해 봐."

독사는 지극히 어려운 난제를 불쑥 떠넘긴 후, 사내들을 이끌고 숲속으로 들어갔다.

삼지는 머리를 맞댔다.

"대형이 명을 내렸으니 따라야겠지. 비시문 출신이 둘, 대형이 인정하는 잔머리 한 명. 이 세 명이 머리를 맞대고도 돌파구를 마련하지 못한다면 체면이 서지 않아."

"잔머리가 뭡니까, 잔머리가…… 좋은 말도 많은데."

마천옥은 대물의 불평을 잔잔한 미소로 받았다.

"별호를 원하는 모양인데, 별호란 아무에게나 붙여주는 것이 아니야. 붙여준다고 해서 붙는 것도 아니고. 별호를 원한다면 별호에 걸맞은 의견을 내봐."

"의견이랄 게 뭐 있나요? 이럴 때는 냅다 도망가는 것이 상책이지."

"그 도망을 어떤 식으로 가느냐는 해답도 있겠지?"

"어려운 걸 물으시네. 세상에 제일 재미있는 게 싸움 구경과 불구경이라는 말도 있잖아요. 우린 지금 싸움 구경을 하고 있는 판이고. 이쪽 놈, 저쪽 놈 머리 터지게 싸우는 모습이 재미있잖습니까? 싸움 구경을 더 하면 좋겠지만 내 목숨이 간당거리니 그만 자리를 뜨는 것이 좋죠."

대물은 조리있게 말하지는 못했지만, 어부지리(漁父之利)를 말했다. 현문과 마단이 싸우고 있는 와중이니 살그머니 몸을 빼면 별 탈은 없으리라는 판단이다. 그리고 그 판단은 마천옥의 판단이기도 했다. 그가 생각하기에도 빠져나가는 것은 별로 어렵지 않았다.

하지만 그는 신중했다. 두 번 다시 도왕같이 아까운 사람이 허무하게 죽는 일이 벌어져서는 안 되겠기에. 그는 전투에서 가장 능한 머리를 지녔다는 혜월에게 같은 물음을 던졌다.

"혜월은?"

"대체로 강에는 물안개가 끼죠."

"새벽녘이지."

"물안개를 끼고 빠져나가면 될 거예요."

"그 정도 감지하지 못할 고수들이 아닌데?"

마천옥은 질문을 던졌지만 머리 속에는 이미 해답이 떠올라 있었다.

혜월은 가치없는 논의라는 듯 화제를 다른 곳으로 돌렸다.

“독사 저 사람…… 정말 난해한 사람이네요. 파락호에서 초일류고
수로 변신한 것도 그렇고, 한낱 기녀를 아직까지 마음속에 품고 있는
것도 그렇고.”

“흔한 사내는 아니지.”

마천옥도 질문을 거뒀다.

탈출에 대해서는 복안이 섰다. 감각적으로 삶과 죽음을 택할 수 있
다는 대물도, 작은 싸움에서는 누구보다도 뛰어나다는 혜월도 같은 대
답을 지녔는데 더 거론해서 무엇 하랴.

탈출 이야기는 접었다. 머리 속에 탈출 경로와 방법이 그려진 이상
논의는 무의미했다. 시기도 좋다. 대물이 가볍게 툭 던진 말처럼 지금
은 탈출하기에 아주 적합하다.

“특이한 사내예요.”

“말이 나왔으니 묻겠는데…… 오라비에 대한 원한이 어느 정도인지
알고 싶군.”

“……”

혜월 한청은 말문을 닫아버렸다.

*　　　*　　　*

한림은 말썽꾸러기였다. 술과 노름을 좋아했고, 특히 여색(女色)을
밝혔다. 한림의 아이를 가졌다며 한가장의 대문을 두드린 여자가 한둘
이 아니다.

사람들은 그를 두고 몇 대째 이어져 오는 한가의 거대한 부(富)를 말
아먹을 자식이라고 수군거렸다.

그러나 정작 한가장주인 한보숭은 대수롭지 않게 여겼다.

"사내자식이 놀 때는 놀 줄도 알아야지."

한가장의 막대한 부는 한림의 말썽을 가볍게 덮어주었다.

한림이 술과 노름으로 탕진하는 돈은 하루 만에 복구되었다. 그가 사방에 뿌려놓은 씨앗도 돈이 해결해 주었다. 한림의 아이를 밴 여자는 많으나, 그의 자식을 낳은 여자는 없었다.

한림은 이기심으로 똘똘 뭉쳐 있었고, 다른 사람에게 지는 것을 싫어했다. 한가장이라는 왕국에서 왕자로 군림하는 그에게는 세상 사람들 모두가 발 앞에 머리를 조아리거나 낯간지러운 아부를 하는 것이 당연하게 여겨졌다.

그런 성격은 자신의 비위를 건드린다거나 반발하는 사람을 용납하지 않는 행동으로 이어졌다.

한보숭도 한림의 성격만은 가볍게 생각하지 않았다. 크게 염려하지도 않았지만 조그만 손질을 할 필요는 느꼈다.

"돈은 사람을 마취시키는 마물이다. 무슨 일을 저지르는지, 자신이 왜 여기에 서 있는지도 모른 채 돈에 이끌려 모여들게 되어 있지. 그들을 어떻게 써먹느냐는 돈을 움켜쥔 자의 뜻에 달려 있다. 생각없이 휘두르면 세상을 피바다로 만들어 버릴 수도 있어. 사람을 쓴다는 것은 손에 칼을 들고 있는 것과 같은 거야. 무천문으로 가라. 무도(武道)를 익혀 큰그릇이 되어라."

결과론이지만 한보숭이 한림을 무천문에 입문시킨 것은 큰 잘못이었다. 무천문에 입문시키는 대신 차라리 호법을 붙여주는 편이 안전했다. 무천문도가 한낱 파락호에게 매 맞아 죽으리라고는 생각하지 못한 불찰이 컸지만.

한림에게 무천문은 패거리들을 규합하는 좋은 장소에 불과했다. 자신을 도와 건방진 자들을 제거하는.

한림이 무천문에 입문하는 순간부터 한림과 독사의 싸움은 예견된 것이었다.

한 산에 호랑이 두 마리가 살 수는 없다.

영은촌에서 유일하게 한림을 인정하지 않고 머리를 조아리지도 않으며, 오히려 주먹까지 들이대는 독사 패거리는 눈엣가시였을 게다. 더군다나 독사와는 구원도 있다. 다른 것은 차치하고라도 얼굴을 뭉개 버린 원한만은 잊을 수 없었을 게다.

예정된 싸움이 예측하지 못한 시기에 예측하지 못한 장소에서 일어났다.

한가장은 한림에게 아무런 도움도 되지 못했다. 한림은 사람을 죽이기도 하고 살리기도 하던 막대한 부를 고작 무천문의 애송이 몇 명 데리고 가는 데 사용했을 뿐이다.

독사는 큰일을 저지르고야 말았다.

한림의 죽음은 옛날 얼굴을 뭉개 버린 것과는 차원이 달랐다.

한림의 목숨이 떨어지는 순간부터 독사와 한가장은 양립할 수 없는 불구대천지수(不俱戴天之讎)가 되어버리고 말았다.

아무리 망나니였다고 해도 한보숭에게 한림은 눈에 넣어도 아프지 않을 자식인 것을. 한환과 한청에게는 피를 나눈 형제인 것을.

지금도 영은촌 사람들은 독사라는 이름을 잊지 못하고 있다. 그가 한가장의 소장주인 한림을 죽인 사실은 더 뚜렷하게 기억하고 있다. 그의 머리에는 평생 꿈도 꾸어보지 못할 거액의 현상금이 걸려 있기 때문에.

“독사는 잡지 못한다. 잡을 수 있는 기회를 놓쳤어.”

한보숭은 독사의 추적을 단념했다.

“무슨 말씀이세요? 독사는 숨은 것뿐이에요.”

“숨었지.”

“숨은 사람은 찾을 수 있어요.”

“찾았다.”

“……?”

한청은 아버지의 얼굴 표정에서 거부(巨富)도 어쩌지 못하는 낭패를 읽어냈다.

“무림이군요, 숨은 곳이.”

“독사는 대화산 무생곡에 있다. 무공을 수련 중이지.”

“사람을 보내요.”

“…….”

“귀주사괴와 잔심마도 정도로는 손도 못 대는 곳이군요.”

“무천문이 손을 뗐다.”

“무…… 천문까지! 정말인가요? 대체 어떤 문파에 입문했기에…….”

“독사는 우리 손을 떠났다.”

한보숭은 갑자기 십 년은 늙어버린 듯 수척해 보였다.

한청은 생각했다.

‘무천문까지 손을 뗐다면 청성파나 아미파를 찾아가도 마찬가지야. 무인을 고용한다고 해도 잡을 수 없어. 무천문이 포기했다는 사실을

알면서도 고용되는 무인이라면 사기꾼일 가능성이 농후하고.'

무림인들도 손을 대지 못하는 곳에 숨어버린 독사. 있는 곳을 파악해 냈으면서도 멀거니 지켜봐야만 되는 처지.

아버지는 손을 놨지만 한청은 그럴 수 없었다. 더불어서 처음으로 무림이란 곳에 호기심을 느꼈다.

'대문파라는 곳도 건드리지 못하는 곳이 있었군. 그렇다면 무공으로 해결할 문제가 아냐.'

그날 이후, 한청은 무림에 대해서 공부하기 시작했다. 한편으로는 무림에 머물면서 무공과는 상관없는 집단을 수소문했다.

한가장이 쌓아놓은 막대한 부는 어렵지 않게 비시문이라는 존재를 알아내 주었다.

'지혜로 무림을 조종한다. 일인자가 아니라 이인자……'

한청은 비시문이라는 집단에 대해서 어느 정도 윤곽을 잡을 수 있었다. 무공은 빈약하나 무림인이라면 누구도 무시하지 못하는 존재라는 점이 특히 마음에 들었다.

한청은 단숨에 달려갔다.

"계집이면 밥이나 짓고 빨래나 할 것이지."

"사내가 농사를 짓고 사냥을 해온다면 그렇게 하겠죠."

"네 사내는 어떤 사내인고?"

"무천문이 건드리지 못하는 사내죠."

"호오!"

"이제 무림에 입문했지만 사천 무인 그 누구도 건드릴 수 없는 사내죠."

"어려운 사람이군."

비시문주는 한청을 흘깃 쳐다본 후, 대면을 허락했다. 자잘한 시험 같은 것이 있을 것이라 생각했는데 그런 것은 없었다. 무공이 변변찮아도 일문의 문주라면 호법 몇 명 정도는 있을 줄 알았는데, 무인은커녕 병장기도 볼 수 없었다.

비시문주는 동네에서 흔히 볼 수 있는 촌노처럼 털털했다. 처음 마주 앉았을 때부터 시종일관 옅은 웃음을 지우지 않았다. 그리고 대화를 이어가면서도 모두가 궁금해할 일을 궁금해하지 않았고, 놀라지도 않았다.

"그는 폭풍의 핵(核)이에요. 무림인들이 바다라면 그는 핵. 그래서 건드리지 못하는 거죠. 그를 알기 위해서는 핵 속으로 들어가야 되는 것 아닌가요? 밥이나 짓고 빨래나 하고 있을 수는 없죠."

"알아서 무엇 하려고?"

"죽이려고요."

"핵을 죽인다…… 위험한 발상이군. 핵을 죽이면 어떤 방식으로든 폭풍에 영향을 미치게 되어 있는데, 거기까지 생각한 겐가?"

"생각할 필요가 있나요?"

"우리 비시문과는 인연이 닿지 않는 것 같으이. 돌아가."

"왜 그래야 하는 거죠? 복수를 하는데 왜 폭풍 전체를 염려해야 하는 거죠?"

"돌아가."

"대답을 들은 다음에요."

"사람이 몇 년이나 사는 것 같나?"

"동문서답(東問西答)이군요. 현자(賢者)들은 늘 이런 식인가요?"

"길어야 백 년을 못 넘지."

“…….”

“백 년도 못 되는 삶을 살면서 세상을 암흑 속으로 밀어 넣어서야 말이 되는가.”

“폭풍을 없애면 세상이 암흑으로 변한다는 건가요?”

비시문주는 고개를 끄덕였다.

“대체로 그렇지. 세상은 순리대로 움직이게 되어 있어. 마(魔)가 창궐하면 그것이 순리인 게야. 전쟁이 벌어져 사람이 죽으면 그것이 또 순리인 것이지. 세상에 평화만 있다고 좋은 것은 아니야. 전쟁이 있으면 무기가 발전하고, 무기를 만드는 제련술도 발전하지. 사람들의 삶도 발전하는 거야. 물고기가 흐린 물에서 살지 못하지만 너무 물이 맑아도 살지 못하는 것처럼, 사람도 전쟁과 평화를 오가며 살게 되어 있어. 평화냐 전쟁이냐는 사람이 정하는 문제가 아니라 그 시대가 원하는 것이지. 무림에 폭풍이 일어나는 것은 이 시대의 무림이 폭풍을 맞지 않으면 안 될 만큼 정체되어 있다는 뜻도 되겠지.”

“궤변이군요. 사람들이 죽어 나가요.”

“정체를 없애고 발전하는 죽음이지.”

“폭풍 속에서 비시문도가 할 일은 무엇이죠?”

“폭풍이 원하는 것을 주면서 희생을 최대한으로 줄이는 정도겠지.”

“그럼 비시문이라면 어떻게 처리할 건가요. 죽이려는 핵이 불구대천의 원수라면요.”

비시문주는 말을 잇지 않고 웃는 얼굴로 쳐다봤다. 한참 동안……
그러다 말을 이었다.

“기다려야지. 핵이 폭풍에서 벗어날 때까지 기다리다가 제거해야겠지. 평생에 걸친 인내가 필요할지도 모를 일이야. 죽을 때까지 기회가

오지 않을지도 모르고.”

“…….”

“그만 돌아가.”

“저에겐…… 인내가 있어요.”

한청은 비시문주의 모든 지혜를 물려받았다.

＊　　　　＊　　　　＊

진심으로 독사를 죽이기 위해 왔다.

죽이기 시작하면 모두 다 죽여야 한다. 오라비의 죽음과 연관있는 사람들은 모두 다. 독사의 머리를 가져오겠다고 호언장담했다가 태도가 돌변한 사람들까지 모두.

그러나 의외로 상황이 간단치 않았다.

독사에게는 무공이 뛰어난 고수들이 붙어 있다.

그들은 관계치 않는다. 어차피 무공으로 죽일 사람이 아니기에 그의 곁에 누가 붙어 있든 상관없다.

그러나 지모가 뛰어난 사람이 같이 있다는 것은 마음에 걸린다.

대물은 제쳐 놓을 자신이 있다. 마음에 걸리는 사람은 바로 사형이다. 비시문 역사상 제일대모(第一大謀)라고 추앙받는 사람.

지략에는 두 가지 형태가 있다. 하나는 큰 싸움에서 유용한 대모(大謀). 또 하나는 작은 싸움에서 유용한 소모(小謀)다. 세인들은 대모와 소모를 구분하지 않으나, 비시문에서는 구분한다. 사람의 성격에 따라서 대모에 능통한 자가 있고, 소모에 능통한 자가 있으니까. 대모로는 단연 마천옥이다. 지모란 우열을 논할 수 없는 것이지만, 마천옥이 지략을 펴면 반드시 그의 뜻대로 될 것이다. 큰 싸움에서는.

독사와의 싸움은 큰 싸움이 아니라 작은 싸움이 될 것이다. 그렇다면 비시문 제일대모인 사형보다 자신이 유리하지 않을까? 비시문 제일소모인 자신이.

그녀는 또 사부의 다른 말도 기억하고 있다.

마가 창궐하지 않으면 정(正)의 발전도 느리다. 마에 대항하기 위해서는 더욱 높은 무공을 필요로 하고, 서로가 목숨을 걸고 싸우는 동안 무림은 비약적인 발전을 한다.

폭풍은 무림인은 원하지 않으나 무림이라는 세계가 원해서 일어난 것이다.

한청은 독사를 만난 후 그가 직면한 폭풍의 존재를 세밀히 파악했다. 그것은 거대했다. 인간의 힘으로는 말살할 수 없는 바윗덩어리처럼 비쳐졌다.

마단, 그들은 힘이 어느 정도인지의 예측조차도 허용치 않는다.

마단만이 아니다. 현문도 무림에 알려진 것과는 전혀 다르게 엄청난 힘이 되어 나타났다. 여기서 본 현문은 무림인이 알고 있는, 중소문파로 치부되는 현문과는 전혀 다른 현문이다.

사천무림은 이 폭풍의 정체를 일찍부터 짐작하고 있었던 것 같다.

청성파, 아미파, 사천 당문, 도림 문도가 백비로 잠입을 시도했거나, 현문이 파견한 고수들 속에 숨어 있었던 것으로 짐작할 수 있다. 유독 무천문 무인만이 눈에 띄지 않지만 잠입 시도 여부와는 상관없이 그들도 알고 있을 게 틀림없다.

사부님 말씀대로 사천무림인은 원하지 않는 폭풍이다. 하지만 무엇인가가 잘못되었거나 빌미를 주었기에 폭풍이 태동한 것이지 아무런 근거도 없이 발생한 것은 아니다.

마단은 절대무를 원한다. 절대무를 얻기 위해서는 약간의 비인간적인 행동도 마다하지 않는다. 당연히 현문이나 사천무림은 그러한 행태를 묵과할 수 없었을 게다. 그러면서도 강을 사이에 두고 마주 선 사람들처럼 서로 침범하지 못하는 것은 필승의 확신이 없기 때문이다.

현재 현문이 마단을 급습한 것은 필승의 확신이 섰기 때문이 아니다. 아직도 필승을 자신하지는 못하지만, 지금이 아니면 선제공격할 기회가 없다고 판단했기 때문이리라.

사천무림 전체가 알게 모르게 연관되어 있는 폭풍.

독사가 이러한 폭풍의 중심에 서 있다. 강을 사이에 두고 마주 선 사람들 사이에 있다. 강 한가운데 일엽편주(一葉片舟), 위태로운 배 한 척에 몸을 싣고 둥둥 떠다니고 있다.

결국 한청이 독사를 만나서 깨달은 것은 그를 죽이기가 쉽지 않다는 것이다.

두 가지 방법이 생각난다.

하나는 싸움의 전장에서 완전히 빼내는 것이다. 타고 있는 배를 강에서 끌어내어 바다로 떠나보내는 게다.

바다에서라면 그는 폭풍과 관계없는 일개인의 모습으로 돌아간다.

또 한 가지 방법은, 사부님이 말씀했던 대로 폭풍이 가라앉기를 기다리는 것이다. 그러기 위해서는 강안에 있는 사람들이 치고 받다가 어느 한쪽이 승리를 취할 때까지 기다려야 한다.

상당한 인내를 필요로 한다.

지금과 같은 상황이라면 평생을 기다려야 하는 인내일지도 모른다.

한청은 생각했다.

'여기서 벗어나기만 하면 독사는 폭풍과 상관없어져.'

등을 떠다밀어도 모자랄 판에 독사 스스로 마단의 굴레에서 벗어나려고 하니 얼마나 다행인가.

생각은 이어졌다.

'완전히 마단에서 벗어나야 해. 이 폭풍에서 완전히 벗어나야 해. 그러려면 뒤를 쫓는 이가 없어야겠지. 현문이 아니라 현문 할아버지라고 해도. 그리고 벗어난 후에…… 그때에는…….'

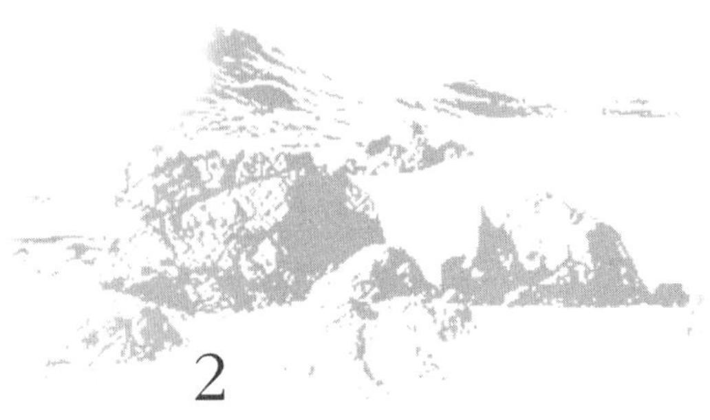

2

이른 새벽.

첨벙!

귀를 기울여 자세히 듣지 않으면 들을 수 없는 작은 기척이 죽음처럼 고요한 정적을 일깨웠다.

그리고 아무 소리도 들리지 않았다.

세상은 조용했다.

새벽 강물도 숨을 죽였다. 산새도 풀벌레도 정적을 깨우기가 겁이 나는지 입을 꾹 다물었다.

한 치 앞도 볼 수 없을 만큼 짙게 깔린 안개는 침묵을 더욱 깊숙한 곳으로 끌어들였다. 동녘에서는 아침 해가 솟아오르고 있으련만, 두어 발자국만 앞서 나가면 자취를 숨겨 버리는 안개는 아침마저도 밀어내는 듯했다.

"저들에게 무슨 능력이 있는가?"

안개를 뚫고 창노한 음성이 새어 나왔다.

"……."

대답은 들리지 않았다. 물음은 반드시 대답을 해야만 할 정도로 위엄 서린 음성이었는데도 대답하는 소리가 없었다.

"빙천, 자네는 현문을 이끌고 있지 않은가. 말해 보시게."

"……."

창노한 음성이 거명한 빙천검객, 현임 현문주인 그는 깊은 침묵에서 헤어 나오지 못했다.

"그럼 저들을 집어넣은…… 천리검, 자네가 말해 보게. 저들에게 무슨 능력이 있는가?"

"귀주사괴에게는 기이한 능력이…… 그러나 그 밖에는……."

천리검이 힘들게 말했다.

마단과 직접 살을 부딪기며 살아왔으니 한시도 긴장을 풀 겨를이 없었고, 나이만 해도 환갑을 훌쩍 넘겨 세상사를 눈 아래 굽어볼 경륜을 지녔지만, 창노한 음성 앞에서는 몸이 딱딱하게 얼어버린 듯했다.

"그럼 현문 제일뇌라는 뇌천이 말해 보게. 저들에게 무슨 능력이 있는가. 자네도 귀주사괴타령이나 할 텐가?"

창노한 음성은 부드러웠다. 하지만 세상의 어떤 힐문(詰問)보다도 날카롭게 가슴을 저몄다.

"이효기가 죽었습니다."

뇌천은 차분하게…… 동문서답(東問西答)이랄 수 있는 지난 과거부터 꺼냈다.

"……."

창노한 음성의 주인은 침묵으로 말을 재촉했다.

"이효기는 청광검으로 키워진 인재. 아무도 그렇게 속절없이 죽으리라고는 생각하지 못했습니다. 지금 우리가 여기 와 있는 이유처럼…… 마단의 움직임을 예측하지 못했던 겁니다."

"움직임이란 무엇을 일컫는 것인지 정확히 말해 봐."

"마단이 총단을 옮기는 것 정도는 지엽(枝葉)에 불과합니다. 정작 곤란한 일, 우리가 예측하지 못한 것은 마단주의 무공 성취라고 해야겠죠. 그는 전대 마단주들이 그랬던 것처럼 무림을 대상으로 시험해 볼 만한 신공을 창안해 낸 게 틀림없습니다. 그래서 이효기가 필요없어진 거죠. 귀찮은 이목을 떨치기 위해 총단을 움직인 것이고."

말을 잇는 뇌천검객의 눈가가 파르르 떨렸다.

무공으로는 패할 수 있으나, 마단주의 행동을 예측하지 못한 일은 치명적인 과오라고 생각하는 그였다. 현문 오십사천이 일거에 쏟아져 나오고, 거동이 불편한 칠잔앙까지 몸소 나설 수밖에 없는 상황을 만든 것도 바로 자신이 생각을 깊게 하지 못한 탓이라고 자책했다.

'암혼사에 너무 욕심이 컸어. 대의를 버리고 소의를 택한 죄, 어떻게 갚을까. 대의만 따랐던들…… 독사 대신 이효기를 들여보냈던들…… 어떻게든 총단 위치를 알아내서 급습했다면…… 형제들이 여기서 죽는 일은 일어나지 않았을 텐데. 죽더라도 총단을 급습하다 죽는 의미 있는 죽음이 되었을 텐데. 적어도 하류잡배에게 죽는 개죽음만은 면할 수 있었을 텐데.'

한편으로는 다른 생각도 했다.

'총단을 알아냈던들…… 이미 마단과 현문은 동수(同手)가 아니다. 마단은 한 걸음이 아니라 몇 걸음이나 훌쩍 앞서 나가고 있어. 단파…… 단파가 있어야 돼. 단파를 수련한 사람이 없는 현문은 조족지혈(鳥足之血)이야. 겨우 철망을 지키는 하졸(下卒)들에게 이토록 곤욕을 치르고 있으니…… 이효기가 총단 위치를 파악해 내고, 급습했다면…… 전멸이었어.'

뇌천검객의 말투에는 온갖 착잡한 심정이 고스란히 배여 나왔다.

그는 마음을 다잡기라도 하듯 미간에 힘을 주어 잔뜩 찡그린 채 말을 이었다.

"현재 마단의 상태를 정확하게 알 필요가 있습니다. 마단은 팽팽하게 당겨진 시위죠. 언제 놓아질지 모르는. 마단주가 절대무공을 수련했다며 무림에 나설 날도 멀지 않았습니다. 그때는 저희도 마단을 막지 못합니다. 단파가 없는 한."

"결국……."

창노한 음성이 힘들게 말했다.

"현문은 마단의 상대가 되지 않습니다."

뇌천검객은 의외로 담담했다.

"이제 저들에 대해 제 우견(愚見)을 말씀드리겠습니다."

"……."

"마단을 바로 보지 못했던 것처럼, 저흰 저들도 바로 보지 못했습니다. 천리검 사형께서 면밀하게 파악하여 들여보낸 무인들이죠. 마단이 지금과 같이 뒤통수를 치는 상황이라면…… 저들도 죽었어야 당연합니다. 저들 중 단 한 명도 살아남을 수 없는 상황이었을 겁니다."

뇌천검객의 눈살이 가늘게 좁혀졌다.

"마단…… 요지성녀와 만무타배가 손을 썼고, 죽음의 사신이라는 오공사수마저 가세했습니다. 우리 현문의 전력과 맞먹을 수 있는 철망이 모두 움직였는데도…… 저들은 살아남았습니다."

빙천검객이 대답하지 못한 부분이다. 천리검이 우물쭈물한 부분이다. 그 누구도 저들이 살아남아 있으리라고는 생각하지 못했다. 마단주처럼 천하제일의 신공을 터득한 자가 있지 않고서야 아무리 생각을 고쳐 굴려도 불가능한 일이다.

"저들 중에 신인(神人)이 있습니다."

"신…… 인이라 했는가?"

뇌천검객은 서슴없이 고개를 끄덕이며 말했다.

"면밀히 보면 멸혼촌 골인들과 무인들은 적과 적. 그들을 하나로 융합시킬 수 있는 자. 철망 무인들의 공격에서 살아남았을 뿐만 아니라 그들의 협조를 얻어내어 사천무림에서 조력자를 데려오도록 만든 자. 적임에도 불구하고 협곡 싸움에서 마수귀들이 보호하려고 했던 자. 이만하면 신인으로 불려도 손색이 없지 않을까 싶은데요."

"마단 무인들이 죽이지 않고 도리어 도와주는 자라……."

"마단은 오직 두 부류의 인간만 살려둡니다."

빙천검객이 창노한 음성의 뒤를 받았다. 그러자 뇌천검객이 나머지 뒤를 이었다.

"마단주가 연성하는 절대무공의 초석이 될 수 있는 자, 또 하나는 절대무를 익힐 기재라고 인정한 자죠."

긴 침묵이 이어졌다.

강에서는 어떠한 소리도 들려오지 않았다. 강은 침묵을 깨는 소리를 용납하지 않는 듯했다. 하지만 알고 있다. 지금 이 시간, 칠수천 중 세 명을 죽이고 섬으로 들어간 사람들이 그야말로 죽음처럼 조용히 빠져나가고 있다.

새로운 장소로 옮겨간 마단 총단을 알려줄 수 있는 사람들.

그러나 이토록 짙은 안개 속에서는 따라잡을 방도가 없었다. 삼수천조차도 꼼짝없이 당할 만큼 지독한 맹독을 뿌려대는 자들인데, 한 치 앞도 분간할 수 없는 상황에서 쫓아간다는 것은 개죽음을 자초하는 격이다.

삼수천…… 그들은 쉽게 당할 사람들이 아니다. 수공은 차치하고라도 그들 개개인이 지닌 무공으로만 살펴도 무림에서 한자리를 차지할 만한 사람들이다.

그런 그들이 맥없이 당한 것은 독에 대한 준비가 없었기 때문이다.

마단은 흉악무도하여 반드시 제거해야 할 자들이지만 독을 사용하지는 않았다. 무공에 대한 자부심으로 똘똘 뭉쳐서 오로지 무공으로만 승부를 보려고 한다.

일부 화약을 사용하는 자들이 있기는 하지만, 그들은 결사대 성격이 강해서 자신의 목숨까지 화약에 맡긴다.

그런 그들도 독을 사용하지는 않는다.

마단이 독을 사용하는 경우도 있다. 멸혼단이나 사활근맥단이 도가 비전의 명단이라고는 하지만 당한 사람들의 입장에서 보면 독이나 진배없다.

마단은 그런 독만 사용한다. 무공을 진일보시킬 수 있는 독만…… 무공 완성에 도움이 되는 독만…… 그리고 싸움에 임하면 역시 무공으로 승부를 낸다.

독에 대한 준비가 전혀 없었다. 현문 고수들이 알고 있는 독에 대한 지식은 일반 무인들의 범주를 넘지 못한다. 섬으로 도주한 자들이 독을 뿌려대는 한 쉽게 움직일 수 없는 것이다.

아쉽지만 지금으로서는 움직일 방도가 없다.

오랜 침묵을 깨고 창노한 음성의 주인이 입을 열었다.

"우리가 패배했군."

음성은 온화했으나 말을 듣는 사람들의 가슴에는 찬 서리가 내려앉았다.

"마단은 장족의 발전을 하고 있는데, 우리는 오히려 퇴보했어. 하룻강아지 범 무서운 줄 모르고 덤빈다고…… 우리가 그 짝이야. 저들은 새로운 무공을 계속 창안하고 있는데, 우리는 이미 사라져 버린 단파나 중얼거리고 있으니. 자업자득이야, 자업자득……."

뇌천검객은 다른 생각에 몰두했다.

'……불가능해. 도저히 있을 수 없는 일이야. 심장이 꿰뚫렸어. 즉사…… 천운으로 숨이 붙어 있었다고 해도 고혈단(枯血丹)을 복용했으니 회생할 방도가 없어. ……불가능해.'

뇌천검객의 머리 속에는 독사의 영상이 하나 가득 자리 잡았다.

있을 수 없는 일이라고 되뇌면서도 어쩐지 그가 살아 있을 거라는 생각이 뇌리를 떠나지 않았다.

'만약…… 독사가 살아 있다면…… 암혼사를 깨우쳤다면…… 비인부전의 무공, 암혼사…… 단파와 버금가는 무공을 연성했을 수도…….'

그렇다면…… 마단이 멸혼촌을 소멸시키면서 일부 몇몇 무인만 살려두었다는 대목이 설명된다. 독사가 암혼사의 진정한 오의를 깨우쳤다면 누구보다도 강한 무인으로 재탄생했을 수도 있다.

독사는 자신이 사문의 명을 어기고 암혼사를 전수했을 만큼 타고난 무인이다.

타고난 무인의 기준은 보는 사람에 따라서 달리 설정할 수 있다.

뇌천검객은 난해한 초식을 이해할 수 있는 뛰어난 두뇌와 동물적인 감각, 행동력에 기준을 두었다.

독사는 뇌천검객이 보아온 무수한 사람들 중에 가장 동물적인 감각을 지닌 자다. 무공을 습득하려는 집념이나 초식을 해독하는 능력도 뛰어났다.

그러나 그가 독사에게 암혼사까지 전수한 이유는 독사의 눈매가 마음에 들었기 때문이다.

죽음을 두려워하지 않는 눈매.

뇌천검객의 귓가로 창노한 음성이 들려왔다.

"마단은 더 이상 도움을 필요로 하지 않는 것 같군. 골인들을 죽였고, 몽환소에 중독되지 않는 이효기까지 죽였으니…… 그렇다면 후자인데…… 과연 저들 중에 절대무를 익힐 만한 기재가 있을까? 있다면 누구일 것 같나?"

'독사.'

뇌천검객은 단언할 수 있을 것 같았다. 그러나 말을 하지 못했다.

'그럴 리 없어. 독사는 죽었어.'

칠잔앙을 태운 가마가 점으로 변해 멀리 사라져 갔다. 현문 고수들도 올 때와 마찬가지로 흔적없이 물러갔다.

현문 고수들이 총동원되었지만 대단한 기대를 가지고 온 것은 아니다. 어떻게든 마단이 새로 옮긴 총단의 위치를 가늠해야겠기에 어쩔 수 없는 심정으로 달려왔을 뿐이다. 그것이 마단주도 아니고, 겨우 철망이나 지키는 수하들에게 이토록 참담하게 무너질 줄은 생각하지 못했지만.

그렇다. 싸움은 잠깐에 불과했다. 싸움이라고 생각할 만한 사건은 화약을 동반한 암신의 공격과 절곡에서의 싸움, 그리고 칠수천과 마수귀들의 물속 싸움뿐이다.

그것으로 현문 오십사천은 사십천이 되었다.

싸움 같지도 않은 싸움에서 삼 할에 가까운 동문들이 죽어가리라고 누가 생각했겠는가.

분위기는 침울했다.

"섬에 가볼 생각이십니까?"

뇌천검객이 묻자, 빙천검객은 고개를 가로저었다.

섬에는 아무도 없다. 떠날 사람들은 모두 떠났다. 추적할 만한 단서도 남겨놓았을 리 없다. 빈 걸음 하는 요량으로 들어가 본다면 몰라도 무엇을 기대하기는 어렵다.

무엇보다 현문은 섬으로 들어간 무인들의 도피 방법을 몰랐다.

그들은 골인들이 대부분이다. 평생이라고 할 수도 있는 세월을 척박한 원시림에서 생활했다. 그들에게는 쌀 한 톨 구경할 수 없는 원시림이 고향 같을 수도 있다.

섬에서 빠져나갈 곳은 여러 군데다.

오던 길을 거슬러 올라가 상류로 올라갈 수도 있고, 대담하게 하류로 빠져나갈 수도 있다. 또 반대 편 강안으로 건너가 원시림 속으로 숨어들 수도 있다.

대략이나마 위치를 파악하지 않는 한 그들을 따라잡을 방법이 없다. 더군다나 이토록 안개가 짙게 깔린 상황에서는 모래톱에 떨어진 바늘을 찾는 것보다 어렵다. 바늘은 움직이지나 않지, 그들은 끊임없이 움직이고 있으니까.

"그만 가시죠. 여긴…… 아무도 남아 있지 않습니다."

뇌천검객의 말은 사실이다. 사람이 살기에는 기후와 토양이 척박한 원시림은 예전부터 사람의 발길이 닿지 않았다는 듯 묵직한 침묵만 토해내고 있다.

겉모습만 그런 것이 아니다. 주위 이십 리를 샅샅이 뒤져도 산 사람의 모습은 흔적조차 찾을 수 없다.

빙천검객이 입을 열었다.

"뇌천…… 대사백님께 말하지 못한 것이 무엇인가?"

"하하! 사형, 그게 무슨 말씀……."

"자네와 살을 붙이고 산 게 오십 년이네. 절대무를 익힐 만한 기재. 마단조차 인정한 자. 그자가 누군가? 누굴 생각하고 있는 겐가?"

"사형……."

뇌천검객의 음성이 잔잔해졌다. 부인이라고는 생각할 수 없는 음성이다. 그렇다고 확실하게 시인을 한 것도 아니다.

"내 생각이 맞는다면…… 그자는…… 독사가 아닌가?"

"……."

뇌천검객은 대답하지 못했다. 무언의 시인이다.

"허허! 그것참…… 천요문의 무공으로는 마단의 인정을 받기가 어려울 텐데…… 기연이라도 얻은 겐가."

'암혼사를…… 암혼사를 전수했습니다.'

뇌천검객은 목구멍까지 치솟아오른 음성을 간신히 억눌렀다.

마음속의 욕심을 씻어내려고 했고, 씻어냈다고 생각했는데, 또 욕심이 솟구친다.

기왕 전수한 암혼사…… 독사가 어떤 무공으로 완성해 나가는지 보고 싶다. 또한 현문이 마단의 적수가 되지 않는다는 것이 명확해진 지금, 독사는 마단을 막아줄 훌륭한 대안이다. 독사가 살아 있다면……

저들 무리를 이끌고 있는 자가 생각한 대로 독사라면.

뇌천검객의 머리 속은 분주했다.

'밖에서 데려온 자들을 조사해야 돼. 독사 패거리, 한보숭의 여식. 그들을 왜 데려왔는지 파악해 내면……'

저들 무리가 간 곳을 알아내야 한다. 어쩌면 그 일은 현문의 존폐가 걸린 일일지도 모른다. 그리고 그 출발은, 저들 무리가 갈 만한 곳을 추적하는 데는, 얼마 전에 사천무림에서 들어온 몇몇 사람에게서 시작될 것이다.

빙천검객이 말했다.

"이제 정말 주사위는 던져졌군. 마단이 조만간 출도할 터이니…… 묵천신공으로 절대무라고 자부하는 무공을 막을 수 있을지."

"막을 수 있을 겁니다. 묵강흑인(墨剛黑人)만 탄생한다면. 칠잔앙 어른께서도…… 오늘 현문이 처한 상황을 똑똑히 목격하셨으니 더 이상 묵강흑인을 탄생시키는 데 주저하지 않으실 겁니다."

쾌천검객이 빙천검객의 말을 받았다.

"그렇겠지. 그럴 거야. 묵강흑인으로 마단을 막을 수 있을지는 의문이지만…… 그 방법밖에 없겠지. 자, 우리도 그만들 가세."

빙천검객이 먼저 걸음을 떼어놓다가 문득 무슨 생각이 들었는지 뇌천검객에게 고개를 돌리며 말했다.

"사제, 사제의 생각이 맞기를 바라네. 바랄 수 없는 노릇이네만…… 마단을 막을 수 있는 또 하나의 방법은 되겠지."

뇌천검객의 입가에 잔경련이 빠르게 일어났다가 사라졌다.

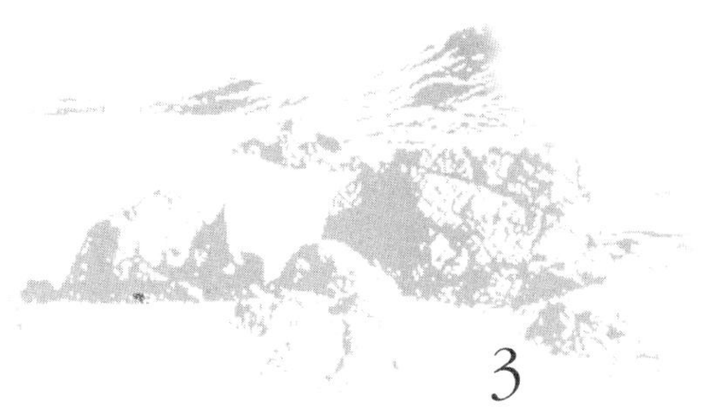

귀주사괴는 자신들이 지닌 능력을 최고조로 끌어올린 후 한 걸음, 한 걸음 조심스럽게 내디뎠다.

무림에서는 겨우 삼류 추적꾼에 지나지 않았던 그들이다. 그들이 입에 풀칠이라도 하며 살 수 있었던 것도 범인들 눈에는 그들의 능력이 신과 같이 비쳐졌기 때문이다.

그들이 지닌 능력은 분명히 탁월했다. 하지만 무인들은 그런 능력을 인정하지 않았다. 무인들이 수련하는 기감(氣感)이 그들의 능력과 유사했고, 어떤 경우에는 그들보다 한 수 빨리 상대를 봤고, 들었으며, 느꼈기 때문에.

고절한 무공이 뒷받침되지 않은 선천적인 능력은 아무리 탁월해도 무인들의 세계에서는 통용되지 못했다.

그러던 귀주사괴가 가장 중요한 중책을 맡았다.

"난 마단인지 현문인지 하는 곳은 몰라요. 상관할 필요도 없고. 그 누구에게도 들켜서는 안 되니 상관할 필요도 없지 않나요? 하다못해 초부(樵夫)의 눈에도 띄어서는 안 되겠죠. 그렇게 길을 여세요."

계집애처럼 조곤조곤 말하는 대물은 한주먹이면 나가떨어질 것 같았다. 무림에서라면 대물 같은 자의 지휘를 받는다는 것은 어림 반 푼어치도 없다.

하지만 명령을 받았다.

작은 일도 아니고 전체의 목숨을 담보로 잡고 길을 여는 일이다.

"길이야 뚫겠지만 우리가 무슨 수로 마단이나 현문 고수들의 이목을 속이누."

"방향만 잡으면 돼요. 내일 새벽에는 한 치 앞도 분간할 수 없는 안개가 깔릴 테니까."

"천기까지 읽을 줄 아는가?"

"그런 재주가 있으면 등 따습게 편히 지내지 파락호 생활을 했겠어요? 마천옥 형님이 그럽디다. 내일 새벽에는 안개가 짙게 깔릴 테니까 그 순간을 이용하자고."

"그 말이 사실이라면 하늘이 돕는구먼."

사실이었다. 야밤삼경을 넘어서면서부터 짙은 안개가 피어나더니 한 치 앞도 분간할 수 없게 만들었다. 이대로라면 당당하게 뗏목을 타고 노를 저어가도 추적을 따돌릴 수 있을 것 같았다.

그래도 조심에 조심을 거듭했다.

신령은 느낌을 좇았고, 광안은 보이지 않는 안개 속을 꿰뚫어 보려고 노력했다. 그러나 그들의 역할은 진취와 통음에게는 미치지 못했다. 진취는 물안개 속에서 풍겨오는 사람의 냄새를 맡아 나갔고, 통음은 천지자연의 소리와 인간이 흘려내는 소리를 구분해 냈다.

귀주사괴와 잔심마도, 그리고 대물을 태운 뗏목은 물살을 따라 서서히 떠내려갔다.

그들 뒤로는 십 장 간격을 두고 다른 뗏목이 떠내려왔다.

귀주사괴의 뗏목과 넝쿨로 묶여져 있으니 서로 떨어질 염려는 없었다. 그리고 그 뒤로 또 십 장 간격을 두고 뗏목 하나가…… 그렇게 무려 뗏목 일곱 개가 연이어져 있으니 간격을 모두 고려해 보면 칠십여 장으로 늘어난다.

작은 뗏목으로 덩치를 줄이려는 의도와 서로 분산됨으로써 멀리서 식별해 내기에 용이치 못하게 하려는 의도가 혼합된 방식이었다. 물론 날씨가 맑았다면 꿈도 꾸지 못할 방법이지만.

덕분에 뗏목은 느리기는 하지만 꾸준히 흘러갔다. 물살에 부딪치는 소리도 거의 들리지 않았다.

'기분 나쁘네. 너무 조용해.'

통음은 조용함이 오히려 마음에 걸렸다.

그는 약속한 방식에 따라 신령의 어깨를 두드렸다.

'너무 조용한 게 기분 나빠. 느낌은 어때?'

통음의 간단한 수화(手話)에 신령도 수화로 답했다.

'나도 조용한 건 이상하다고 생각하는데…… 별다른 느낌은 들지 않아. 이대로 가도 좋을 것 같아.'

언제나 자신의 느낌에 십 할 자신을 갖는 신령이 고개를 갸웃거릴 만큼 주위는 평화롭고 고요했다.

섬을 출발한 지 시간이 꽤나 흘렀다고 생각될 즈음, 안개가 걷히며 햇빛이 찾아들었다.

어둠이 채 가시지도 않은 이른 새벽에 출발했는데, 벌써 태양이 중천 가까이 솟은 후였다.

산천초목이 드러났고, 유유히 흐르는 강물 모습도 제대로 보였다. 강폭은 넓었고, 유속은 느렸다.

십 장 간격으로 벌어져 따라오는 뗏목들도 보였다.

거리가 멀어서 얼굴 표정까지 읽을 수는 없지만 행동거지는 확연하게 파악되었다.

모두들 잔뜩 긴장한 채 신경을 곤두세우고 있다.

곧추잡은 병장기는 금방이라도 피를 뿜어낼 것 같다.

안개가 걷히자 가장 활동이 두드러진 사람은 광안이었다. 그는 새우눈을 연신 꿈틀거리며 사위를 살폈다.

"거참…… 무덤 속에 들어온 것 같네. 너무 조용해."

옆 사람이나 간신히 들을 수 있을 만큼 작은 소리였다. 강안에서는 전혀 듣지 못할 소리. 하지만 그 소리에도 뗏목에 탄 사람들은 일제히 시선을 집중시켰다. 소리 내지 말라는 질책의 의미를 담고.

"다 보고 하는 말이야. 아무도 없어. 아귀 같은 놈들이 흔적도 없이 사라져 버렸어."

광안이 무안한 표정으로 또 말을 했다.

뗏목은 아무런 제지도 받지 않았다.

뗏목은 느렸다. 하지만 흘러가는 시간은 더욱 느렸다. 반나절이라는 시간이 마치 사나흘이라도 된 듯 지루하게 흘렀다. 적막한 산속에서 혼자 고독을 되씹으며 지낼 적에도 시간이 이렇게 더디 가지는 않았는데.

그러나 흐르는 것이 시간이고, 어느덧 멀리만 보이던 비락봉(枇珞峰)이 손에 잡힐 듯이 가까워졌다.

그것은 뗏목이 적어도 오십여 리는 흘러왔다는 것을 의미했고, 마단이나 현문의 추적으로부터 안전하다는 것을 말해 주기도 했다.

태양이 산 너머로 넘어가며 아름다운 석양을 뿌려낼 무렵, 신령이 일어나서 손을 크게 흔들었다.

그러자 맨 후미에서 따라오던 독사와 엽수낭랑, 그리고 일수일살과 냉설이 뗏목을 저어 앞 뗏목에 따라붙었다.

앞 뗏목에 타고 있던 신검서생과 사시는 독사가 다가오기 전부터 부지런히 손을 놀려 독사가 다가왔을 때는 두 뗏목을 하나로 엮을 준비를 끝낸 후였다.

휘익!

넝쿨이 허공을 날아 독사에게 던져졌다.

일수일살이 넝쿨을 받아 뗏목 가장자리에 묶었다. 냉설은 처음부터 묶여져 있던 넝쿨을 잡아끌어 다른 가장자리에 묶었다.

조그만 움직임들이 이어지고 난 후, 두 뗏목은 하나가 되었다.

움직임은 계속 이어졌고, 속도도 빨라졌다.

작은 뗏목들은 하나씩 하나씩 묶여져 마침내는 커다란 뗏목 하나가 되었다.

"생각보다 빨리 왔군요. 안개 덕분이에요."

마천옥이 비락봉을 올려다보며 말했다.

그들이 지나온 곳도 험한 곳이었지만 비락봉은 정말 험했다. 칼끝처럼 날카로운 바위들과 깎아지른 듯한 절벽. 강에서 바라본 비락봉은 산 전체가 하나의 병기나 다름없어 보였다.

“정말 여기서 살았어요?”

엽수낭랑이 혜월 한청을 쳐다보며 물었다.

산이라면 사내들보다도 더 많이 알고 있는 그녀였지만 그녀가 보기에도 비락봉은 준비없이 발을 들여놓을 산이 아니었다.

“여긴 사람들이 찾아오질 않죠. 조용해서 좋아요.”

“여기서 얼마나 머물렀소?”

이번에는 신검서생이 물었다.

무공을 익혔어도 힘들 터인데, 혜월은 무공을 전혀 모른다. 그런 여인이 이런 산에서 하루 이틀도 아니고 해를 넘기며 머물렀다는 것은 좀처럼 믿기 힘들다.

혜월이 독사를 바라보며 담담하게 대답했다.

“독사가 무림을 떠도는 그 기간만큼.”

혜월은 거침없이 험한 산길을 올라갔다.

처음부터 편한 길은 생각하지 않았지만, 등줄기에 식은땀이 배이리란 것도 생각지 않았다.

등줄기에 소름이 스쳐 지나가고, 이마에서는 굵은 땀이 흘러나왔다.

“그러니까 쉬고 밝은 날에 올라가자니까.”

진취가 기어이 불평을 터뜨렸다.

그는 왼손을 뻗어 칼날처럼 삐죽이 솟아 나온 돌 조각을 움켜잡았다.

금방이라도 뚝 부러져 버릴 것만 같은 돌 조각. 하지만 달리 선택의 여지가 없었다. 혜월이 앞서서 돌 조각을 움켜잡고 저쪽으로 건너가 버렸으니까.

깎아지른 벼랑을 가로질러 갈 줄이야 누가 알았으랴.

"뭐해. 빨리 가지 않고. 힘들어 죽겠는데."

뒤에서 통음이 재촉했다.

"재촉 좀 하지 말고 가만있어 봐. 먼저 앞서 가던가. 이거야 원……
발 디딜 곳이라도 있어야지."

"움메. 팔 떨어지겠네. 아! 이판사판이라고 생각하라니까. 눈 질끈
감고 건너가 버려."

팔 하나에 전 체중이 실려 있는 상태다.

두 팔로 매달리지도 못하고 한 팔로만 돌 조각 하나를 움켜잡은 채
허공에 매달려 다른 돌 조각을 찾아 움직여야 한다.

진취는 한참을 쩔쩔매다가 다른 돌 조각을 발견하고 몸을 움직였다.

쉬익! 탁!

돌 조각을 발견하기가 어렵지, 발견한 다음 신형을 날려 움켜잡는
정도는 귀주사괴에게도 어렵지 않았다. 그러나,

"음……!"

정확하게 신형을 날렸고, 목표로 한 돌 조각을 움켜잡았는데…… 통
음은 미미한 신음을 토해내고 말았다.

그가 발견해 낸 돌 조각은 돌이 아니라 검날이었다. 검날처럼 날카
로웠고, 뾰족했다. 돌 조각을 움켜잡는 순간, 날카로운 날은 통음의 손
바닥을 찢어놓았고, 하마터면 손을 놓을 뻔했다.

다시 식은땀이 배어 나왔다.

손을 놓기라도 했다면 몇 길이나 되는지도 모를 낭떠러지 밑으로 추
락할 판이다.

"빌어먹을! 꼭 이런 곳으로 숨어들어야 하는 건가? 하긴 이런 곳에

숨으면 쉽게 찾을 수는 없겠네."

칼날 절벽이 무서운 점은 몸을 지탱할 만한 곳이 없다는 점이다. 손으로 더듬어 잡고, 몸을 이동하는 데도 상당한 주의를 요한다. 그래서 가장 무서운 점, 적에게는 단점이요 방어하는 쪽에서는 장점인 이동 속도가 느리다는 결과를 가진다.

통음은 몇 번 더 손을 벤 끝에 반반한 바위 위에 올라섰다.

혜월은 바위 한쪽에 태연히 앉아서 어둠에 잠겨 버린 세상을 바라보고 있었다.

통음은 거의 무의식적으로 혜월 옆에 털썩 주저앉았다. 그리고 물었다.

"거 되게 힘드네. 앞에도 이런 길투성이인가?"

"아뇨. 편할 거예요."

"여자 몸으로…… 이런 길을 어찌 다녔누?"

여자라든가 사내라는 성별의 문제가 아니다. 무공을 익히지 않은 범인이 이만한 절벽을 타려면 상당한 용기가 필요하다. 적어도 목숨을 내놓을 각오가 서지 않으면 한 발자국도 움직일 수 없다.

'무천문도…… 현문도 어쩌지 못하는 독사. 무림인들이 쩔쩔매는 폭풍의 중심에 선 독사. 그를 잡으려면 목숨이 대여섯 개는 있어야 하겠죠. 의지를 다지는 데 목숨 한두 개쯤 던진다고 대수인가요.'

혜월은 대답하지 않았다.

"굳이 위험을 감수할 필요가 있겠습니까?"

마천옥이 악마의 입처럼 독아(毒牙)를 드러내고 있는 칼절벽을 쳐다보며 말했다.

한 명, 두 명…… 독사 일행은 칼절벽에 매달려, 어디로 통하는지도 모를 저쪽으로 건너갔다.

남은 사람은 단 두 명, 독사와 마천옥뿐. 그때 마천옥이 입을 연 것이다.

"그 말을 하려고 아직 건너가지 않은 거요?"

"이곳은 혜월의 땅입니다. 싸움이란 나에게 유리한 지형에서만 싸울 수는 없지만, 그렇다고 적에게 유리한 지형을 일부러 골라서 들어갈 필요도 없다고 봅니다."

"혜월이 적이오?"

"증오는 세상에서 가장 무섭고 두려운 적이죠."

"혜월을 데려온 사람은 일지 아니오?"

"독(毒)도…… 쓰는 사람에 따라서는 약이 될 수 있으니까요."

"무책임한 말."

"네?"

"혜월이란 독을 쓰는 사람은 일지일지 모르지만…… 그 독에 위협을 받는 사람은 일지가 아니라 내가 되겠지. 혜월이 내게 온 순간, 나는 혜월이란 독을 써야 할 처지가 되어버렸어요."

"……."

"왜냐? 혜월을 쓰지 못하면 내가 중독되니까. 혜월과 나의 싸움은 그녀가 내 이름을 듣는 순간부터 시작되었으니까. 먼저 건너가세요."

"대형!"

"혜월은 섣불리 손을 쓸 여인이 아니오. 그녀가 손을 쓰는 순간이 내가 세상을 마지막으로 보는 순간이겠지. 그만한 자신이 없는 한, 절대 손을 쓰지 않을 거요. 적어도 여기는 아니지. 이런 절벽은 나도 조심을 할 터이니까. 내가 조심을 하지 않을 때…… 혜월은 그 순간을 노릴 거요."

"제 말이 그 말입니다. 혜월의 땅으로 들어서면 하찮은 기회도 치명적이 될 수 있습니다."

"일지가 막아주겠지."

독사는 웃었다.

독사가 칼절벽을 건너오자, 혜월이 웃으며 다가왔다.

"건너오기 어렵죠?"

"손이 세 군데나 베였소."

독사는 손을 들어 보였다. 캄캄한 어둠 속이라 상처는 보이지 않았다. 하지만 손을 들어 보인 것만으로도 살이 베인 모습이 머리 속에 그려졌다.

"다음부터는 편한 길로 다니게 될 거예요."

"무슨 소리요?"

"요 아래, 절벽을 돌아서 오는 길이 있죠. 가파르지만 위험하지는 않아요. 시간도 오히려 돌아오는 편이 훨씬 절약되죠."

혜월의 말에 잠시 휴식을 취하던 독사 일행은 등골이 서늘해졌다.

그들은 이제야 새삼 깨달은 것이다. 독사와 혜월의 구원(舊怨)을. 그리고 혜월이 자신있게 속내를 털어놓을 만큼 위험한 땅에 들어섰다는 것을.

"하하! 이 길도 별로 나쁘지는 않은 것 같소. 민첩성이나 담력을 기르기에는 아주 적격이오."

"그런가요?"

혜월 한청은 배시시 웃었다. 티없이 맑은 웃음, 그 속에서 원한이나 증오를 찾기는 어려웠다.

"편한 길이 있는데도 이 절벽으로 온 것을 보니…… 자주 애용하는 길인 것 같소?"

"그래요. 전 이 길로만 다녀요. 제가 다니는 길을 한 번쯤 알아보는 것도 나쁘지는 않겠다 싶었거든요."

"와신상담(臥薪嘗膽)?"

"비슷해요. 전 절치부심(切齒腐心)이라고 생각했는데, 좋은 말도 있었군요."

"……."

"손이 베였다고 하셨죠? 전 손뿐만이 아니라 몸도 찢겼죠. 이상한 일이더군요. 찢어진 육신은 상처가 아무는데, 찢어진 마음은 아물지 않더라고요. 죽을 뻔한 고비도 여러 번 겪었죠. 그것도 이상했어요. 몸이 위험에 처할 때는 마음이 편해지고, 육신이 편할 때는 마음이 아팠죠. 이런 현상을 치유할 수 있으세요?"

독사가 대답해 주었다.

"한 사람만 죽으면 치유될 거요."

*   *   *

오공사수는 독사 일행을 놓쳤다는 보고를 받고도 흔들림을 보이지 않았다. 언제나처럼 소매 속에서 지네 한 마리를 꺼내 입속에 털어 넣으며 태연하게 말했다.

"독사는 돌아올 게다."

확신에 찬 어조였다.

"사람치고 목숨이 아깝지 않은 자는 없습니다. 더군다나 우리 마단과 주고받을 것도 없습니다. 놈은 혈혈단신, 위협할 만한 것도 없습니다."

"놈은 돌아온다."

"정말 절대무를 수련해 낼 것이라고 생각하시는 겁니까? 중원에 그런 무공이 있다고 생각하시는 겁니까? 그럼 그런 무공을 수련할 것이지 이토록 고된 역정을 택한 이유는 무엇입니까?"

일마는 질문을 쏟아냈다.

만무타배의 죽음은 상당한 충격이었다.

현재 무림에서 만무타배를 어찌할 사람은 없으리라고 생각했다.

그런데 죽었다. 헌눈도 몇 명에게 어처구니없게 죽었다.

그것이 절대무와 일반 무공이 다른 점이다. 절대무는 어떠한 상황, 어떤 무공을 지닌 자와 싸워도 지지 않는 무공이다. 절대무를 수련해 내면 절대로 타인 손에 죽을 염려는 없다.

일반 무공은…… 신공절기라는 것을 수련하여 적수가 없는 초강자라고 해도…… 허점이 드러나면 죽는다. 만취하여 인사불성이 된 상황에서 적이라도 달려들라 치면 너무 간단하게 당한다.

일반 무공과 마단이 추구하는 절대무의 차이는 크다.

만무타배는 초강자이기는 하지만 절대무를 수련한 것은 아니다. 일마 자신도 만무타배와 겨뤄 지지 않을 자신이 있지 않은가.

일마 자신 또한 마찬가지다. 사부인 오공사수까지 꺾을 자신이 생기더라도, 주공인 마단주의 무공을 능가할 무공을 연성해 내더라도, 그가 수련한 무공이 절대무가 아닌 이상 언젠가는 누군가에게 당하고 만다.

만무타배처럼 어처구니없게 당할 수도 있고, 정말 초강자를 만나 필사
적으로 싸운 끝에 간발의 차로 패배할 수도 있다.

그가 오공사수에게 던진 질문은 독사가 돌아온다, 돌아오지 않는다
하는 지엽적인 문제가 아니라 절대무가 존재하느냐 하는 근본적인 회
의에서 오는 질문이었다.

마단주가 연성하고 있는 무공이 과연 절대무일까?

오공사수가 말했다.

"독사는 돌아온다. 절대무를 익히지 않았어도 돌아온다. 그는 싸움
꾼이야. 싸움꾼은 싸움을 피하지 않지. 파락호들 말을 빌리자면……
깨지더라도 걸어오는 싸움을 피하지 않는다는 거지. 우린 싸움을 걸었
고, 그가 응답해 올 게다. 우린 우리 할 일만 하고 있으면 돼. 굳이 찾
아 나설 필요가 없다. 돌아올 테니까. 언젠가는……."

오공사수는 새로운 터전에 새로 세워진 태황전을 바라보았다. 마단
주가 웅크리고 있는 태황전을.

일마는 다른 생각을 했다.

'사부님은 이성이 흔들리고 있어. 나라도 놈들을 감시해야 돼. 시숙
께서 연락을 취해올 테니까…… 단의 방침대로 처리해야 돼. 골인이
세인들 앞에 모습을 드러내거나 단에 관해 한 마디라도 중얼거리
면…… 죽이는 거야. 당장 죽이지 않는 것만 해도 사부님에 대한 예의
는 다한 거니까. 일단은 철저하게 따라붙어야 돼. 무슨 짓을 하는지 낱
낱이 알아야 돼.'

第五十二章

한 시진의 길이

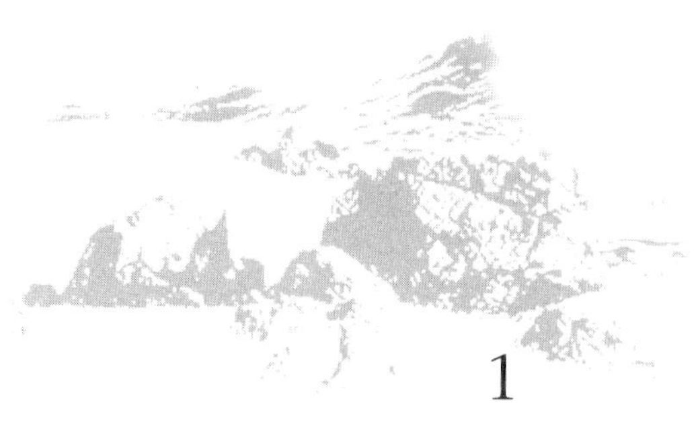

1

각자 흩어져서 거주할 공간을 마련했다.

한 번 경험이 있어서인지 독사 패거리의 행동은 민첩했고, 막힘이 없었다.

"여기 얼마나 있을 예정입니까?"

"준비가 될 때까지."

그 한마디면 충분했다. 거처까지 마련하라는 의미는 한두 달 머물다가 떠날 생각이 아니다. 독사가 말한 준비라는 것이 무엇인지는 모르지만, 이유가 있는 말이란 점은 의심치 않는다.

각자 자신의 무공 수련에 적합한 장소를 물색하고, 서너 달 이상 머물 수 있는 거주지까지 마련하는 데는 반나절도 걸리지 않았다.

정오 무렵, 독사 패거리는 한자리에 모였다.

엽수낭랑과 혜월이 각종 버섯으로 국을 끓여 내왔다.

이것이 점심이다. 이것이 현실이다. 앞으로는 매 끼니를 손수 마련해야 한다.

버섯 국물을 단숨에 후루룩 들이켰다.

"이거야 원…… 물로 배를 채우는 것과 마찬가지지."

진취가 투덜거렸지만 그의 말에 귀를 기울이는 사람은 없었다.

그들은 독사가 입을 열기를 기다렸다.

그가 말한 준비가 무슨 준비이며, 앞으로 어떻게 되는 것인지…….

독사가 급하게 만든 나무 그릇을 내려놓으며 말했다.

"우리 중 최강자가 누굴까?"

혼잣말처럼 중얼거린 말이지만, 그 말을 놓친 독사 패거리는 없었다.

"그거야 당연히 대형이지."

쇠스랑이 두말할 필요도 없다는 듯 쉽게 대답했다.

"그럼 두 번째로 강한 사람은?"

이번에는 쇠스랑도 쉽게 대답하지 못했다. 그는 지천도를 쳐다보기도 했고, 일수일살과 냉설을 쳐다보기도 했다. 또 당문삼기 쪽으로도 눈길을 주었지만 누가 두 번째로 강한지 쉽게 대답할 수 없었다.

"내 생각에는……."

모두들 촉각을 곤두세웠다.

첫 번째 자리는 양보할 수밖에 없었지만, 두 번째 자리는 사양하고 싶지 않은 사람들이 많기 때문에.

"엽수낭랑 당 누이가 두 번째인 것 같아."

"뭐요?"

"허!"

독사의 이번 말에는 어지간하면 이의를 달지 않던 독사 패거리들마저 어처구니없다는 표정을 떠올렸다.

독사는 그들의 표정을 무시했다.

“세 번째로 강한 사람은 누굴 것 같나?”

그러자 일수일살이 정색을 하며 물었다.

“대형, 방금 전 그 말을 납득할 수 없는데…… 당 소저의 무공을 얕보는 건 아니지만 두 번째까지는…….”

독사는 싱긋 웃으며 엽수낭랑을 쳐다봤다.

두 번째 강자로 지목된 당사자, 엽수낭랑은 자신과는 상관없는 말이라는 듯 비워진 목그릇을 수거하고 있었다. 목그릇이라고 할 것도 없는 나뭇조각에 불과하지만.

모두의 시선이 엽수낭랑에게 꽂혔다.

“훗! 괜한 말씀을 하셔 가지고…… 이젠 안 하시던 농담까지 하시고, 웬일이에요?”

엽수낭랑이 사태를 무마해 보고자 가벼운 말을 던졌지만, 무거워진 분위기는 좀처럼 가시지 않았다.

“수리검을 빌려주시겠습니까?”

눈은 엽수낭랑을 쳐다보고 있지만 말은 당한에게 했다.

당한은 묵묵히 수리검 한 자루를 꺼내 독사에게 건네주었다.

순간 엽수낭랑의 안색이 딱딱하게 경직되었다. 그녀는 느낄 수 있었다.

‘검을 던지려고 해. 날…… 나를 공격하려고…….’

사정을 봐주는 공격이 아니다. 전력을 다해 던져 내는 수리검이다. 수리검을 손에 잡는 순간부터 미증유의 살기가 피어나고 있다.

‘방심할 수 없어!’

엽수낭랑의 생각이 끝나기도 전에,

쒜에엑……!

허공을 찢어내는 파공음이 터져 나왔다.

수리검은 파공음보다도 빨랐다. 항시 번개는 뇌성보다 빨리 오는 법이다. 번개가 터지고 난 다음에야 뇌성이 울린다. 독사가 던진 수리검이 그랬다.

엽수낭랑은 위험을 절감한 순간 반사적으로 고개를 젖혔다. 찰나, 아슬아슬하게 턱 밑을 스쳐 지나는 수리검.

‘목젖! 휴우! 아슬아슬했어. 손에 사정 좀 남겨놓지.’

탁!

목젖을 스쳐 지난 수리검이 그녀의 등 뒤에 있던 나무 기둥에 자루만 남기고 박혀들었다.

그제야 비로소 한기가 치솟았다. 목숨이 경각에 달렸었고, 독사가 자신에게 수리검을 던진 것이 현실이라는 자각이 뒤늦게야 들었다. 그러나 동요하지 않았다.

‘저 잘 피했죠?’

속으로 한마디 한 것이 고작이었다.

그녀는 자신만 알 수 있는 미소를 지은 채 태연히 나무 그릇들을 거뒀다.

“엇!”

“아!”

독사 패거리의 탄식과 경악이 그제야 터져 나왔다.

“이럴 수가…… 나…… 보다도 빠른 것 같아.”

당한은 경악했다. 엽수낭랑이 수리검을 피해냈다는 사실까지는 생각이 돌아가지 않았다. 그는 독사가 던진 수리검을 보지도 못했다.

그것은 큰 충격이었다.

당한뿐만이 아니라 당옥과 당호도 할 말을 잊어버렸다.

독사가 선보인 한 수는 암기의 명가인 당문에서도 쉽게 찾아볼 수 없는 절정의 한 수였다.

느낌보다도 빠른 암기.

당문에서는 이런 경지를 무영투(無影投)라고 하여 절정 반열에 올려 놓는다.

독사도 놀랍지만 엽수낭랑도 놀랍기 그지없다.

사내라고 해도 불시에 그만한 공격을 받았으면 당황할 만한데, 하다 못해 가슴이라도 두근거릴 텐데, 그녀는 아무런 일도 없었던 듯 태연히 하던 행동을 계속하고 있다.

어떻게 이런 일이 있을 수 있을까? 엽수낭랑이 언제 이만한 고수가 되었는가.

"두 번째 강자는 논란이 없을 것 같고…… 세 번째는 누구일까?"

논란은 없었다. 독사가 수리검을 던지고, 엽수낭랑이 피해냈을 때 터뜨렸던 경탄도 더 이상 터뜨리지 않았다. 하다못해 엽수낭랑을 추커 세우는 허울 좋은 소리마저 내뱉지 않았다.

일부는 얼음 같은 냉기를 뿜어냈다. 또 다른 일부는 주위에 흐르는 차디찬 냉기에 몸이 얼어붙어 숨을 죽였다.

일부…… 몇 사람…… 이제는 마단 고수들과도 겨뤄볼 만하다고 자 부하는 몇 사람은 기분 나쁠 정도로 침착했다.

일수일살이 그중 한 명이었다.

그는 깊게 가라앉은 눈길로 야공(夜空)을 올려다보며 깊은 생각에 잠긴 듯했다.

사람 발길이 끊어진 곳에서 삶을 생각할 수 없었을 때, 그래도 검은 들어야 했을 때…… 그때부터 새롭게 길들여진 고벽(痼癖)이다.

'대형이 가르쳐 준 검로(劍路). 난 사라검법(死羅劍法)에 독수리의 호선을 접목시켰어. 완벽하게. 이보다…… 더 강해질 수는 없다.'

마음이 차분하게 가라앉았다. 투지가 사라졌다. 욕념(欲念)도 사라졌다. 대신 뚜렷하게 부각되는 것은 한 줄기 검의 흐름이다.

마단에 쫓기고, 현문에 쫓기고…… 이리저리 쫓기기만 하는 독사 패거리에서 두 번째로 강하면 어떻고 세 번째로 강하면 어떤가. 맨 마지막이라고 한들 삶이 달라질 것인가.

'별이 참 맑군.'

그의 입에서 말이 새어 나왔다.

"그것이 두 번째 강자를 정하는 방법이라면……."

일수일살은 검을 들고 일어섰다.

저벅, 저벅……!

엽수낭랑이 서 있던 자리까지는 대여섯 걸음에 불과했다.

실제로 일수일살은 숨 한 번 들이킬 사이에 엽수낭랑이 서 있던 자리까지 걸어가서 뒤돌아섰다.

하지만 일수일살의 모습을 지켜보는 독사 패거리에게는 천 리나 된 듯이 멀게 느껴졌다. 그들은 일수일살이 걸어가는 모습을 본 것이 아니다. 일수일살이 무엇 때문에 걸어나갔는지 알고 있고, 무슨 일이 일어날지 예견했기에 불안했다.

'대형이 손속에 사정을 담지 않으면 죽을 수도 있어.'

독사는 엽수낭랑을 믿었다. 다른 사람을 모두 제쳐두고 제이인자로 엽수낭랑을 지목했으니만치 그녀의 무공을 정확히 예측했다. 그래서 전력을 다해 수리검을 날릴 수 있었다.

수리검에는 사정이 담겨 있지 않았다. 그런 정도조차도 분간하지 못할 사람들은 아니다.

일수일살은 엽수낭랑과 똑같은 수리검을 원하고 있다. 최소한 엽수낭랑에게 던져졌던 섬광을 받아내야 한다.

호승심 때문만은 아니다. 일수일살이 호승심 때문에 혹은 두 번째 강자라는 허울 좋은 명예에 욕심을 내고 검을 들었다면, 당장 뛰어 일어나서 소매를 잡았을 게다.

일수일살은 정확한 자신의 무공 수준을 알고 싶은 것이다. 그런 생각은 일부 몇 사람의 마음과도 일치했고, 기회는 독사가 제공해 주었다.

"대형."

일수일살이 조용히 채근했다.

그는 검집을 버린 지 오래다. 혜월과 쇠스랑 등이 독사와 합류할 즈음에서 버린 것 같다. 검이 검집을 벗어날 때 생기는 마찰까지도 고려한 결단이었다.

'검을 보호하는 것보다는 빠른 게 좋아.'

일수일살에게는 준비랄 것이 없었다. 그가 상대를 향해 몸을 돌리면 싸울 준비가 완벽하게 끝난 것이다.

당한은 일수일살이 자리에서 일어날 때부터 고뇌했다. 여러 사람이 생각하는 것처럼, 자칫하면 일수일살이 목숨을 잃을 수도 있다. 독사가 전개한 일수는 절정에 이른 것. 마단이나 현문에서 찾으면 몰라도 독사 패거리들 중에는 막을 수 있는 사람이 있을까 고개를 휘젓게 만드는 것.

당한은 일수일살을 쳐다봤다. 그리고 좌중에 흐르는 묵직한 분위기와는 상관없다는 듯 태연하게 나무 그릇을 치우고 있는 엽수낭랑을 쳐다봤다.

'영아에게 서슴없이 수리검을 던진 대형. 저토록 태연한 영아. 이건 믿음이야. 믿음이 없으면 이럴 수 없어. 절대적인 믿음……'

당한은 서른여섯 자루 수리검 중 또 한 자루의 수리검을 꺼내 독사에게 내밀었다. 순간,

탁! 쒜에엑……!

어느 순간에 독사는 사전 예고도 없이 수리검을 낚아챘다. 아니다. 그의 손이 수리검이 닿는다 싶은 순간에 수리검은 벌써 파공음을 흘리고 있었다.

독사가 수리검을 만진 것은 실로 찰나. 정말 수리검을 만지기라도 했는지 의심스러울 정도였다.

일수일살의 일검도 번개를 무색하게 했다. 그가 휘두른 검에서는 검풍(劍風)도, 검광(劍光)도 일어나지 않았다. 왼쪽 발이 발뒤꿈치를 축으로 방향을 틀었고, 오른쪽 다리 밑으로 축 늘어져 있던 검이 왼쪽 허벅지 쪽으로 옮겨진 것 외에는 달라진 것이 없었다.

"빠…… 르다!"

벙어리라도 된 양 입을 다물고 살던 잔심마도가 입을 쩍 벌린 채 다물지 못했다.

일수일살이 전개한 검은 진정으로 빨랐다. 몸을 움직였으나 전혀 움직인 것 같지 않았다. 그러나…… 그가 그토록 빠르게 검을 전개했으나 아무 소리도 들리지 않았다는 것은 불길한 징조였다.

"대형과 나와의 거리는 사 장……."

신음처럼, 상처 입은 짐승이 으르렁거리듯 뱃속에서부터 저며 나오는 음성이었다.

"대형이 좁혀올 거리는 사 장…… 내가 휘두를 거리는 삼 척."

음성이 조금 커졌다. 모든 사람이 똑똑히 들을 수 있을 정도로.

"삼 척 장검으로 삼 척을 쳐내는데…… 사 장을 날아온 수리검 하나 쳐내지 못한단 말인가!"

수리검은 일수일살의 오른쪽 어깨를 스쳐 지나갔다. 일수일살의 검을 간발의 차이로 비껴나며.

독사는 손속에 사정을 두었다. 엽수낭랑에게 던졌던 것처럼 요혈을 노리고 던졌다면 지금쯤 일수일살은 땅에 누워 있어야 할 게다.

일부 몇 사람, 그들은 진정 이해할 수 없었다. 불철주야 검도에 매진한 일수일살은 피해내지 못했는데, 하루 온종일 사람들 뒤치다꺼리나 하고 시간이 나면 약초나 붙들고 사는 엽수낭랑은 피해내고.

독사가 사정을 봐준 것 같지는 않다. 그들이 어린아이라면 몰라도 칼날 위에 산 햇수만 해도 몇 해던가. 더욱이 지금은 멸혼촌에 들어설 때보다 훨씬 강해졌다고 자신할 수 있는데. 분명히 엽수낭랑에게나 일수일살에게나 같은 강도로 수리검을 쳐냈다.

궁금증은 엽수낭랑이 풀어주었다. 실로 어처구니없는 말로.

"내력에 문제가 있으신 것 같네요. 검이…… 생각하신 것만큼 빠르지 않아요."

일수일살은 너무 어이가 없어서 울지도 웃지도 못하는 심정이 되고 말았다.

수련을 했어도 몇십 년은 더 했다. 사람을 죽였어도 열 배, 스무 배는 더 죽였다.

평소에는 고수라고 생각해 본 적도 없는 여인에게 하수라고 지적받은 것과 진배없는 말을 들은 일수일살의 심정은 착잡하기만 했다. 분노마저 치솟았다.

엽수낭랑은 독사를 닮았는지 일수일살의 심정은 아랑곳하지 않고 말을 이었다.

"원래 수련하신 내공와 유화신공이 완벽한 조화를 이루지 못했네요. 일수일살께는 유화신공이 독이 되었어요. 차라리 유화신공을 수련하지 않으셨더라면…… 하지만 길게 보면 오히려 득이에요. 유화신공의 효험은 암혼사에 버금가는 것 같네요."

모두들 멍한 표정으로 엽수낭랑을 쳐다보았다.

그녀가…… 단 한 번 휘두른 검법을 보고 내공까지 저울질하는 수준에 이르렀던가. 그만한 고수였던가?

사람들의 눈길을 의식한 엽수낭랑은 살포시 웃으며 볼을 붉혔다.

"잘은 몰라요. 유화신공을 수련해 보지 않아서."

그때, 냉설이 대화에 가담했다.

"후후후! 요즘 고민거리가 여기서 이야기되는군. 이놈의 유화신공…… 평생 수련한 내공을 억누르고 있어. 차라리 유화신공을 수련하지 않았더라면 하고 바랄 때가 있었지. 요즘 최대 고민거리였는데."

일수일살은 검을 들어 어깨에 걸쳤다.

그는 무표정했다. 하지만 조금 전처럼 죽을상은 아니었다. 오히려 어떤 면에서는 마음이 편해진 것같이 보이기도 했다. 얼굴에 표정 변화를 떠올리지 않으니 정확한 내심은 알 수 없지만 느낌만은 그렇게 전달되어졌다.

"같은 내공을 가진 사람이 같은 무공을 수련했다면 강자를 논할 수 없지. 싸워봐야 아는 거니까. 그것도 그날의 운이 누구에게 작용하느냐에 따라서 승패가 갈라질 경우가 많고."

모두 독사의 말에 귀를 기울였다.

"그래서 오늘 이 대화를 가진 겁니다. 이야기를 해볼까요? 우리 중 세 번째 위치를 차지할 사람이 누굴까? 즉, 생사결전을 벌여서 살아남을 사람이."

독사가 왜 서열을 정하려 하는지는 몰라도, 여러 사람이 떠올랐다.

엽수낭랑은 내력에 문제가 있다고 했지만 일수일살도 제삼강자로 거론되기에 충분한 사람이다. 지천도도 무공을 펼치지 않아서 그렇지 결전에 임하게 되면 누구보다도 강할 것이다. 당문삼기는 또 어떤가? 그들의 암기와 독은?

"대형, 뜸 들이지 말고 속 시원하게 까발려 봐. 도대체 속셈이 뭐야? 아! 말을 시작했을 때는 뭔가 생각하고 있었을 거 아냐."

닭대가리, 계두가 머리를 설레설레 흔들며 말했다.

독사는 웃지 않았다. 다른 때 같았으면 미소라도 띠어주곤 했는데 이번에는 진지하기만 했다.

"제삼강자. 제가 보는 제삼강자는 지천도 어른입니다."

몇 사람은 실망스런 기색을 띠었지만 고개를 끄덕였다.

무공이 엇비슷하다고 생각하고 있는 사람들인데, 독사가 그중 한 명을 지목했다면 방금 전처럼 이유가 있을 터였다.

"여기서 완벽하게 환골탈태(換骨奪胎)하지 않으면 우린 죽습니다. 나와 당 매, 그리고 지천도 어른께서 여러분의 무공 수련을 다그칠 겁니다. 일 년이 되었든, 이 년이 되었든."

독사는 대화를 나눈 후에도 그가 말한 것처럼 무공 수련을 다그치지 않았다.

그는 하릴없는 사람처럼 이곳저곳을 기웃거리며 무공 수련하는 모습만 담담하게 지켜보았다.

비락봉에 들어온 지 나흘째 되는 날, 독사는 한 사람씩 독대(獨對)를 하기 시작했다.

제일 먼저 불려간 사람은 엽수낭랑이었다.

그녀의 독대 시간은 겨우 반 각에 불과했다.

"무공 수련을 다그친다고 했지만 쉽지 않을 텐데…… 무슨 말을 나눴니?"

당호가 모두들 궁금해하는 점을 대신 물었다.

"늘 하던 이야기들요. 전 이번 일에서 빠지기로 했어요. 음경지의를 다듬는 일도 무공 수련을 채근하는 일만큼이나 중요하니까요."

"음경지의는 성과가 있니? 그러나저러나 이제는 빙굴로 돌아갈 수도 없고…… 있는 것으로 약재를 만들어야 하니 힘들겠구나."

"괜찮아요. 충분하게 따왔거든요."

엽수낭랑은 보조개가 깊게 패도록 함빡 웃었다.

두 번째로 불려 들어간 사람은 지천도였다.

그의 독대 시간은 길었다. 앞으로 어떤 생활을 할지 궁금한 사람들이 독사의 거처에서 반나절이나 기다렸지만 지천도는 나오지 않았다.

"이거 무슨 이야기가 이렇게 길어."

"무공 수련이 채근한다고 되는 것도 아니고…… 말은 그렇게 했어도 뭔가 다른 게 있을 텐데."

진취와 통음이 말을 주고받았다.

신검서생은 나무에 등을 기대고 누워서 떠가는 구름을 바라봤다. 냉설은 무엇인가를 땅에 적었다 지웠다를 반복했다. 초식이라도 연구하는 것인가.

마천옥과 대물, 혜월은 지난 일을 되짚으며 마단과 현문의 파괴력을 가늠하기에 여념 없었다.

혜월은 칼날 절벽에서 보여주었던 원한을 두 번 다시 꺼내지 않았다. 그녀는 처음부터 독사 패거리의 일원이었던 듯, 모두를 살갑게 대했다.

모두들 지천도가 나오기를 기다렸다.

일수일살처럼 거처로 정한 곳에 틀어박혀 수련에 몰두하는 사람도 있었지만, 대부분은 독사 거처에서 지천도가 나오기만 기다렸다.

저벅! 저벅……!

드디어 독사가 거처로 정한 동혈(洞穴) 깊숙한 곳에서 사람의 발걸음 소리가 들려왔다. 그리고 곧 그토록 기다리던 지천도가 모습을 보였다.

지천도의 발걸음은 무척 무거워 보였다. 어깨도 축 늘어뜨리고 있어서 일순간에 십 년은 더 늙어버린 듯했다.

"무슨 이야기를 나누셨습니까?"

동혈에 가장 가까이 있던 왕가달이 벌떡 일어나며 물었다.

지천도는 대답하지 않았다. 그는 대답 대신 안쓰러운 표정으로 왕가달을 물끄러미 바라보았다.

"어르신, 무슨 말씀을……."

"무공 수련에 왕도가 따로 있는가? 한 사람씩 들어가 보게."

지천도는 다시 물어볼 엄두조차 나지 않을 만큼 매정하게 말을 끊었다.

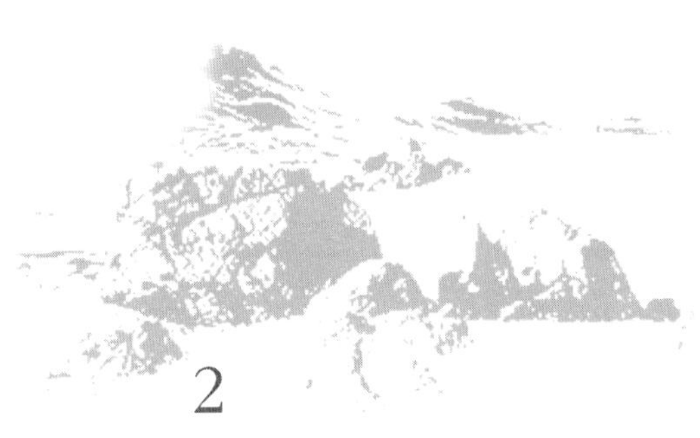

2

무공 수련에는 멸혼촌이나 유심동의 구분이 없었다.

사시와 삼화는 매정한 말을 들었다.

"독사 패거리의 일원이 되려면 행동을 같이하고, 따로 떨어져 무공 수련을 할 요량이라면 이쯤에서 헤어지는 것도 괜찮을 것 같네. 유화신공도 전수받았으니 걸림돌이 없지 않은가."

사시와 삼화는 망설였다.

지천도의 말처럼 그녀들이 독사 패거리와 같이 있을 이유가 없었다. 평생 발목을 움켜잡던 사활근맥단의 저주에서도 벗어났고, 안전한 곳까지 빠져나온 이상 그녀들을 얽매어놓을 것은 없었다.

백비로 가야 한다. 백비를 파괴하여 구천에 떠돌고 있을 유심동주의 한을 풀어주어야 한다.

단 하나, 요지성녀라는 존재가 마음에 걸렸다.

그녀가 독사 패거리를 따라나선 이유는 두말할 필요도 없이 예광 때문이다. 그러니 독사 패거리를 벗어나 백비로 달려간다면, 그녀도 따라나설 것이 불 보듯 뻔하다.

요지성녀가 지켜보는 앞에서 백비를 파괴할 수 있을까?

'아직은 어림도 없어.'

"하루만 시간을……."

"지금 결정하게. 수련을 시작해야 하니까."

지천도는 마치 다른 사람이라도 된 듯 냉랭하게 말했다.

"따르지요."

사시 중 철시가 말했다.

사시와 삼화에게는 선택할 여지가 많은 것 같았으나 전혀 없었다.

독사 패거리와 마찬가지로 요지성녀도 독사와 독대를 했다.

독사의 움직임은 요지성녀에게도 관심사였다.

오합지졸(烏合之卒)로만 여겼던 독사 패거리. 조직다운 질서나 체계도 없으며, 무공도 변변치 못한 작자들.

독사 패거리 정도는 단신으로도 쓸어버릴 수 있다고 생각한 것이 얼마 전이다. 그러다가 '이건 이상하다' 고 생각을 수정했고, 다른 사람은 몰라도 독사는 상대하기 벅차다는 생각으로 다시 수정했다.

그녀는 이번에 또 생각을 수정해야만 했다.

관심 속에 들어 있지도 않던 엽수낭랑의 등장은 밤길을 가다 뒤통수를 얻어맞은 것처럼 어안이 벙벙하게 만들었다.

엽수낭랑이 그토록 놀라운 고수였던가?

독사가 날린 수리검 한 수는 모든 암기 수법의 정화로 비춰졌다.

요지성녀가 알고 있는 암기의 최고수는 오공사수의 제자인 암신과 당문주인 당학용.

암신과는 손속을 몇 차례 교환해야 하지만 승리를 장담할 수 있고, 당학용은 소문만 들었지 만나본 적은 없다. 하지만 내심으로는 '당학용 정도야……' 하는 자부심을 가지고 있다.

만일 당학용이 독사가 선보인 암기술 같은 절정 경지에 이르렀다면 생각을 고칠 일이다.

'섬광(閃光)' 이외에 달리 표현할 길이 없는 암기술.

막막한 것만은 아니다. 그녀 역시 독사의 수리검은 피해낼 자신이 있다. 문제는 독사에게 수리검이 십여 자루나 있다고 가정한 데서 비롯된다. 십여 자루를 동시에 날렸을 때, 모두 피할 수 있을까?

독사는 예광을 데려갈 생각에만 골몰해 있던 요지성녀에게 다른 생각거리를 주었다.

납득할 수 없는 독사의 무공, 엽수낭랑의 기이함, 그리고…… 독사 패거리들의 놀라운 발전력.

오늘은 엽수낭랑의 무공에 대해 생각했다.

엽수낭랑은 독사의 섬광을 피해냈다. 그 정도는 자신도 할 수 있으니 생각할 것이 없다. 고민거리는 그 다음에 이어진 행동이다.

일수일살은 빨랐다. 독사가 섬광을 던졌다면, 일수일살도 섬광으로 맞대응했다. 최고수로 인정하기에 충분한 무공이다. 그런데 엽수낭랑은 문제가 있다고 지적했다. 그것이 요지성녀에게는 고민거리였다.

사실 요지성녀는 일수일살의 초식에서 아무런 문제점도 찾지 못했다. 놀라운 쾌공이지만, 상대할 만한 무공…… 그렇게만 생각했는데. 그녀가 찾지 못한 문제점을 엽수낭랑이 짚어냈다는 것은 쉽게 간과해 버릴 일이 아니다. 적어도 안목에 있어서는 자신보다 뛰어나다는 것을 의미하니까.

'그럴 리 없어. 그런 풋내기 계집이…… 당학용에게도 그런 안목은 없을 거야. 어떻게 했지? 속임수가 있을 텐데, 속임수가…….'

찰나 만에 그어버린 일수일살의 검을 정확히 볼 수 있는 사람은 아마도 오공사수뿐이리라. 그 외에는 직감으로 느낄 수 있을 뿐, 정확히 보지 못한다.

장담한다. 그렇다면 엽수낭랑이 오공사수에 버금가는 초절정무인이란 말인가? 그것은 인정하기 어렵다.

요지성녀가 고개를 갸웃거리고 있을 때, 독사가 찾아왔다.

"따라온 보람이 있습니까?"

요지성녀는 아무 생각도 하지 않은 사람처럼 활짝 웃으며 반겼다.

"호호호! 동생, 왔네. 어머! 얼굴 까칠해진 것 좀 봐. 오이라도 있었으면 붙여줬을 텐데."

독사가 털썩 주저앉으며 깊은 협곡을 바라봤다.

좌측으로는 야밤에 힘들게 건너온 칼날 절벽이, 우측으로는 흑갈색 암벽으로만 이뤄진 것 같은 산등성이가 길게 늘어져 있다. 그리고 앞에는 산등성이가 이뤄놓은 협곡이 펼쳐졌고, 또 그 앞에는 긴장을 늦추지 않은 채 숨죽이며 지나쳐 온 강이 흐르고 있다.

하나하나 직접 몸으로 부딪치면 삭막한 풍경이지만 전체적으로 모두 모아놓으면 아름다운 풍광이 되기도 했다.

요지성녀도 독사를 따라 주저앉았다.

"이해할 수가 없군요."

"뭘?"

“예광에게 집착하는 이유를.”

“어멋! 질투하는 거야? 동생은 더 많이 생각하고 있어. 호호호!”

요지성녀는 온화했다. 음성도 달짝지근하며 정이 흠뻑 묻어 나왔다. 피라던가 죽음 같은 것은 찾아볼 수 없는 얼굴이요, 말투다.

“마단이 백비를 통해 사람들을 끌어들인 이유는 납득합니다. 용서할 수는 없지만 이해 못할 일도 아니죠. 하지만 요지성녀는…… 소속 문파를 떠나 적과 동거를 할 만큼 예광에게 집착하는 이유가 무엇입니까? 기벽(奇癖)에 대해서는 어느 정도 알고 있습니다. 몽환소에 걸려든 여인들에게 어떤 행동을 했는지도.”

“그래? 호호호! 동생이 이렇게 대놓고 이야기하니까 좀 부끄럽네. 하지만 기분은 괜찮은걸. 이해해 준다는 뜻으로 받아들여도 되지? 난 사내도 좋아해. 호호호! 동생이라면 언제든지 받아줄 용의가 있으니까 생각나면 찾아와도 돼. 서로 가볍게 즐기자고. 그게 좋잖아?”

“당신에게 사시와 삼화를 맡기겠습니다.”

“정말이야?”

“그녀들을 한시도 쉬게 하지 마십시오.”

“무슨 말이야?”

“피곤해서 죽은 사람 봤습니까?”

“점점 모를 소리만…….”

“가혹함에 지쳐서 미쳐 버린 사람을 봤습니까?”

“그런 경우는 많이 봤지. 마단에 입문한 자들 중에는…….”

“그렇게 해주십시오. 피곤해서, 지쳐서…… 요지성녀를 죽이고 싶은 마음이 들도록.”

“호호호! 동생 부탁이라면 뭔들 못하겠어. 절반은 피곤해서 죽게 만들고, 나머지는 미치게 만들어줄게. 상은 있는 거지?"

요지성녀에게는 두 번 다시 주어지지 않을 기회가 제 발로 찾아온 셈이다.

'아주 좋은 기회야. 나에게 악역을 맡으라는 이야긴데…… 좋지. 아주 좋아.'

요지성녀를 반기는 유심동 골인은 없다. 다른 자들은 아무래도 상관없다. 사시가 눈을 치켜뜨고, 징그러운 벌레 보듯이 쳐다보는 것도 아랑곳하지 않는다.

그들쯤이야 작심만 하면 도륙해 버릴 수 있다.

하지만 예광만은 그러고 싶지 않다. 살아 있는 것이 확인되었으니 천만다행. 죽은 사람을 옆에 두는 것보다 산 사람을 옆에 두는 쪽이 훨씬 낫다.

그러나 산 사람을 옆에 두기 위해서는 속박이라는 굴레를 씌워야 하는데, 그게 어렵다.

이제는 예광도 컸다. 전처럼 몽환소에 굴복하지 않는다. 그런 상황이 또 벌어진다면 차라리 죽음을 택할 여자다. 무공으로는 한주먹거리도 안되지만, 옆에 두는 데는 아무런 도움도 되지 않는다.

결국 마음을 돌려야 하는데…… 불가능했다. 예광이 마음을 돌려 전처럼 운우지락(雲雨之樂)을 나눌 가능성은 털끝만치도 없었다.

요즘 요지성녀는 다른 생각을 했다.

'전에 말했지. 넌 내 손을 벗어날 수 없다고. 살아서도, 죽어서도. 살아 있는 몸뚱이를 얻지 못한다면 죽은 몸뚱이도 괜찮아. 넌 내 곁에 있게 될 거야.'

그런데 이런 기회가 찾아온 것이다.

요지성녀는 당장 시작했다.

"날 어떻게 생각하는지 아는데…… 이걸 어쩌나? 앞으로는 나와 매일 얼굴을 맞대야 하는데."

사시와 삼화는 의외로 태연했다.

"대형이 당신에게 기회를 준 것인지, 우리에게 기회를 준 것인지 모르겠군요. 어쨌든 저희에게도 기회가 빨리 왔으니 다행입니다. 이번 기회를 놓치지 않도록 최선을 다하지요."

"어머! 말투에 살기가 묻어나네? 이제 검을 들기로 한 거야?"

"시작하자."

철시의 한마디는 곧 살인 명령이었다.

삼화가 재빨리 요지성녀를 포위했다. 사시 역시 신형을 날려 삼화가 점한 삼재(三才)의 열린 공간을 막아섰다.

내삼재(內三才) 외사상(外四象).

요지성녀가 움직일 공간은 많았으나, 빠져나갈 구석은 어느 한 군데도 없었다.

"진법(陣法)이네? 하긴 너흰 진법을 많이 연구했지. 그런 점에서는 멸혼촌 골인들보다는 나았어. 전에 만무타배와 이런 농을 주고받은 적이 있거든. 유심동과 멸혼촌을 붙여보면 누가 이길까 하고 말야. 우리 둘 다 유심동 손을 들어줬지. 너희에겐 진법이 있으니까."

"그 진법이 당신을 죽일 거야."

파시(破屍)가 냉랭하게 말했다.

사시는 각각 독특한 별호를 가졌다.

유심동주는 유심동 골인들 중에서 가장 탁월한 무재(武才) 네 명을 골라냈으니 그들이 사시다.

사시의 으뜸은 철시.

철시는 철중쟁쟁(鐵中錚錚)이라는 말에서 비롯되었다.

"같은 철 중에서도 으뜸을 철중쟁쟁이라고 하지. 넌 사시 중에서도 가장 탁월하니 철시라고 하자."

그때부터 이름은 잊히고 철시가 되었다.

두 번째는 담시(談屍)다.

"사내들은 부동심(不動心)을 키우려고 안간힘을 쓰지. 하늘이 무너져도 움직이지 않는 마음. 네가 그렇구나. 위험이나 곤란에 직면해도 평소와 다름없이 유연해. 담소자약(談笑自若)이라는 말이 있는데, 너를 두고 한 말이구나."

세 번째가 파시(破屍)다.

"넌 너무 날카로워. 강하기도 하고. 대나무를 쪼개듯이 딱딱 부러지는 것도 좋지만 지나치면 주위 사람들이 피곤한 법이야."

파시는 파죽(破竹)에서 앞 자를 따왔다.

네 번째가 무시(無屍)다.

"성격 한 번 좋구나. 세상이 무너져도 네 태평함은 말릴 수 없을 게다. 쯧!"

무시는 평온무사하다는 뜻의 무양(無恙)에서 앞 자를 따와 기분이 나쁠 수도 있었지만, 본인은 전혀 개의치 않았다.

삼화가 일사불란하게 병기를 꺼냈다.

삼화가 꺼내 든 것은 옥검이 아니라 옥화(玉花)였다.

색깔만 옥빛이 아니라면 생화(生花)라고 우겨도 믿을 만큼 정교하게 만들어진 꽃이다.

은초홍은 배꽃을 들었다.

둥글고 완만한 꽃잎 다섯 개가 부드럽게 늘어져 있고, 한가운데는 수술이 잘 배합되어 있다. 수술 끝 부분만 붉은색이라면 영락없이 살아 있는 배꽃이다.

연미심이 들고 있는 것은 모란이다.

꽃이 크고 화려해서 백화(百花)의 왕이라는 모란답게 아름답다. 색깔만 연분홍빛이라면……

'장미.'

요지성녀는 등을 돌려 예광이 들고 있는 꽃을 봤다.

과연 그녀의 생각대로 장미다. 화려함이 극을 향해 치닫는 듯하여 눈이 시린다.

요지성녀는 장미에게서 예광의 예전 모습을 떠올렸다.

아름다웠던 예광. 골인이 되기 전에는 정말 아름다웠는데. 그 모습을 한 번만 더 볼 수 있다면.

삼화가 손에 들고 있는 부분, 꽃줄기의 길이는 대략 일 척 정도 되어 보였다.

꽃이 병기라면 꽃송이는 사람을 가격하는 부분이요, 꽃줄기는 손잡이에 해당하리라.

'꽃으로 병기를? 암기군.'

독사 패거리들 중에는 뛰어난 장인(匠人)이 있다. 당문이란 이름보다 더 큰 장인 가문은 찾아볼 수 없다. 오죽하면 당문 사람들은 어린아이들까지 암기를 만들 줄 안다는 말이 나돌까.

그러나저러나 옥으로 만든 꽃에서 어떤 암기가 발사될지가 궁금했다. 기껏해야 꽃잎과 수술이 떨어져 나오며 발사되는 정도일 것인데,

그럴 바에는 차라리 비침 수십 개를 던지는 편이 낫지 않을까?

삼화는 옥화를 가슴에 품고 서서히 맴을 돌기 시작했다. 한 걸음, 두 걸음…… 땅을 지르밟기라도 하는 듯이 조심스럽게 발걸음을 떼어놓았다.

'이건 또 뭐야?'

삼화의 행동을 보자면 싸우려는 사람들 같지가 않다. 시름에 젖어, 혹은 실연을 당한 여인이 강가를 넋 놓고 거니는 것 같다.

"아흐…….."

"흑! 흑흑……!"

삼화의 기이한 행동은 연이어져, 잔울음까지 터뜨렸다.

심한 꾸지람을 들어서 서러움에 울먹거리는 어린아이처럼 숨죽여 우는 소리가 귓전을 간질였다.

삼화가 예전 모습으로 이런 행동을 했다면 보듬어 안아주고 싶은 마음이 생겼으리라. 그러나 지금 그녀들은 골인들이다. 뼈만 앙상하게 남았고, 살가죽도 검게 변색된. 해골에 가죽을 덧씌워 놓은 듯한 얼굴. 도무지 애착이 가지 않는다.

그런 그녀들이 잔잔한 울음을 터뜨리기 시작하자 기이한 느낌이 들었다. 마치 캄캄한 공동묘지에서 소복을 입고 우는 여인을 본 느낌이랄까?

'기분 나빠.'

"흑! 흑흑흑……!"

"휴우! 아아……! 헉!"

목소리마저 탁한 그녀들.

그녀들이 내뱉는 울음소리는 호곡성(號哭聲)이었다. 그녀들이 내딜는 발걸음은 저승사자가 숨죽여 다가오는 속삭임이었다.

삼화의 양손이 천천히 움직였다. 요지성녀를 노리는 공격이 아니라 혼을 빼놓은 광녀(狂女)가 흥에 겨워 춤사위를 펼치는 듯한 난잡한 춤이다.

"아윽……!"

"흑흑! 아아앙……!"

삼화의 손에 들린 옥화가 허공에 너울거렸다.

그런 모습은 귀기 어린 괴물과 한 송이 옥화가 어울리며 사랑을 속삭이는 것 같은 환상을 불러일으켰다.

'귀, 귀신들 한가운데 서 있는 것 같아.'

요지성녀는 비로소 진이 발동되었다는 것을 감지했다.

삼화가 첫 발을 내딛을 때부터 진은 발동되었다. 삼화의 입에서 울음이 터져 나올 때부터 살기는 꿈틀거렸다.

요지성녀는 급하게 진기를 끌어올려 전신에 휘돌렸다.

'자칫하면 내가 당하겠는데.'

그때, 천천히 움직이기 시작하는 사시의 모습이 눈에 들어왔다.

요지성녀가 잠시 삼화에게 눈길을 빼앗긴 사이, 사시는 옥적(玉笛)을 꺼내 입에 대고 구슬픈 곡을 불기 시작했다.

음률에 대해서는 많이 알지 못한다. 하지만 세상에 널리 알려진 곡은 한 번씩 들어봤다고 자신있게 말할 수 있다.

사시가 불어대는 곡은 요지성녀로서도 처음 듣는 곡이었다.

아니, 그것은 곡이 아니었다. 곡이라고 할 수도 없을 만큼 형편없는 소음에 지나지 않았다.

삑! 삐익……! 삑……!

요지성녀는 얼마 지나지 않아서 희한한 현상을 발견해 냈다.

삼화의 기이한 행동과 사시의 형편없는 음률이 묘하게도 절묘한 궁합을 이뤄냈다.

'이건 귀신 놀음이군.'

그 밖에 달리 할 말이 없었다. 그러나 조심해야 한다. 형편없고 코웃음을 칠 만한 행동들이지만 나름대로 진(陣)이라는 형태를 띠고 있으니까. 난생처음 보는, 실전에서는 별로 소용이 없을 것 같은 진법.

요지성녀는 사시와 삼화의 진법을 두 가지 측면에서 생각했다.

하나는 현재 상태 그대로 보았고, 다른 하나는 예전 모습을 되찾았을 경우에도 이처럼 귀신 놀음으로 보이겠냐는 측면이다.

잠깐에 불과하지만 생각을 굴려본 결과, 진법은 양극단의 모습을 보여주었다.

현재는 사시와 삼화가 골인의 모습이기에 귀신 놀음으로 보이는 게다. 정상적인 여인들이 똑같은 진법을 펼치고, 귀신의 호곡성 대신 간드러진 웃음으로 대체한다면…… 이 진법은 전혀 다른 진법이 된다. 추측컨대 아마도 천상 선녀들의 춤사위로 비춰지지 않을지.

스르릉……!

요지성녀의 검이 밝은 세상에 나왔다. 원래는 유심동주의 검이었던 무혈검이 이제 유심동 골인들을 향해 뽑혀진 것이다.

우우우웅……!

무혈검은 세상의 빛을 보자마자 피가 그리운 듯 울어댔다.

요지성녀가 검에 진기를 주입할 때 나타나는 현상.

무혈검의 울음소리는 신묘한 효과가 있다. 검의 주인에게는 피를 그리워하는 마음을 심어주고, 상대에게는 죽음에 대한 공포를 일깨워 준다.

'이제 나의 무서움을 똑바로 깨닫게 될 거야.'

생각이 정해지자 행동하는 데는 망설임이 없었다.

쉬익! 파라라락!

신형을 허공에 띄움과 동시에 검을 뻗어냈다.

노리는 사람은 여전히 조심스럽게 발길을 떼어놓으며 곡성을 토해내고 있는 은초홍.

"아! 하악! 흑흑……!"

은초홍은 하던 행동을 멈추지 않았다. 그녀는 죽음이 두렵지 않다는 듯 살포시 발을 떼어내며 흐느꼈다. 요지성녀의 검이 목을 노리고 짓쳐오는 것을 느꼈을 텐데도.

반응은 다른 곳에서 일어났다. 은초홍과 함께 둥글게 원을 그리며 빙빙 돌던 예광과 연미심이 손에 들고 있던 옥화를 가볍게 쳐냈다.

휘이이이……!

봄바람처럼 훈훈한 미풍이 일어났다. 생화처럼 생생하게 조각된 꽃잎이 바람에 흩날려 허공에 난무했다.

'역시 꽃잎이 암기였어.'

요지성녀는 웃고 싶었다. 그러나 웃지 않았다. 예광과 연미심의 협공을 눈치 채는 순간,

따앙!

그녀가 쳐낸 무혈검이 은초홍의 배꽃 잎 한 조각과 부딪쳤다.

옥과 철의 부딪침, 그러나 철과 철의 부딪침처럼 날카로운 소리가 터졌다. 동시에 다른 배꽃 잎들도 너울너울 피어나기 시작했다.

'사공이군!'

요지성녀의 한 번의 부딪침만으로도 진법의 성질을 파악해 냈다.

옥과 철은 절대로 날카로운 소리를 낼 수 없다. 날카롭기는 하지만 강팍한 느낌 대신 어딘지 둔중하다는 느낌이 들어야 한다. 또한 무혈검은 쇠도 두부 베듯 잘라내는 명검. 무혈검에 격중당한 꽃잎은 두 조각이 났어야 하나 그러지 않았다.

또 있다. 인위적으로 만들어진 꽃잎이 가을바람에 떨어지는 낙엽처럼 표표히 휘날릴 수는 없다.

'나에게 사공을 걸다니! 상대를 잘못 택했어.'

요지성녀는 지식(止息)으로 호흡을 중단시키고, 순간적으로 폭발을 일으키듯 진기를 팽창시켰다.

내부에서 치밀어 오른 진기로 육신이 터져 버릴 듯하다. 혈맥은 물론이요 살점까지 갈가리 찢겨져 나갈 것만 같다.

혈홍구유검(血紅九幽劍)은 늘 이런 기분 나쁜 느낌에서부터 시작된다. 검법을 전개하는 도중에도, 검법을 전개한 후에도…… 피가 거꾸로 치솟는 것 같은 고통에 시달려야 한다.

파앗!

무혈검이 은초홍과의 거리를 단숨에 좁히며 뻗어 나갔다.

삐이익! 삐익!

옥적이 요란하게 울려 퍼졌다. 사시의 다급한 심정이 곡조에 우러나는 듯 음률은 없고 소리만 있는 적음(笛音)이다.

"크윽!"

은초홍이 답답한 신음을 토해내며 휘청거렸다.

요지성녀는 멈추지 않았다. 신형을 획 돌림과 동시에 무혈검의 검광이 사방을 휩쓸었다.

탕! 타탕! 탕탕탕……!

허공에 하늘거리던 꽃잎들이 격랑에 휩쓸려 마구 요동 쳤다. 무혈검은 정확히 꽃잎들을 쳐냈고, 한 걸음 더 나아가 연미심의 허리까지 도려내 버렸다.

"컥!"

연미심이 비명을 토하며 허리를 푹 꺾었다. 그녀의 상태가 위중하다는 것은 들고 있던 모란꽃을 놓쳐 버린 것만 봐도 짐작할 수 있다.

'꽃잎이 줄로 연결되어 있어. 아무리 그렇다고 해도 이 정도로 너울지게 만들려면 진기 소모가 막대할 텐데. 삼화가 이런 경지까지 이르렀나.'

요지성녀는 솔직히 감탄했다.

삼화는 더 이상 풋내기라고 할 수 없다.

사시와 삼화가 펼친 화음진(花音陣)은 심신을 격탕시켜 판단력을 마비시키는 고도의 진법이다. 그렇기 때문에 내력 소모가 극심하기도 하지만.

삐익! 삐이익……!

옥적 소리는 높아져만 갔다. 삼화가 당했으면 사시도 물러설 만하건만 사시는 끝까지 옥적을 잡고 늘어졌다.

'소리로는 어쩌지 못함을 알고 있을 터인데…… 무엇인가 또 있어. 이번 것은 옥적과 관계가 있을 터…….'

사실 요지성녀는 생각을 명쾌하게 할 수 없었다.

혈홍구유검은 심신을 피곤하게 만드는 무공이다. 피곤함이 지나쳐서 전력을 다해 일전을 벌이고 나면 사나흘은 진기 운용조차도 할 수 없는 처지가 되고 만다.

단점이 또 하나 있다. 전신이 폭발해 버릴 것 같은 팽창감이 너무 지나쳐서 정신을 아득하게 만든다. 육신에 남아 있는 것은 본능과 혈홍구유검의 진기뿐.

그 기분은 굉장히 더럽다.

마치 낯선 타인의 몸속에 들어와 있다는 느낌이다. 움직이고 있는 몸이 내 것이 아니라 다른 사람의 몸뚱이인 것 같다.

마단에서 연구한 천하제일공 중 하나.

싸움이 끝났다고 해서 손가락 하나 움직일 힘이 없다면 천하제일공이라고 할 수 없다.

일찍부터 연구 대상에서 제외된 무공이나, 무공을 전개할 때는 무적이란 점에서 몇몇 무인들에게 전수된 사공이다.

'예광, 다가서지 마라. 넌 베고 싶지 않아. 네 몸은…… 털끝만한 상처도 입히고 싶지 않아.'

요지성녀는 사시를 향해 걸어갔다.

그러다 문득, 구더기가 썩는 듯한 냄새를 맡았다.

근원지는 옥적.

'독분까지 사용하는군. 아냐. 이 냄새는…… 옥화에서 퍼져 나온 거야. 꽃잎에 독분이…… 옥적…… 옥적에서도 독분이 흘러나오고 있어. 이건 다른 독이야. 두 종류의 절대독을 사용하고 있구나.'

안타까운 점이 있다. 혈홍구유검을 시전할 때는 몸속의 기운이 오로지 밖으로만 뻗어 나가려고 하기 때문에 독이 침범할 수 없다는 점이다.

정말 사시와 삼화는 사람을 잘못 만났다.

파앗!

무혈검이 사시의 몸을 휩쓸었다.

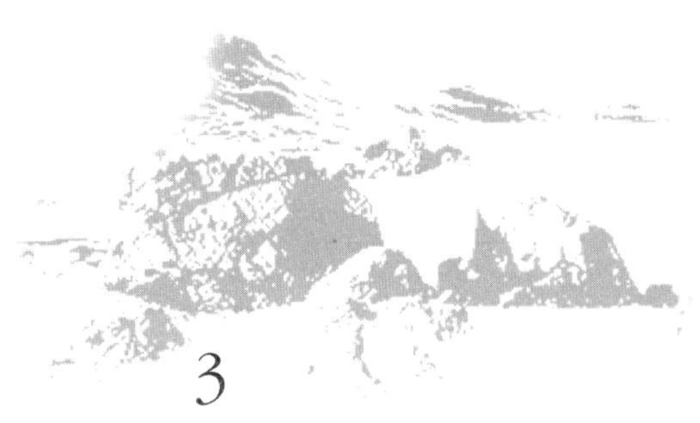

3

요지성녀는 살겁을 일으키지 않았다. 사시와 삼화가 사용하는 병기에도 조그만 흠집조차 내지 않았다. 그녀가 내뻗은 무혈검은 철저하게 육신만 저며냈다.

"가진 재주가 이것뿐이라면 실망이 커. 이래서야 유심동주의 복수를 할 수 없잖아?"

요지성녀의 음성은 노파의 음성처럼 탁했다.

혈홍구유검을 사용한 대가다. 그것도 무림 최절정에 이른 내력을 지니고 있기에 버티고 있는 것이지, 어설픈 내력으로는 혼절하고 말았으리라.

"그럼 쉬어. 다음에 다시 올게."

요지성녀는 피를 줄줄 흘리고 있는 골인들을 뒤로하고 사뿐사뿐 걸어갔다. 언제 싸웠냐는 듯이.

"상처들은 어떤가?"

철시가 가는 한숨과 함께 물었다.

"깊지 않지만 얕지도 않습니다. 정양을 취해야 할 상처입니다."

상처를 살펴본 담시가 대답했다. 그런 그녀의 상처도 얕지는 않아 보였다.

"휴우! 옥적과 옥화면 되리라 생각했는데…… 유심동의 정화가 너무 하찮게 깨졌어. 모두 내 탓이지."

철시가 옥적을 내려다보며 말했다.

누구든 이런 병기와 독분을 접하면 제일 먼저 당문을 떠올릴 게다.

하지만 아니다. 옥적과 옥화는 당문에서 만든 병기가 아니다. 유심동 골인들이 머리를 쥐어짜 가며 보완에 보완을 거듭한 끝에 탄생한 신병이기(神兵利器)다.

옥적과 옥화가 탄생하기까지 걸린 기간은 유심동 골인들의 역사와 비례한다. 유심동에 끌려온 골인들은 자의 반 타의 반으로 처지에 맞는 무공을 연구하게 되었다.

무공으로는 요지성녀를 상대할 수 없다는 결론이 얻어지고, 대안으로 떠오른 것이 진법. 진법의 골격이 어느 정도 짜인 다음에는 진법에 맞는 병기의 필요성이 대두되었다.

한두 해 동안 만든 것이 아니다.

유심동이라는 곳에 여인들이 내쳐진 다음부터 시작되었고 만들어졌다. 수십 번, 수백 번…… 정정을 거듭하며 탄생한 진법이요, 병기다.

그런 것이 일순간에 무너져 버렸으니.

"이게 어찌 철 언니 탓이랍니까? 요망한 그 계집이 한 수 위인 거지. 그년에게는 살수를 펼치지 못한다는 제약이 있으니 기회는 또 생길 거예요. 우선 쉰 다음에 생각하기로 해요."

성격이 태평한 무시가 말했다.

그녀는 태평할 때는 한없이 태평하고, 온화함도 누구에게 못지않지만, 마음에 들지 않는 사람에게는 가차없이 대했다.

"그러지. 금창약부터 바르도록 해."

다행히 금창약은 걱정할 필요가 없었다. 당문 사람들이 있기에.

다음에 다시 온다던 요지성녀는 한 시진 만에 다시 찾아왔다.

"또 해볼까?"

금창약을 바르고 간신히 운공조식을 한 차례 마친 사시와 삼화는 기가 막혔다.

"제정신이 아니네."

무시가 비꼬듯 말했다.

"어멋! 아직들 쭈그리고 앉아 있으면 어떡해? 구천에 있는 유심동주가 이런 꼴을 보면 무슨 생각을 할까? 그래서 옛말에 죽은 사람만 불쌍하다고 했나 봐."

사시와 삼화는 울분을 느꼈다. 요지성녀는 그녀들의 가장 아픈 부분을 정곡으로 찔러대고 있다.

파시가 옥적을 들고 일어섰다.

아직 내력이 완벽하게 회복되지 않은 상태다. 가슴에 당한 일격은 간신히 금창약만 발라놨을 뿐으로, 몸을 움직이면 상처가 터질 수도 있다.

여러모로 싸울 처지가 아니었고, 목숨을 걸고 싸울 만큼 급박한 처지도 아니었지만 일어설 수밖에 없었다.

"이 싸움은 상당히 불공평한 싸움이야. 너흰 날 단번에 죽일 수 있지만 난 그러지 못해. 너희들 무공 수련을 채근하는 정도가 내게 주어진 권한이거든. 하지만 그 정도로도 죽일 수 있어. 피 말려서."

"죽여봐. 피 말려서 죽인다고? 흥!"

쒜에엑!

파시는 다짜고짜 옥적으로 쳐냈다.

이번에는 진법이 아니라 개인의 무공으로 싸우는 싸움을 택한 것이다. 사시와 삼화는 진법을 다시 펼칠 만큼 내력이 회복되어 있지 않다는 점을 잘 알고 있기에.

철컥!

옥적이 간단하게 무혈검 검격(劍格)에 걸렸다.

무공 대 무공, 그것도 일 인 대 일 인의 싸움으로는 상대가 되지 않았다.

"호호호! 이건 대가."

가라랑……! 쒜엑!

무혈검이 옥적을 긁고 내려가 팔뚝에 있는 살을 저몄다.

"너무하는군요."

철시에 급하게 달려나와 파시를 부둥켜안았다.

팔뚝에 난 상처는 중하지 않지만 파시의 성격상 죽자 사자 달려들 것이 자명하기 때문에 말리려는 의도에서.

요지성녀는 한술 더 떴다.

"내 앞에서 움직일 때는 날 공격할 때뿐이야."

쒜에엑……!

급하게 몰아쳐 온 무혈검광이 철시를 휘감았다.

철시는 파시를 안은 채 뒤로 물러섰지만 검광을 피해내기에는 역부족이었다.

요지성녀는 담시에게로 사박사박 걸어갔다.

"싸우든 싸우지 않든 그건 너희들 자유야. 이해해 줘. 나도 어쩔 수 없거든. 피 말려서 죽이려면 이 방법밖에 없잖아?"

담시가 엉거주춤 일어서서 옥검을 뽑았다.

"참고로 말해 주면…… 아까는 그래도 제법 괜찮았어. 진인가 뭔가 하는 것으로 상대할 때 말이야. 하지만 검으로는…… 이건 무용지물이란 걸 아직도 모르나?"

가가각……!

요지성녀의 무혈검은 도깨비불처럼 번쩍 빛났다가 사라졌다.

"크윽!"

비명은 어김없이 터져 나왔다.

"상처들은 어떤가?"

철시는 답답했다.

모두들 피투성이 몰골로 축 늘어져 있다. 그렇다고 요지성녀가 멈출 것 같지도 않다.

오늘만 벌써 네 번.

진법으로, 검으로, 합공으로…… 마지막 네 번째는 매복까지 펼쳐 봤지만 그때마다 돌아온 것은 상처뿐이다.

"요지성녀는 그치지 않을 거예요."

담시가 차근한 목소리로 말했다.

"요지성녀는 무슨 요지성녀요! 빌어먹을 년이지."

무시가 통해서 한마디 했다.

"모두들 마음을 가라앉혀. 어차피 우리가 약해서 당하는 곤욕이니 누굴 탓할 것도 없어. 이제는 밤도 되었고 하니, 날이 밝을 때까지는 괜찮을 거야. 휴우! 광아, 우리 중에 네가 제일 괜찮은 것 같구나. 저녁을 해주렴."

"네. 죄송해요."

요지성녀는 예광만 건드리지 않았다. 옥화로 공격하면 쳐내기만 했고, 옥검으로 공격하면 가볍게 짓누르는 선에서 그쳤다. 덕분에 모두들 피투성이인데 그녀만 멀쩡했다.

예광은 그것이 미안했다.

"죄송하기는…… 그나마 다행이지. 너라도 멀쩡하니 우리가 저녁이라도 얻어먹는 거지. 광이는 저녁을 짓고, 다른 사람들은 운기를 하도록 해. 빨리 기운을 차려야 또 싸우지."

"뭘로 싸운답니까! 우린 요지성녀의 적수가 되지 못해요."

파시가 툭 쏘아댔다.

"허허! 뭘 그렇게 걱정해. 요지성녀는 우릴 죽이지 못하는데. 지금은 상처 하나 입으면 그만이야. 그동안 우린 진법을 더욱 연마해야 해. 피를 너무 많이 흘려서 지쳐 죽기 전에. 자, 생각은 그만 하고 몸이나 추려."

예광은 밥을 짓지 못했다. 사시와 이화는 운기를 하지 못했다.

"한 시진 여유를 줬지? 난 그렇게 비정한 사람이 아냐. 한 시진이면 충분했을 테니까, 또 해보자고. 여인은 밤이슬을 밟는 게 아니라던데, 너희 때문에 내가 밤이슬까지 밟잖아. 내 노고를 잊지 말아야 돼. 알았지?"

요지성녀의 무혈검이 달빛에 반짝였다.

발자국 소리가 들렸다.

사시와 삼화는 너무 기가 막혀서 서로를 쳐다보았다.

요지성녀는 방금 전까지 살검을 휘두르다 돌아갔다. 한 시진 여유를 준다면서. 그런데 그새 마음이 바뀐 것인가? 이 기회에 아예 사시와 삼화를 쓸어버릴 작정이라도 한 것인가?

사시와 삼화는 연이은 싸움에 피로가 누적될 대로 누적되어 손가락 하나 꼼지락거릴 힘이 남아 있지 않았다.

“휴우! 여기도 상황이 똑같네요. 우선 이거나 들어요.”

찾아온 사람은 엽수낭랑이었다.

그녀는 절망에 빠진 사람을 구원하기 위해 하늘에서 내려보낸 선녀였다.

“이게 뭡니까?”

“벽곡단(辟穀丹)이에요.”

사시와 삼화는 건네준 벽곡단을 받아 입에 넣었다.

상큼한 향이 입 안을 맴돌았다. 일반적인 벽곡단이 아닌 것만은 분명했다. 벽곡단을 만들 때 빠지지 않는 솔잎 가루의 맛도 느껴지지 않으니.

엽수낭랑이 건네준 벽곡단에는 신묘한 효능이 있었다.

정확히 말하면 엽수낭랑의 벽곡단은 일반적인 벽곡단에 영약을 가미한 것으로, 허기를 달래주는 것은 물론이고 상처 치료에도 탁월한 효과를 보였다.

“요지성녀가 한 시진마다 들른다고 했죠? 휴우! 배고플 때나 상처를 입었을 때 복용하도록 해요."

엽수낭랑이 일어섰다.

철시는 다급하게 엽수낭랑의 팔을 움켜잡으며 말했다.

"이런 말 하기는 뭣하지만…… 아직 우리에게 요지성녀는 무립니다. 대형께 말씀드려서……."

엽수낭랑은 고개를 가로저었다.

"전 그 사람의 뜻을 거스를 수 없어요."

"무공 수련이라면 우리도 당연히 따르지요. 하지만 이건 수련이 아니라……."

"다른 사람들도 마찬가지예요. 요지성녀가 아니라 지천도 어른으로 바뀐다고 해도 달라질 건 없어요. 잔심마도, 귀주사괴, 왕가달, 신검서생…… 모두들 혈인(血人)이 되어 있어요."

"모…… 두? 모두 말입니까?"

"대형과 지천도 어른…… 일수일살과 냉설…… 강자라는 사람은 모두 검을 들고 있어요. 한 시진마다 한 번씩. 사람들 피를 말리고 있어요."

"왜……?"

"제게 이 말을 전해주라고 하더군요. 요지성녀가 언젠가는 진짜 살검을 펼칠 때가 있을 거라고. 그거야말로 개죽음이니, 방심하지 말고 살검을 기다리라고."

"그렇게 말했단 말입니까? 대형이?"

"예."

"알 만하군요. 무슨 뜻인지."

철시의 눈가에 미소가 감돌았다.

시간의 흐름을 잊어버렸다.

해가 뜨고 해가 지고, 날이 가고 달이 갔다. 낙엽이 붉게 물든다 싶더니 곧 앙상한 가지만 남았다.

계절이 어디쯤 가고 있는 것인가.

한 가지는 분명했다. 아침저녁으로 한기가 골수에까지 치미니 겨울 옷으로 갈아입어야 된다는 것.

하지만 겨울옷을 준비해 온 사람은 아무도 없었다.

이런 척박한 산속에서 겨울을 맞이하리라고는 아무도 생각하지 않았고, 사실 생각할 틈도 없었지만, 설혹 그렇더라도 짐승을 잡아 옷을 만들면 된다고 생각했다.

사시와 삼화에게는 그럴 만한 시간도 없었다.

사박, 사박……!

토끼가 눈길에서 뛰어노는 듯 눈을 밟는 소리가 가볍기 그지없다.

사시는 옥적을 들었다. 삼화는 옥화를 잡았다.

요지성녀의 발자국 소리는 너무 많이 들어서 귀에 못이 박혔다.

"휴우! 굉장히 춥네."

요지성녀가 손을 호호 불었다.

그녀는 하얀 토끼 가죽을 덧대어 만든 가죽 옷을 입고 있었다.

사시와 삼화는 말없이 요지성녀를 포위했고, 괴기스런 음률과 곡성을 토해냈다.

"흐윽! 흑흑……!"

삐익! 삑삑……!

"아휴! 지겨워. 아무리 악기에 소질이 없어도 그만하면 가벼운 음률쯤은 타겠다. 정말 소질이 없어도 너무 없네."

스르릉……! 쒜에에엑! 쒜엑!

요지성녀는 무려 반 각이라는 긴 시간 동안이나 사시와 삼화를 희롱하다가 돌아갔다.

그 시간은 사시와 삼화에게는 지옥이었다.

그녀들이 흘린 피가 하얀 눈을 붉게 물들였지만, 이제는 누구도 상처에 연연하지 않았다.

익숙한 솜씨로 금창약을 꺼내 바르고, 곧 운공조식에 몰두했다.

처음에는 좌식(坐式)으로. 시간이 흐르면서 서서히 몸을 움직여 입식(立式)이 되는가 싶더니, 물구나무를 서며 역혈행공(逆血行功)으로 들어갔다.

유화신공이다.

운기를 시작한 지 반 각쯤 흐르자 한 명씩, 한 명씩 내기(內氣)를 수습하고 일어섰다.

그녀들은 눈을 뭉쳐 입에 넣었다.

하얀 눈은 입에 들어가자마자 맛있는 과자가 되어 사르르 녹아들었다. 눈을 베어 물 때 흘러나오는 빠드득 소리도 맛있게 들렸다.

눈 한 덩이를 먹어 뱃속에 물기가 차자, 그제야 벽곡단(辟穀丹)을 꺼내 씹어 먹었다.

벽곡단은 사시와 삼화의 주요 식량이다.

엽수낭랑이 벽곡단을 만들어 주지 않았다면 그녀들은 진작 굶어 죽었을 게다. 엽수낭랑은 요깃거리를 만들 시간조차 주지 않았으니까.

벽곡단을 삼킨 후에는 다시 눈 한 덩이를 천천히 씹어 먹었다.

시간이 남았다.

전에는 상처를 치료하고, 운기하여 기력을 회복하는 데도 급급했는데, 이제는 할 것 다 하고도 요지성녀를 기다릴 만한 시간이 남는다.

"초홍, 꽃잎을 회수하는 시기가 너무 늦었어. 미심이 들어갈 자리를 차지하고 있었잖아."

"그랬어요? 전 몰랐는데……."

"광이는 너무 물러서 있었고. 보법을 정확히 밟도록 해."

"예."

"파시."

"예. 알고 있습니다. 적음이 한 음 낮았습니다."

"일부러 그렇게 불었단 말인가?"

"갑작스럽게 떠오른 생각이 있어서…… 우리가 놓치고 있는 부분이 있지 않나 생각됩니다."

"그게 무슨 말이지?"

"유심곡(留心曲)과 유심무(留心舞)는 정상적인 사람들을 대상으로 창안된 겁니다. 골인들의 한과 염원을 담았기 때문이죠."

"그거야 이미 알고 있는…… 아! 그래, 그럴듯하네. 골인이 펼치면 귀무(鬼舞), 귀곡(鬼曲)이 되지만 미녀가 펼치면 환무(歡舞), 찬곡(燦曲)이 돼. 이거였어."

철시는 파시의 말뜻을 알아챘다.

파시가 말했다.

"우린 이걸 장점으로 생각했지만 오히려 방해만 되었습니다. 지금 우린 골인. 골인이라면 골인에게 맞는 곡만 있으면 됩니다. 환무와 찬곡은 필요없습니다."

"한 번 시험해 보세. 이번에는 모두 곡을 반음쯤 낮춰보세. 기회는 많으니 조금씩 시험해 보는 거지.”

“저희는요?”

은초홍이 눈빛을 반짝이며 물었다.

“우선 곡부터 시험해 보자. 너희는 보법에만 유의해.”

요지성녀가 오고…… 시험 삼아 전개한 곡은 전보다 훨씬 더 빨리 무너졌다. 대가도 컸다. 요지성녀는 빨리 무너진 것을 질책이라도 하는 양, 전보다 훨씬 깊은 상처를 남기고 떠나갔다.

엽수낭랑이 만들어준 금창약은 명약이었다. 벽곡단에 스며 있는 약성도 놀라웠다. 하지만 하루에도 서너 번씩 파이는 상처에는 장사가 있을 수 없었다.

상처가 덧나고, 아픔이 뼛속에 스며들었다.

“담시, 예전 곡을 불었잖아.”

“습관처럼 목에 익어 있어서…….”

“반음. 반음만 낮춰보자.”

사시와 삼화를 이를 악물었다.

第五十三章

일어서는 사람들

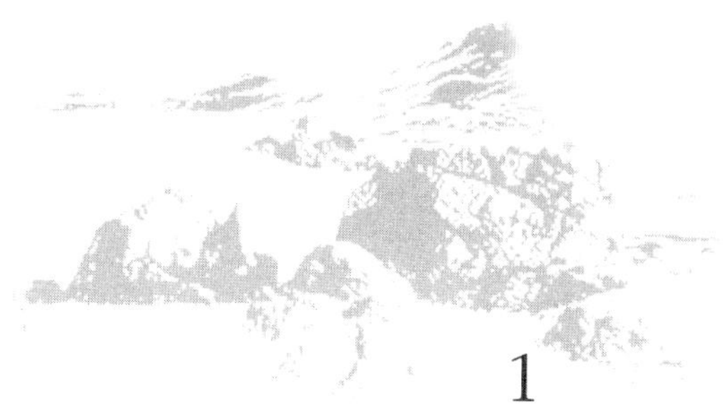

신검서생은 나무에 등을 기대고 앉아 잠시 눈을 붙였다.

추운 겨울로 들어서면서부터 피우기 시작한 모닥불은 두 달이 넘도록 꺼지지 않았다.

모닥불은 신검서생이 살아 있다는 상징이었다.

모닥불 같은 것이 상징이 될 수는 없겠지만, 신검서생은 활활 타오르는 불길을 보며 아직 살아 있음을 확인했다.

시간이 얼마쯤 지났는지는 느낌도 없었다.

신검서생은 코를 골기 시작했다. 잠깐 눈만 붙이려고 했는데, 어느새 깊은 수마와 동침을 하고 만 것이다.

"그만 일어나야지. 이래서야 목을 베가도 모르겠잖아."

신검서생은 화들짝 놀라 눈을 떴다.

'일어나라고 했지!'

급히 일어나 휘청거리며 검을 뽑았다.

졸음이 쏟아졌다. 눈을 부릅뜨려고 안간힘을 쓸수록 눈꺼풀은 무겁게 내리깔리기만 했다.

'나도 그렇지만 대형도 참 어지간한 사람이네. 하루 이틀도 아니고 이게 무슨 생고생이람. 뭘 얻을 게 있다고.'

정신을 차리기 위해 아랫입술을 잘근 깨물었다.

독사의 무공은 상상 이상이었다. 강하다는 점은 인정했고, 자신보다 한 수 위라는 점도 시인했지만, 생사결전이 벌어지게 되면 쉽게 당하지 않을 자신이 있었다.

독사는 그런 자신감을 일거에 무너뜨렸다.

신검서생이 자부하던 화영검법이나 접선 육초식은 갈대처럼 쓸려 버렸다.

그때 신검서생이 느낀 것은 나이는 서로 엇비슷하지만, 내력의 차이가 너무 심하다는 것이다.

무공을 수련한 햇수로 따지자면 코흘리개에 불과한 독사인데, 성취는 무림 최고수에 못지않았다. 무림 역사상 이토록 짧은 시간에 최고수의 반열에 오른 사람은 아마도 독사밖에 없으리라. 초식이 뛰어나다면 이해할 수 있지만, 내력에 밀린대서야. 하기는 내력이 뒷받침되지 않는 초식이란 여인네의 춤사위에 불과하니 구분해서 말한다는 것이 논리에 맞지 않지만.

잘근 깨문 아랫입술에서 짭짤한 핏물이 흘러나와 입 안에 고였다.

"자! 대형, 시작해 봅시다."

독사는 없었다.

'풋! 이제는 환영까지…….'

신검서생은 사람 취급을 받지 못했다.

멸혼촌에 있을 때도 이보다는 훨씬 더 사람 대접을 받았던 것 같다.

잠도 자지 못하고, 먹는 것이라고는 고작 벽곡단뿐. 날마다 상처는 깊어만 가고, 검을 들수록 늘어가는 것은 절망뿐이다.

세상에 잠도 재우지 않고 굶겨가며 두들겨 패기만 하는 수련법은 어느 문파의 무공 수련법이란 말인가. 채근? 채근 좋다. 하지만 채근이라는 말속에는 부족한 점을 일깨워 주고 앞으로 나아가게 하는 희망이라는 것이 깃들어 있어야 한다.

이건 채근이 아니다.

사람을 피가 말라 죽게 만드는 고문일 뿐이다.

신검서생에게는 선택의 자유가 있었다. 계속 사람 대접을 받지 못하며 버티는 일과 홀가분하게 훌훌 털어버리고 떠날 수 있는 자유.

그가 몸을 일으켜 떠난다고 하면 막을 사람은 없었다.

겉치레라도 좀 더 버텨보라든가 악으로라도 이겨내 보자고 독려해 주는 사람도 없다.

신검서생은 수련이 시작한 날부터 철저히 혼자였다.

세상은 비정하다고 한다. 세상은 냉정하다고 한다. 또 세상은 홀로 태어나 혼자 살다가 가는 것이라고도 한다.

그런 말들이 요즘처럼 피부에 와 닿은 적도 없었다.

신검서생은 마음만 혼자였던 것이 아니라 실제로도 혼자였다.

주위 어딘가는 무려 서른 명에 이르는 사람들이 득실거리고 있다. 확실히 찾으려고만 하면 찾을 수 있다.

그러나 그것조차도 귀찮고 피곤했다.

싸움이 끝나면 털썩 주저앉아 쉬고 싶은 마음뿐인데 누굴 만나 노닥거릴 정신이 어디 있으랴.

신검서생은 자신에게 부딪친 일을 철저하게 혼자서 해결해야만 했다.

'이대로 떠나? 하기는 마단이든 현문이든 나와는 상관없잖아.'

하루에도 열댓 번씩 일어나는 마음이다.

'그렇게 배우지 않았잖아? 그리고 나는 사내야. 아니, 사내란 족속은 없지. 나는 무인이야.'

마음속에 악마가 있다면 부처도 있었다.

도대체 성선설(性善說)이니 성악설(性惡說)이니 하며 자신있게 사람 마음을 규정한 배짱은 어디서 나온 것일까. 그 사람들은 무슨 생각에서 그런 말들을 한 것일까.

선택의 자유는 있었지만 신검서생은 떠나지 않았다. 아니, 오기가 치밀어 떠날 수 없었다.

독사는 목검을 치켜들었다. 반면에 신검서생은 진검으로 맞섰다.

목검 대 진검.

처음에는 심한 모멸감을 느꼈다. 무인에 대한 도리가 아니라고도 생각했다. 하지만 지금은 그런 것을 따지지 않는다.

독사가 목검을 든 이유는 죽이지 않고 심한 타격을 가하기 위해서다. 단순한 비무였다면 나뭇가지를 들었어도 충분할 만큼 두 사람의 무공 격차는 크다.

잔인한 이야기지만 독사는 지난 몇 개월 동안 단단한 목검으로 사정없이 후려쳐 왔다. 신검서생이 제대로 일어서지도 못할 정도로.

신검서생은 진기를 끌어 모아 장검에 운집시켰다.

고오오오……!

검의 울음이 생기를 북돋아준다.

그토록 두들겨 맞으며 얻은 것이 있다면 살고자 하는 본능이 더욱 강해졌다는 것과 무공으로는 꺾이지만 정신으로는 꺾이지 않겠다는 오기뿐이다. 신검서생은 그렇게 생각했다.

'죽이고 말겠어. 아무리 대형이라지만…… 죽여 버리겠어.'

현재 신검서생에게 독사는 악마였다. 악마보다 더했으면 더했지 못하지는 않았다.

정신을 청강장검에 집중하여 검과 하나가 되었다. 단전에 있는 진기란 진기는 모두 끌어 모아 검에 밀어 넣었다.

그에게 두 번의 기회란 존재하지 않는다. 그러니 차후를 생각할 필요도 없다. 단 한 번의 공격이 성공하면 독사를 죽이는 것이고, 실패하면 목검에 두들겨 맞는 것이다.

독사의 연타는 사람을 정신없게 만든다.

처음 일격을 당하는 순간부터 정신이 뒤흔들려 초식이고 무엇이고 생각나지 않게 만든다. 그런 마당에 두 번, 세 번…… 연이어 쏟아지는 목검세례는 사람을 반병신으로 만들어 버린다.

죽지 않고 살아 있는 것만도 천만다행이다.

엽수낭랑이 아니었더라면 진작 죽었을 목숨이다.

'단 한 번의 공격. 단 일 초에 승부를 건다.'

눈을 부릅떴다. 눈가가 찢어질 정도로 부릅떴다.

"와!"

"후후! 미치기 일보 직전인 것 같은데…… 지금이라도 산을 내려가지. 그러다 골병들어."

"와랏!"

쐐에엑……!

독사는 정말 짓쳐왔다. 신검서생이 말을 하는 도중에, 정파무인들이 보면 비겁하다고 손가락질할 급습을 서슴없이 했다. 항상 그랬다. 독사에게는 조그만 빈틈도 내어주어서는 안 된다.

이번 공격은…… 예상했었고, 준비도 했다. 그만큼 당했는데 아직도 깨우치지 못한다면 바보가 틀림없을 테지.

우우웅……!

신검서생의 검이 웅장하게 울어댔다.

신검서생은 유화신공에서 양강지력만 뽑아냈다.

일명 역혈신공이라는 유화신공은 영험한 데가 있다. 똑같은 혈도로 똑같은 기운을 받아들여도 단전에 내력으로 쌓일 때는 운공하는 사람이 원하는 진기로 바뀐다는 것이다.

음유지기(陰柔之氣)를 원하면 음유지기로, 양강지력을 원하면 양강지력으로.

신검서생은 유화신공을 수련하면서 딱히 원하는 진기가 없었다.

유화신공이 몽환소, 사활근맥단의 저주를 풀어준다기에 수련한 것뿐이다.

그러나 그가 몽환소에 중독되기 전에 수련한 신공이 양강지력이었고, 그의 몸은 양강지력에 익숙해져 있었다. 그의 의식은 원하지 않았을지 모르지만, 무의식은 양강지력을 원했다.

그 결과는 검의 웅장한 울림으로 확연하게 드러났다.

따악!

신검서생은 독사의 목검을 멋지게 받아넘겼다. 그리고 검을 미끄러뜨려 검격까지 흘려보낸 다음, 검신을 살짝 비틀어 복부를 저며갔다.

그러나 독사가 한 수 빨랐다.

우연인지 모르지만 독사 역시 신검서생과 같은 수법을 구사했고, 그의 목검이 조금 더 빨랐다.

'앗차!'

신검서생의 무의식이 보법을 원했다. 오른발을 후좌(後左)로 밀어 몸을 비틀었으면.

그의 신형은 무의식이 원하는 대로 움직였다. 뒤에 빠져 있던 오른발이 좌측으로 밀려나며, 독사의 측면을 보는 위치가 되었다.

쒸이익!

목검이 아슬아슬하게 몸을 스쳐 갔다.

신검서생의 무의식은 또 원했다. 이때 검을 쳐내야 한다고. 독사가 목검을 수습하면 기회는 다시 오지 않는다고.

좌하단으로 처져 있던 검이 꿈틀하더니 위로 솟구쳤다.

목표는 독사의 등.

그러나 얌전히 당할 독사가 아니다. 어느 틈엔가 독사는 한 발쯤 앞으로 치달려갔고, 신검서생의 검은 허공을 베어내고 말았다.

'천려일실(千慮一失)……'

두 번 다시 잡을 수 없는 기회를 놓쳤다.

그의 몸은 신속하게 반응했다. 뒤로 훌쩍 물러나 거리를 벌리며 다시 검을 고쳐 잡았다.

"하악!"

일시간에 거친 숨이 쏟아져 나왔다.

전신에 깃든 진기란 진기는 모조리 쏟아져 나온 기분이었다. 손에 들고 있는 검이 이토록 무겁게 느껴진 적도 없었던 것 같다.

신검서생은 머리를 강하게 흔들어 이마에서 흘러내리는 굵은 땀을 떨궈냈다.

독사는 검을 축 늘어뜨린 채 움직이지 않았다.

도저히 강적을 상대한다는 느낌은 들지 않는 모습이다.

"화영검법 제삼초 사조연격(四鳥連擊)."

"알고 있다고 막을 수 있는 것은 아니지. 화영검법으로도 충분히 상대할 수 있어. 보여주지."

신검서생은 양손으로 검병(劍柄)을 움켜잡았다. 발은 발자국 하나 크기로 조금씩 앞으로 내딛는 중이었다.

독사에게 모든 무공이 노출되었다.

무인에게는 치명타나 다름없지만, 어쩔 수 없었다. 그에게 두들겨 맞지 않기 위해서는 가문의 절학을 송두리째 끄집어내는 수밖에 없었다. 한 번, 두 번도 아니고 수십 번씩이나.

이것이 무공 교습이라면 신검서생은 독사에게 아주 훌륭한 사부인 셈이다. 아무리 둔재라도 눈에 익다 못해 모방 정도는 할 수 있을 정도이니.

그때, 독사가 납득할 수 없는 소리를 했다.

"어떻습니까?"

"어떻다니, 뭐가……."

"좋네. 좋아. 아주 좋아졌어. 화영검법이 완전히 몸에 녹아들었어. 나도 승부를 장담할 수 없겠는걸."

신검서생은 등 뒤에서 늙으스레한 음성이 들린 다음에야 자신에게 던진 질문이 아니란 걸 알았다.

황급히 옆으로 물러서며 등 뒤에 나타난 사람을 쳐다봤다. 검에 진기를 풀지 않은 채.

'지천도!'

몇 개월 만에 보는 얼굴이다.

지천도는 많이 피곤해 보였다. 얼굴도 마단이나 현문에 쫓길 때보다 거칠어졌다. 주름살도 더 많아진 것 같다. 살가죽은 더 얇아지고, 뼈는 더 튀어나온 것 같다.

지난 몇 개월은 지천도에게도 힘들었나 보다.

지천도가 말했다.

"내력이 조금 부족한 듯한데, 내력이야 하루 이틀 사이에 해결할 수 없는 문제고. 내 생각에는 됐네 싶네만."

독사가 신검서생을 보며 싱긋 웃었다.

"오늘 하루는 푹 쉬는 게 좋겠지. 오랜만에 목욕도 하고. 내일 정오부터 영은촌의 못난이들을 두들겨 패줘. 조심해야 될 거야. 그놈들…… 이를 악물고 수련한 탓에 분뢰장이 수준급이야."

"지, 지금 무슨 말을……."

지천도가 다가와 어깨를 툭 치며 말했다.

"무슨 말이긴 무슨 말인가. 두들겨 맞는 입장에서 두들겨 패는 입장으로 바뀐 게지. 왜? 싫은가?"

"대, 대형! 그럼 내 무공이!"

이번에도 지천도가 대신 대답해 줬다.

"두들겨 맞기 전보다 두 배는 강해졌을 게야. 아까 한 말은 빈말이 아니네. 내가 자네와 맞선다면 사력을 다해야 할 테고, 그래도 승부를 장담하지 못하지."

신검서생은 믿을 수 없었다.

지난 몇 개월 동안 무공은 조금도 진일보한 것 같지 않다. 쌓여진 것이 있다면 오기뿐인 줄 알았는데.

독사와 지천도가 돌아가자, 신검서생은 휘적휘적 걸어서 나무 밑으로 갔다.

모닥불은 아직도 타고 있었다.

두 시진 전만 해도 꼼짝도 못하고 모닥불만 쳐다보았다. 불길이 활활 일어나는 것을 보며, 내 생명도 저렇게 일어나리라고 다짐하면서. 반드시 일어나서 독사를 죽여 버리고 말겠다는 다짐을 하면서.

이제는 생나무를 베어내 모닥불의 생명을 연장시킬 필요가 없다.

'모닥불을…… 끌 때가 된 것인가.'

아직도 실감이 나지 않았다.

그는 독사의 의중을 알고 시작했다. 독사 패거리를 최강자들의 집단으로 만들겠다는.

처음…… 비락봉에 들어왔을 때 구분했던 강자들의 서열, 거기서 두 번째로 강한 자가 되기 전에는 놓아주지 않을 수련.

그런데도 두들겨 맞는 동안 원한만 쌓였었다.

'미치지 않으면 고수가 되는 방법이로군. 이건.'

그러고 보니 지난 몇 개월처럼 무공에 매진한 적도 없었다. 잠도 자지 않고, 밥 먹을 시간도 놓친 채 오로지 무공에만 매달렸으니. 생각하고 싸우고, 또 생각하고 얻어맞고, 그리고 또 생각하고……

'내일부터는 두들겨 팬다. 내일부터는…….'

신검서생은 나무에 등을 기댄 채 고개를 푹 떨궜다.

독사가 인정하는 고수가 되었다는 흥분보다도 미친 듯이 몰아쳐 오는 수마를 견딜 수 없었다.

신검서생은 계곡으로 내려갔다.

비락봉에 올라와서 곧바로 미친 수련을 했으니, 계곡을 찾은 것도 처음이다.

비락봉에 머물면서 몇 달 만에 처음 접해보는 계곡.

못을 찾아 두꺼운 얼음을 깨고 들어갔다.

‘몇 달 만에 하는 목욕인지…….’

날씨는 입김마저 얼려 버릴 정도로 추웠지만 신검서생에게는 모든 것이 시원하게 느껴졌다. 추운 날씨도, 살을 에는 바람도, 뼈를 얼려 버릴 듯한 얼음물도.

머리까지 물속에 푹 담근 채 한동안 있었다.

온몸이 상처투성이다. 팔목이며 허벅지며, 종아리, 배, 옆구리 할 것 없이 온통 멍투성이다.

어제인지 그저께인지 기억이 가물거리지만 늑골에 금이 갈 정도로 세게 얻어맞은 자리는 아직도 쑤시다.

생사결전이 아닌 한 이만한 상처라면 몇 달간 정양해야 한다. 하지만 쉴 수 없다. 독사가 오늘 정오부터 바로 영은촌 못난이들을 두들겨 패라고 했지 않은가.

숨이 막혀 더 이상 참을 수 없을 지경에 이르러서야 얼굴을 치켜들었다.

쏴와아아……!

계곡으로 밀려오는 바람이 무척 상쾌하다.

신검서생은 내친김에 피와 땀으로 얼룩진 옷까지 빨았다.

모닥불을 피우고, 벌써 얼어붙기 시작한 옷가지를 말렸다.

모닥불…… 앞으로 평생 모닥불을 잊지 못할 게다.

그가 외로웠을 때, 절망에서 헤어 나오지 못하고 있을 때, 모닥불은 유일한 친구였다.

마른 옷을 입고, 장검을 챙겼다.

검을 뽑아 햇살에 검광을 비춰보았다. 눈이 시릴 정도로 청광을 토해내는 장검이 정겹게 느껴진다.

'영은촌의 못난이들이라.'

신검서생은 정확히 정오에 영은촌 독사 패거리를 찾았다.

계두, 사팔, 쇠스랑, 돌주먹.

'이런……'

그들을 본 신검서생은 할 말을 잃고 말았다.

그들 네 명은 사람이라고 할 수 없었다. 굳이 말을 하라면 동네 사람들에게 몰매를 맞은 거지들이라고나 해야 할까?

'지천도 어른에게도 이런 독한 구석이 있었나?

이들에 비하면 자신은 융숭하다 못해 황송한 대접을 받은 셈이다.

"오늘부터 화영검법의 진수를 맛보여 주마."

신검서생은 말을 하고도 얼굴이 화끈 달아올랐다.

가문의 무학을 연성한 후 무림에 출도했을 때, 화영검법의 진수를 깨달았다고 생각했다.

싸울 일이 있을 때도 물러서지 않았다. 절정에 이른 화영검법이 있지 않은가.

지금에 와서 생각해 보니 참으로 우물 안 개구리였다.

지천도의 말대로라면 지금은 옛날보다 두세 배 정도 강해졌다. 같은 화영검법이라도 지금의 검과 옛날의 검은 확연히 다르다.

　그렇다고 지금의 경지를 절정이라고 할 수 있을까? 과연 화영검법의 진수를 깨달은 것일까? 내력이 조금 부족한 듯한데…… 지천도가 말한 내력을 보완했을 때 화영검법은 어떤 위력으로 나타날까.

　신검서생의 자성(自省)은 네 명의 음침한 소리에 깨졌다.

　"흐흐흐! 이제 네놈인가? 그래, 죽어볼 테면 죽어봐."

　눈썹이 역팔자인 사팔이 이를 갈며 말했다.

　"늙은이를 때려죽이려고 했는데, 겁이 났나? 대신 죽으려고 나타나다니 네놈 운세도 참 더럽다."

　계두.

　"화영검법? 웃기고 자빠졌네. 한번 붙어보면 알겠지."

　눈이 부리부리한 쇠스랑.

　"몸이 근질근질했는데 등 긁어줄 놈이 나타났군. 시원하게 긁지 않으면 이 주먹맛을 보게 될 거야."

　주먹이 어린아이 머리만한 돌주먹.

　신검서생은 기가 막혔다.

　얼마나 두들겨 팼으면 악밖에 남은 것이 없을까. 하지만 할 일은 해야 한다. 궁극적으로는 이런 길이 이들을 살리는 길이 되기에.

　'때려죽여? 대형이 귀 좀 간지러웠을 거야. 그토록 죽이겠다고 했으니.'

　"너희는…… 나와 같은 종류군."

　'등을 긁어달라고?'

　"축하한다. 좋은 인연을 만들어보자."

　신검서생은 검을 뽑았다.

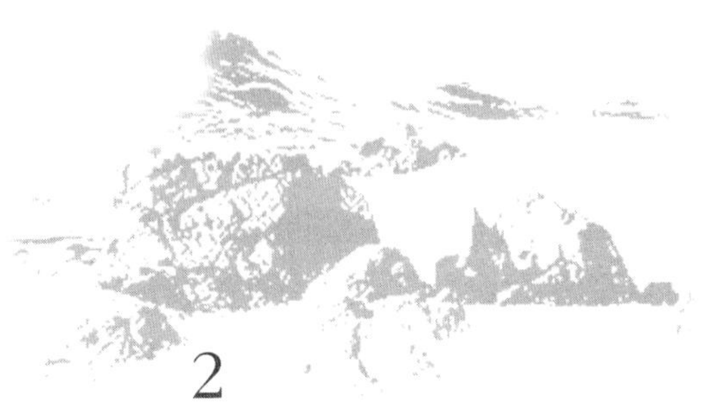

운공을 하지 않는 동안에도 끊임없이 내력이 증진하는 무공, 그것이 암혼사다. 눈을 뜨고 있을 때나, 잠을 잘 때도, 밥을 먹을 때나, 책을 읽을 때도 암혼사는 부단히 내력을 증진시킨다.

숨으로 들이쉬는 것은 천지자연의 기운, 몸으로 흘러 들어온 기운은 의식과 상관없이 암혼사 진기와 어울리며 전신을 휘돈다. 흐르는 물에 끊어짐이 없듯이, 피의 순환이 멈추지 않듯이, 암혼사라는 진기는 흐르고 또 흐르며 내력을 양성한다.

엽수낭랑이 무공 수련에 매진하지 않으면서도 두 번째 강자로 지목된 속 내용은 암혼사에 있었다.

엽수낭랑도 내부에서 일어나는 변화를 감지했다. 아니, 일찍부터 감지했으나 무공이 진일보했다는 생각만 했지, 그토록 강해졌으리라고는 생각하지 못했다.

그러던 것이 우연한 기회에 확실히 깨닫게 되었다.

보이지 않는 독사의 존재를 느낀 것은 엽수낭랑으로 하여금 세상을 다시 보는 계기가 되게 해주었다.

당시는 이런 점조차 느끼지 못했다. 독사를 항시 느낄 수 있다는 흥분 때문에 무공이 증진되었으며, 세상을 다른 시각으로 볼 수 있다는 사실을 간과해 버렸다.

사실 비락봉에 와서 가장 장족의 발전을 한 사람은 엽수낭랑이라고 해야 할 것이다.

'독사를 도와줄 수 있어. 도와줄 수 있는 힘을 얻었어.'

그러나 아직은 미흡했다. 그녀가 수련한 비항파의 무공으로 독사와 부딪칠 강적들을 상대하기에는 부족하다 싶었다.

"어려운 부탁 좀 드릴게요."

몸이 열 개라도 부족할 지천도. 그에게 두들겨 맞는 영은촌 패거리들도 힘이 들지만 지천도도 힘이 드는 것은 두말할 필요도 없다.

한 시진 혹은 두 시진마다 싸움을 하는 것은 무공만 약간 익힌 사람이라면 누구든 가능하나, 밤에 잠도 자지 않고 몇 달에 걸쳐서 같은 일을 반복한다는 것은 상당히 피곤한 일이다.

엽수낭랑은 잠시 휴식을 취하고 있는 지천도에게 말을 거는 것조차 미안했다. 아주 잠깐 짬을 내어 눈을 붙일 때가 잠을 청할 수 있는 유일한 시간이지 않은가.

"말해 보게. 부탁이라니?"

지천도는 조금도 귀찮아하지 않았다.

"도문 도법을 전수해 주실 수 있나요?"

"도문 도법을 말인가?"

엽수낭랑은 고개를 끄덕였다.

"그 말이…… 무슨 뜻인지 알고 하는 말이겠지?"

"네."

"도문 도법보다는 독사의 무공을 배우는 것이 어떤가? 독사가 수련한 무공이야말로 하나같이 절전(絶傳)된 절기들인데."

'그 사람을 놀래주고 싶거든요.'

"욕…… 심나서요."

"허허! 욕심이라."

"죄송해요. 가장 배우고 싶은 무공이라고 바꿀게요."

"사문의 무공을 함부로 전수할 수는 없지."

엽수낭랑의 얼굴에 검은 그림자가 드리워졌다.

"그랬다가는 동문들 얼굴을 볼 낯이 없어져. 휴우! 하기야 나를 기억할 동문이 있을까 모르겠네만."

"기억할 거예요. 모두 잊지 않고 있을 거예요."

지천도는 엽수낭랑의 위로가 귀엽다는 듯 부드러운 미소를 지어 보였다.

"그렇다고 당문의 여식을 제자로 맞이하기도 그렇고."

"어른께서만 괜찮다면 전……."

"그럴 수는 없지. 제자가 된다는 것은 도문에 매인다는 것을 뜻하는데…… 휴우! 대형의 앞길을 예측하지 못하니, 도문과도 무슨 일이 벌어질지 모르는 일이고……."

"……."

"처음 하는 부탁이지만 들어주지 못하겠네."

"네. 제가 괜한 부탁을……."

“무공 수련을 할 생각이니 훔쳐보면 안 되네. 그놈들…… 분뢰장이 갈수록 강해진단 말이야.”

엽수낭랑의 눈빛이 반짝였다.

지천도는 엽수낭랑이 보는 앞에서 몇 번이고 도를 고쳐 잡았다.

“도는 빠르고 강하다…… 쯧! 어느 놈이 그런 소릴 했는지. 왜 모두들 그런 말도 안 되는 편견에 사로잡혀 있는지 몰라. 도에도 여러 종류가 있고, 도법도 각양각색인데 성질을 간단하게 규정 지어버리다니. 쯧!”

혼잣말이었다.

“무인이란 놈들이 편견에 사로잡혀서…… 싸울 때도 같은 우(愚)를 범하거든. 도를 꺼내 들면 한결같이 빠르고 강할 것이라고 예상하지. 그럴 때 가볍고 경쾌한 도법을 구사하면…… 허허허! 당황할 게 분명해. 그러나 그때는 늦지. 도에는 눈이 없거든.”

‘저게 삼지집도법…….’

엽수낭랑은 도를 어떻게 잡는지, 도를 전후좌우 상하로 움직일 때 손가락에는 어느 정도의 힘이 들어가는지를 눈여겨보았다.

서로가 인정하는 묵계가 있다지만 노골적으로 들여다볼 수는 없는 일…… 그렇게 생각했는데 그것도 아니었다. 시간이 흐르고 조금이라도 빨리 깨우치는 것이 지천도를 덜 피곤하게 하는 일이라는 생각이 들자, 엽수낭랑은 아예 지천도의 정면으로 다가와서 관찰했다.

“이놈의 삼지집도법은 중지를 너무 혹사해서 탈이야. 팔목이 할 일을 대신하고 있으니. 하기는 팔목을 움직이는 것보다야 한결 빠르지. 암! 빠르고말고.”

첫날은 그것뿐이었다.

지천도는 도를 집어넣고 한쪽 구석에 가서 쭈그리고 앉았다.

겉보기에는 잠을 청한 듯하나 온 신경을 엽수낭랑에게 곤두세우고 있다.

'고마운 분……'

엽수낭랑은 검으로 도를 대신하여 지천도에게서 배운 파지법(把持法)을 수련했다.

지천도의 도법은 무림의 상리(常理)에서 벗어난 기공(奇功)이었다.

자고로 검은 봉(鳳)과 같고 도는 호(虎)와 같다고 했다.

검은 무게가 가볍고, 도는 무겁기 때문에 용법도 무게에 따른다. 검은 가볍게, 도는 무겁게.

하지만 지천도의 도법은 오히려 검보다도 가볍게 써야 할 것 같다.

무거운 것을 가볍게……

지천도는 아직 말하지 않았지만 그런 도법을 구사하기 위해서는 엄청난 고련(苦練)과 깊이있는 내력이 필요하리라.

초식만 배운다고 사용할 수 있는 무공이 아닌 것이다.

거기에 지천도는 한술 더 뜬다.

검이나 도나 검병을 잡고 휘두르는 것은 똑같다. 그러라고 손잡이가 있는 것이고.

다른 점은 집에서 병기를 뽑아내는 길이다.

왼손에 집을 잡고 오른손으로 병기를 뽑아내면…… 검은 가볍기 때문에 쉽게 뽑힌다. 반면에 도는 무겁기 때문에 뽑아내는 길이가 길어진다.

무거운 병기일수록 손잡이를 단단히 잡아야 한다는 것은 상식이다.

그런 연유로 파지법은 어느 문파에서나 가장 기본으로 가르친다.

—손은 장심(掌心), 장근(掌根), 그리고 다섯 손가락으로 나눌 수 있다. 우습게 듣지 말아야 한다. 검을 뽑는 즉시 내력을 검에 집중해야 하는데, 그 일을 해주는 것이 바로 손이다.

손 중에서도 가장 중요한 것은 엄지와 새끼손가락으로 검을 조이고 풀어주는 모든 비법이 두 손가락에 달려 있다.

손바닥을 둥글게 말고, 그 안에 검을 밀어 넣는다는 심정으로 검을 잡았다. 너무 꽉 잡으면 검선(劍先)까지 내력이 미치지 못하기에 조심을 거듭하면서.

지천도는 지금까지 상식으로 생각해 온 엽수낭랑의 파지법을 조롱이라도 하는 양 무시해 버렸다.

삼지집도법은 붓을 잡듯이 무지(拇指)와 식지(食指)로 무게를 지탱해야 한다.

얼마간 시간이 흐른 후, 지천도는 편하게 누워 잠을 청했다. 파지법의 완성을 지켜본 후.

지천도는 짬이 날 때마다 무공 수련을 했고, 엽수낭랑도 매일 수련에 몰두했다.

하루하루가 새로운 나날이었다.

다행스럽게도 지천도를 능가하는 내력을 지닌 탓에 도문의 도법인지, 지천도의 도법인지 알 수 없는 도법을 쉽게 익혀낼 수 있었다.

"독사에게는 말하지 말아주세요."

"왜?"

“놀래주고 싶거든요.”

“그런데 뭘 말하지 말라는 게야?”

“음……! 그러니까…… 제가 무공을 창안하고 있는 것 말예요.”

“비항파 무공이 아니었나? 난 그런 줄 알았지.”

“그렇게 말할 걸 그랬네요.”

“허허허!”

“제 무공이 어때요?”

“힘있는 자가 일도 잘하는 법이지. 내력이 충후(充厚)하니 성취도 빨라. 하지만 내가 보기에는 아직도 강함이나 빠름에 치우는 것 같은데…… 세기(細技)를 다듬은 무공을 창안하는 게 어때?”

“그럴게요.”

지천도와 엽수낭랑은 사이좋은 조손(祖孫)과도 같았다.

두 사람 모두 서로를 남으로 생각하지 않았다. 길다면 길고 짧다면 짧은 몇 달간이 두 사람 사이를 혈육처럼 끈끈하게 맺어주었다.

엽수낭랑은 밤이 깊었어도 잠을 이루지 못했다.

그녀에게 무공 수련은 주(主)가 아니었다.

당문 여식이라는 소리를 들으면서도 무공보다는 의술에 신경을 쏟아 붓던 그녀다.

비락봉에 들어와서도 할 일이 많았다.

워낙 바위산이라 약초를 구하기가 쉽지 않지만 어떻게든 구해봐야 한다. 엽수낭랑이 없었다면 독사는 이번 일을 시작할 엄두도 내지 못했을 게다.

일은 독사가 시작했으나 지속시키는 것은 오로지 엽수낭랑에게 달려 있다.

그녀는 바위산 곳곳을 안 가본 곳 없이 누볐다.

벽곡단에 약초를 배합한 것도 궁여지책에서 나온 어쩔 수 없는 선택이었다.

벽곡단을 만들 재료가 부족하니 어쩌겠는가. 귀한 약초일망정 섞어서 허기라도 면하게 해주어야지.

그랬던 것인데 상처 치료에까지 도움을 줄 줄이야.

그것도 이제는 한계에 부딪쳤다.

계절이 겨울로 들어서면서 약초를 구할 수가 없었다. 혹시나 하는 심정에서 칼날 절벽까지 구석구석 뒤져 보았지만 푸르스름한 풀뿌리는 눈을 씻고 찾아봐도 없었다.

'이제는 나도 어쩔 수 없어. 지금 중단해서는 안 되는데…… 어떻게든 봄이 올 때까지는.'

유등(油燈)의 불꽃이 생명을 다했는지 점점 사그라들었다.

토끼 기름을 짜서 기름을 만들고, 불을 켜봤지만 그을음이 너무 심해서 어쩔 수 없는 상황이 아니면 켜지 않았는데.

노란 연기보다는 검은 그을음이 더 많이 피어나는 유등.

이제는 그것마저도 생명을 잃어가고 있다.

'모든 게 최악이야. 여기선 더 버틸 수 없어.'

혜월은 준비를 할 수 있었기에 한겨울을 버텨냈다. 하지만 독사 패거리는 아무 준비도 없이 들어왔다. 그나마 겨울 두어 달을 버틸 수 있었던 것도 혜월이 부리나케 준비를 했던 덕이다.

깜빡이는 불꽃에 한동안 내팽개쳤던 음경지의가 비쳐졌다. 머리를 쥐어짜게 만들었던 골인의 인피와 마단 고수의 인피도 먼지에 쌓여 나뒹굴고 있다.

'음경지의! 음경지의를 식용으로 할 수는 없을까?'

말도 안 되는 소리다. 복용하는 즉시 오장육부에 음기가 배여 손쓸 여유조차 주지 않고 죽어갈 것이다. 처음에는 힘이 없다는 정도, 조금 지나서는 사지가 무력해지는 느낌, 그리고 조금 더 지나면 전신이 마비될 것이다.

고통은 그 후에 찾아온다. 내장이, 살이, 뼈가, 피가…… 온몸이 얼어붙는 한기에 시달리는 고통은 겪어본 사람이 아니면 모른다.

'헛똑똑이었어. 의서를 그만큼 읽었으면…… 의술에 그만큼 매진했으면 이런 정도는 해결할 수 있어야 되는데.'

엽수낭랑은 음경지의 한 줌을 가져와 불꽃에 비춰봤다.

손으로 만지기만 했는데도 한기가 스며든다. 영특한 암혼사가 한기를 차단했는데도 몸에 소름이 돋는다.

'이런 걸 식용으로 할 생각을 하다니.'

비락봉에서는 방법이 없다. 음경지의를 요리하기 위해서는 당문으로 가야 한다. 음경지의의 한기를 녹일 수 있는 다른 약초나 영물이 필요하다.

음경지의를 이리저리 살피던 엽수낭랑은 전에는 보지 못했던 현상을 발견하고 깜짝 놀랐다.

"어멋! 이게 왜 이래?"

경악성마저 자신도 모르게 튀어나왔다.

음경지의가 바위에 달라붙어 있던 부분에서 진액이 흘러나왔다.

썩고 있는 것이다.

"어떻게 이런 일이! 말도 안 돼!"

고개를 강하게 흔들었다.

음경지의는 주변 공기를 얼려 버릴 정도로 한기가 강하기 때문에 썩지 않는다고 판단했다. 지금까지는 그래 왔다.

말도 안 되는 이유는 또 있다. 이끼란 수분을 흡수하지 못하면 말라 죽을지언정 썩지는 않는다. 음경지의는 수분 대신 음기가 강한 독물의 진물을 빨아왔다.

말라비틀어지는 것은 이해할 수 있어도 썩는 것은 어떻게 생각해도 납득되지 않는다.

"정말 모르겠네. 앗! 그럼 다른 것도!"

황급히 음경지의를 쌓아놓은 곳으로 달려가 작은 부대를 뒤집었다.

모두 같은 현상이 벌어지고 있다. 음경지의 밑 부분에서 작은 물방울 같은 것이 형성되어 있다.

음경지의를 만지면서 유달리 한기를 강하게 느낀 것도 바로 이 때문이리라.

"영물이었는데……."

잘만 만들었으면 천하의 영약이 될 수도 있었으련만……

그런데…… 엽수낭랑은 음경지의에만 매달려 있을 수 없었다.

'이, 이럴 수가! 또……?

빙굴 만장지저에서 음경지의를 복용한 적이 있다. 당시는 독사가 도와준 덕이 기연으로 이어졌지만, 꼭 죽는 줄만 알았다. 죽는 것은 괜찮았다. 차라리 죽음이 빨리 찾아와서 필설로 형언할 수 없는 고통을 줄여주었으면 하고 바랐다.

그때의 고통이 엄습해 왔다. 온몸이 사시나무 떨리듯 달달 떨리고, 지독한 한기가 내장을 얼려갔다.

음경지의의 독기에 중독된 것이 틀림없다.

엽수낭랑은 즉시 가부좌를 틀고 앉아 운기조식을 취했다.

‘너무 지독해. 풀어낼 수가 없어. 암혼사로도 역부족이야.’

암혼사는 체내의 한기를 밀어내지 못했다. 처음에는 밀어내는 듯했으나 곧 극성을 부리는 한기에 기세가 꺾이고 말았다.

‘부딪쳐서 그래. 부딪치지 말고 받아들여야 돼. 암혼사는 세상의 어떤 기운도 내 것으로 만들어줘.’

머리 속으로는 해답을 찾아냈지만 행동으로 옮기기가 쉽지 않았다.

밀쳐 내도 꺾이지 않는 한기를 되레 받아들일 용기가 일어나지 않았다. 안 되더라도 계속 밀쳐 내고만 싶었다.

‘밀치면 죽어. 받아들여야 해. 아! 받아들여야 하는데……’

그때, 등 뒤 명문혈(命門穴)에 따뜻한 손이 와 닿았다.

한기에 덜덜 떨던 참인지라 인간의 체온이 닿는 것만으로도 불기를 쬔 듯 따뜻했다.

‘암혼사를 믿어.’

의기전성(意氣轉聲)처럼 환청으로 들리는 소리였다.

엽수낭랑도 말을 했다.

‘독사!’

‘오라버니에게 독사라니.’

‘어, 어떻게 알고?’

‘네가 나를 느끼듯 나도 널 느끼니까.’

‘그랬군요…… 역시…… 날 느끼고 있었어.’

‘집중해라. 경맥이 얼면 대라신선이 와도 살릴 수 없어.’

‘집중할게요.’

‘황유(肓兪:배꼽 바로 옆)부터 열어.’

‘열어줄래요?’

‘농담할 때가 아냐.’

‘끝까지…… 경맥이 모두 열릴 때까지 있어줄 거죠?’

‘아직 덜 급했군. 손 뗄까?’

엽수낭랑은 마음 놓고 경맥을 열었다.

일이 잘못되어 순식간에 즉사할 수도 있는 위험천만한 수법이지만 독사가 곁에 있으니 두려울 것이 없었다.

“조심해야지. 한 번 당했으면서.”

“음경지의가 썩는 걸 보니 나도 모르게 당황해서.”

독사는 음경지의에 대해서 조금도 미련이 없었다.

당문 사람들은 다르다. 음경지의 같은 영물을 썩혀서 버린다는 것은 천추에 남을 한이 된다. 당문삼기도 현재 처한 상황만 아니라면 음경지의를 보는 순간부터 매달렸을 게다.

“이건 당문 역사상 백 년 이래에 가장 큰 역사가 될 수도 있었거든요. 제가 미숙해서 이 모양으로 만들었지만.”

“난 잘 모르니까.”

독사는 서둘러 일어날 기색을 보였다.

독사 패거리의 내기는 아직까지 지속되고 있었다. 둘이 혼인할 것이다, 오누이로 남을 것이다.

전에는 귓가로 흘려들었지만 지금은 부담이 된다.

엽수낭랑의 무공이 진일보한 것이 원인이다.

독사와 엽수낭랑, 서로 간에 기감이 통하면서 서로의 존재는 물론 마음까지 읽게 되었다.

전에, 마단과 현문을 피해 도주할 적에 엽수낭랑은 계속 물었었다. 봤냐고.

달리는 모습을, 물에 뛰어드는 환영을 봤냐고 물은 것이 아니다. 그런 것이었다면 쉽게 대답했다.

심상(心象).

엽수낭랑이 물어본 것은 심상이었다. 연모로만 가득 차서 다른 것은 들어갈 틈이 없는 마음을 봤냐고 물었던 게다.

물음이 거기서 그치는 것이라면 그 대답 또한 쉽게 해줬다.

형식으로는 오누이이며, 서로를 대할 때도 친오누이처럼 대하고 있지만, 엽수낭랑의 마음이 어떻다는 것은 익히 알고 있는 터이다. '오누이' 라는 형식을 빌려 사랑하는 감정을 뒤로 미뤘던 것.

새삼스럽지만 대답하지 못할 것은 없다. 그저 간단하게 봤다고 대답하면 그만이다.

독사가 대답하지 못한 것은 자신이 엽수낭랑의 마음을 읽었듯이, 엽수낭랑 또한 자신의 마음을 읽어낼 수 있는 경지에 이르렀기 때문이다.

자신의 마음을 숨기고 싶은 것, 그것이 독사의 마음이었다.

엽수낭랑은 사랑스런 여인이다. 미색(美色)에 현명하고, 기다릴 줄 아는 여인이다. 요빙과는 전혀 다르면서도 같은 면이 있다. 요빙은 거칠면서도 사람을 편안하게 해준다. 엽수낭랑은 현명한 지혜로 편안하게 해준다.

사내치고 엽수낭랑을 사랑하지 않을 자가 어디 있을까. 더군다나 그런 여인이 일편단심 자신만 바라보는데야.

하지만 독사와 엽수낭랑 사이에는 요빙이 존재했다. 독사는 요빙을 제쳐 놓으면서까지 엽수낭랑에게 달려갈 생각이 전혀 없었고, 엽수낭랑은 그런 점을 알기에 인내를 가지고 기다리는 거다. 마음을 꽁꽁 숨겨 편안하게 해주면서.

그런데 엽수낭랑이 요빙의 존재로 감싸놓은 껍질을 깨고 속을 들여다본 것이다.

그러니 쉽게 대답할 수 없었다.

'봤다'는 대답은 자신 역시 엽수낭랑을 사랑하고 있다는 시인이나 다름없었으니까.

당시는 얼떨결에 대답하고 말았지만……

엽수낭랑이 간간이 흘리는 뜻 모를 미소 속에는 사랑을 확인한 여인의 행복감이 숨어 있었다.

독사는 마음의 대문을 다시 걸어 잠갔다.

아침저녁으로 얼굴을 대하는 것도 껄끄러워 아예 발길을 끊었다. 패거리들을 수련시키느라 눈코 뜰 새 없이 바쁜 것을 핑계로 마음을 닫아버렸다.

독사는 엽수낭랑으로 인해 요빙의 영상이 흐려질까 두려웠다.

"흠! 밤이 깊었으니 난 그만……."

독사가 일어섰다.

엽수낭랑은 또 그녀만이 알 수 있는 미소를 지었다. 아니다. 독사도 짐작할 수 있는 미소였다.

"조금만 있다 가세요."

"왕가달에게 가봐야 돼. 한 시진이 거의 다 됐어."

"아직 시간이 남았잖아요. 차를 대접하면 좋지만…… 따뜻한 물이라도 들고 가세요."

형식으로나마 오누이면서 그 성의까지 마다할 수는 없었다.

독사가 주저앉자 엽수낭랑이 일어나 불 위에 솥을 올려놓았다.

혜월은 비락봉에서 쉽게 따라 할 수 없는 고행을 했다. 그녀가 가진 불 위에 올려놓을 수 있는 집기라고는 조그만 솥 하나가 고작이었다.

엽수낭랑은 그 솥으로 단약도 제련하고, 벽곡단을 만들 때도 썼으며, 이렇게 물을 끓일 때도 이용했다.

"제가 왜 독사라는 사람을 좋아하게 되었는지 알아요?"

엽수낭랑이 솥에 물을 부으며 말했다.

"……."

"그 뼈 때문이에요. 요빙 언니의 뼈. 제가 가루로 빻으려고 했죠. 기억나요? 그게 죽은 연인의 뼈라는 것을 알았을 때…… 그때부터 좋아하게 되었나 봐요."

"……."

"훗! 고지식하고 무모하고, 앞뒤 가릴 줄도 모르고……."

독사는 눈을 감았다.

대화산 무생곡에서는 절망뿐이었다. 아무것도 없이 빈손으로 시작했다. 당시 그의 머리 속에는 요빙의 집 앞에서 밤을 새던 사내, 무천문 고수가 무림의 전부였다. 그러던 것이 어떻게 이 지경까지 왔는가.

"정말 볼 게 없었는데…… 한 여인을 죽은 후에도 잊지 못하는 게 관심을 끌었어요. 어디까지…… 어디까지 사랑하는가 보자. 따라다녀 보자. 요빙 언니를 잊고 날 사랑하게 되면 버리고, 나만한 여자가 따라다니는 데도 계속 요빙 언니만 생각하면 가로채자. 풋! 상당히 건방졌죠?"

"아니, 당 매는 그만한 자부심을 가질 만한 여자야."

"그런데 왜 안 넘어와요?"

"……."

"할 말 없으면 말이나 하지 마요. 이게 뭐예요? 잠시 두근거렸잖아
요. 후훗! 처음 시작은 장난 비슷했는데…… 제 꾀에 제가 넘어간다고,
제가 사랑에 빠져 버리고 말았지 뭐예요."

엽수낭랑이 끓인 물을 나무 그릇에 담아 내왔다.

"따뜻하게 끓었어요. 마시면 속이 한결 훈훈해질 거예요."

독사는 조금씩 따뜻한 물을 마셨다.

엽수낭랑이 훈훈한 미소를 띤 채, 독사의 눈을 정면으로 쳐다보며
말했다.

"세상에 사내는 많죠. 하지만 한 여인을 몇십 년이고 사랑할 사람은
흔치 않아요. 혼인 전에는 죽고 못 살 것 같은 사람도 혼인하고 사오
년만 지나면 권태(倦怠)를 느끼곤 하니까요."

"어떻게 그렇게 잘 알아?"

"주변에서 많이 보잖아요."

독사는 보지 못했다. 그가 관심있던 것은 주먹질뿐이었다. 깨가 쏟
아지게 사랑을 하건 말건, 사내가 술 취해 마누라를 때리건 말건 관심
밖이었다.

"그렇다고 아주 없는 것은 아녜요. 찾아보면 찾을 수 있죠. 어떤 사
람은 아내가 죽자 평생 아내의 무덤만 돌보는 사람도 봤어요."

독사가 빈 그릇을 내려놓았다.

엽수낭랑 말대로 차디찬 한기에 얼어붙었던 몸이 사르륵 녹았다.

"그런데 그것보다 더한 사람이 있어요. 살아서나 죽어서나 아내의

뜻에 따르는 사람. 세상의 영욕(榮辱)을 버리고 심산유곡에 은거하자고 하면 당장 따라나설 사람. 아내가 먼저 죽으면 너무 그리워한 나머지 자살까지 할 사람."

독사가 일어섰다. 엽수낭랑의 눈길이 일어서는 독사의 얼굴을 좇았다.

"독사라는 사람이 그런 사람이더라고요. 요빙 언니의 죽음에 의미만 없었다면 같이 죽었을 거예요. 그렇죠?"

독사는 아무 소리도 하지 않고 걸어나갔다.

문이 열리면서 한겨울의 차가운 바람이 사정없이 들이쳐 그나마 생명을 다하던 유등을 완전히 꺼버렸다.

'그래서 관심을 가졌고, 사모하게 됐어요. 그런 사람을 사랑하지 않을 수 있나요? 얼음처럼 얼어붙은 마음을 녹이기가 쉽지 않겠지만…… 포기하지 않을래요. 전 봤거든요.'

엽수낭랑이 현문 고수들의 이목에 걸려들까 마음을 졸일 때, 그도 마음을 졸였다. 사랑하고 있는 감정이다. 독사의 마음은 엽수낭랑을 보고 있지 않다. 희로애락(喜怒哀樂)으로 표현하자면 슬픈 감정에 속한다. 그 역시 사랑하는 감정이다. 좋아하는 사람은 기쁨을 떠올리지만, 사랑하는 사람은 걱정부터 앞세운다. 독사는 마음을 정리하라고 강요하지 않는다. 대신 뒤돌아서서 남몰래 한숨 지으며 상처받지 않고 정리할 수 있는 계기를 모색한다.

독사가 정말 오누이로밖에 생각하고 있지 않다면 돌아서면 끝이리라. 그러나 독사는 가까이 있거나 멀리 있거나 늘 생각한다. 단단한 껍질 속에 집어넣고 끄집어내지 않을 뿐.

엽수낭랑은 미소를 머금었다.

‘날 사랑하는 것 알아요. 아직은 때가 아닌 것도. 기다릴래요. 다 늙어 꼬부랑 할머니가 될 때까지 기회가 오지 않더라도. 당신의 마음을 봤으니까요.’

암혼사는 독사가 준 기연이 아니라 하늘이 준 기연이었다. 요빙이 베풀어준 큰 선물이었다.

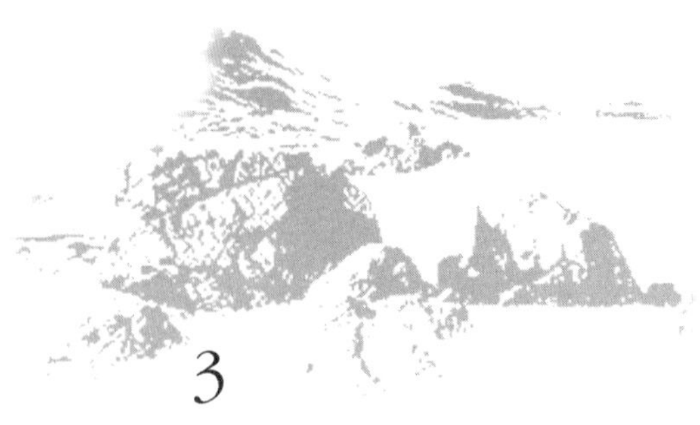

3

일어서는 사람들

엽수낭랑은 일어섰다.

음경지의 중에 아직 썩지 않은 것들을 따로 추려내야 한다. 썩은 것
은 버리더라도 아직 썩지 않은 것들은 보관할 방법이 있으리라. 빙굴
로 돌아가기에는 너무 위험하고 멀리 왔으니 최대한 있는 것들을 아껴
야 한다.

행낭(行囊)을 찾아 무심코 손을 집어넣었다.

행낭 속에 들어 있는 사슴 가죽 주머니에 생각이 돌아갔고, 사슴 가
죽 주머니라면 당분간 음경지의를 보관할 수 있을 것 같았다. 그런데,

"앗!"

엽수낭랑은 전갈에 물린 것 같은 따끔한 통증을 느끼고 화들짝 놀라
손을 빼냈다.

손가락 끝에 머리카락처럼 가는 세침(細針) 몇 개가 박혀서 따라 올

라왔다.

비상용으로 넣어둔 세침을 깜빡 잊어버렸다.

독사와 이야기다운 이야기를 나눈 것이 너무 기쁜 나머지 잠시 정신이 분산됐었다.

"풋! 내 침에 내가 찔리고 말았네. 당안령, 너 정신을 어디다 두고 다니는 거야."

엽수낭랑은 기쁘기만 했다. 세침에 찔려서도 전혀 아프지 않았다. 갑작스런 아픔에 깜짝 놀라기는 했지만 독사의 마음을 생각하자 행복함만 밀려왔다.

그러나…… 세침을 뽑아내려던 순간, 엽수낭랑은 석상처럼 굳어졌다. 그렇지 않아도 큰 눈이 더욱 커졌고, 앵두 같은 입술이 살짝 벌어져 하얀 이를 드러냈다.

당문의 세침은 너무 가늘어서 쇠이면서도 딱딱함을 유지하지 못한다. 끝을 잡고 들어보면 머리카락보다는 못하지만 그에 못지않게 축 늘어져 버린다. 하지만 어느 침보다도 날카로워서 피부에 닿는 즉시 절반 이상이 파묻혀 버린다.

세침의 무서운 점은 끝 부분이 갈고리 형태를 띠고 있다는 데 있다.

절반 이상 박힌 세침은 근육을 움직일수록 안으로 파고들어 종래에는 완전히 파묻혀 버린다. 무수한 세침 중 하나는 혈관을 건드릴 것이고, 혈액의 흐름이라도 타는 날에는 몸속 어디에 박힐지 알 수 없다. 정말 운이 없는 자는 뇌에 틀어박힐 테고.

엽수낭랑의 손끝을 찌른 세침은 끝 부분만 걸쳐져 있을 뿐, 전혀 파고들지 못했다.

손가락을 가볍게 흔들어보았다.

예상했던 대로 세침이 힘없이 후드득 떨어졌다.

당문의 세침이 피부를 파고들지 못했다는 것은 음경지의를 발견한 것만큼이나 큰 사건이었다.

'이게 도대체……?'

퍼뜩 한 가지 생각이 스쳐 지나갔다.

조심스럽게 행낭을 뒤져 세침 주머니를 꺼내 들었다. 그리고 허공을 날다시피 탁자 곁으로 가서 독사가 건네준 마단 고수의 인피를 들어 올렸다.

'검에 베이고도 베이지 않은 피부.'

세침을 꺼내 인피에 찔러보았다.

생각이 맞았다. 들어가지 않는다. 진기를 모아 찌르자 단단한 철벽에라도 부딪친 듯 오히려 끝 부분이 구부러져 버린다.

이번에는 자신의 손에 찔렀다.

따끔한 통증이 일었으나 그것뿐이다. 손가락은 마단 고수의 인피처럼 세침을 용납하지 않았다.

또 다른 부분을 찔러보았다.

중지 세 번째 관절 부근. 만약 세침이 파고든다면 고통이 상당한 곳이다.

세침은 들어가지 않았다.

마지막으로 손바닥 정중앙 부분을 살짝 찔렀다.

'푸욱!'

전혀 소리가 나지 않았으나 엽수낭랑에게는 천둥 소리처럼 크게 들렸다. 세침이 손바닥 정중앙에 박혀드는 소리가.

조심스럽게 세침을 뽑아냈다.

손바닥에서는 싸르르한 아픔과 함께 핏방울이 비쳤다.

'맞았어! 이거야!'

엽수낭랑은 다시 한 번 세침을 찔렀다. 이번에는 당문삼기가 쳐다보고 있었다.

"음경지의…… 영물은 영물이군."

당한이 중얼거렸다.

그의 얼굴은 놀람으로 가득 차서 다른 감정은 읽어볼 수 없었다.

"진액이 피부를 금강불괴(金剛不壞)로 만들다니…… 음경지의만 있으면 무적고수를 천 명도 더 만들겠군."

의독술이라면 자타가 인정하는 고수인 당호도 놀라움을 숨기지 못했다.

"현재 음경지의는 죽어가고 있어요. 죽으면서 마지막으로 발악하는 거죠. 인간으로 치면 회광반조(回光返照)라고나 할까요?"

엽수낭랑이 음경지의의 상태를 설명했다.

"음경지의에서 나온 진액은 피부를 베이지 못하게 할뿐더러 썩지도 않게 만들어요."

"마단…… 일찍부터 음경지의의 존재를 알고 있었군. 음경지의에서 나온 진액을 피부에 이용할 정도로 깊이. 무서운 놈들이야. 겪으면 겪을수록 깊이를 알 수 없는 놈들이야."

당옥도 말을 하지 않을 수 없었다.

"말처럼 그렇게 쉽지만은 않습니다. 영아는 이 음경지의 때문에 두 번이나 생사를 넘나들었습니다. 이번에 중독된 것만 보더라도 손바닥 전체도 아니고 일부분에 닿은 것만으로 목숨이 위태로웠죠. 이걸 피부에 이용하기란 상당히 어렵습니다.”

당문십독의 일인인 당호의 말이다.

음경지의는 영약으로 만들기도 힘들지만 효용성을 알아낸 후에도 응용하기가 상당히 난해하다.

“그것도 그렇지만…… 이상하다고 생각하지 않나? 다른 것도 아니고 금강불괴일세. 이걸 이용하면 피부를 돌처럼 단단하게 만들 수 있어. 욕심나지 않을 사람이 있을까?”

“그렇군요.”

당한의 말에 당옥이 고개를 끄덕이며 수긍했다.

검으로 베어도 베이지 않는 살결을 가진 사람들은 마단 최고수들이 아니라 하위 무인들이었다. 만약 최고수들이 금강불괴와 같은 피부를 가지고 있었다면 그들이야말로 무적이었을 게다.

마단 최고수들은 왜 이용하지 않았을까?

가장 쉽게 생각할 수 있는 것은 음경지의의 부작용이다.

어찌어찌하여 이용할 수 있는 단계에까지 이르렀다고 해도, 부작용만은 제어하지 못한 것이다.

“한 가지 더 주목해야 할 부분이 생겼군요. 마단에는 당문 못지않게 뛰어난 신의가 있습니다. 이놈을 연구한 신의. 그자의 능력은 문주님에 비해 떨어지지 않을 겁니다.”

당호가 음경지의를 뚫어지게 쳐다보며 말했다.

당문삼기는 음경지의를 만지지도 못했다. 엽수낭랑은 암혼사라도 익히고 있으니 그나마 한기를 제어할 수 있지만, 당문삼기에게는 즉사할 수도 있는 치명적인 독으로 작용하리라.

“문주님보다 뛰어날지도 모르지. 이놈을 중화시켜야 하는데…… 상당히 어려워 보여."

당한이 수리검에 진액을 바르며 말했다.

앞으로 당한의 수리검을 맞는 사람은 즉사할 수밖에 없는 운명이 되리라.

"확실한 대답을 해줄 사람이 있어요."

엽수낭랑의 눈가에 맑은 빛이 출렁거렸다.

요지성녀는 무혈검을 허벅지 위에 올려놓은 채 앉아서 잠을 청하다가 엽수낭랑을 맞이했다.

"이것 좀 말해 줄 수 있어요?"

요지성녀는 엽수낭랑이 내놓은 음경지의를 힐끗 쳐다본 후, 다시 눈을 감았다.

"여기서 진액이 흘러나오네요. 생명을 다한 현상인가요?"

"그런 걸 당문 사람이 물어오니 기분이 이상하네. 그런 정도는 스스로 알아내야 하는 것 아냐? 당문도의 자부심마저 버린 건 아닐 텐데? 안 그래?"

"지식을 공유하면 연구가 한층 빨라지거든요. 모르는 부분은 배우는 게 최상이에요."

"한 번 만지게 해줄 수 있어?"

"네?"

"경험으로 미루어보면 말이야. 동생은 속살이 굉장히 부드러울 것 같아. 손에 살살 감기는 느낌이 들 거야. 가슴은 탄력도 좋을 것 같고. 피곤해서 그런지 만지고 싶네. 운우지락을 나눠도 좋고."

요지성녀의 전신에서 뜨거운 욕념(欲念)이 솟구쳐 올랐다.

'정말이야. 이건…… 어떻게 같은 여자끼리…….'

엽수낭랑은 기가 막혀 말도 나오지 않았다.

그녀는 요지성녀의 마음을 독사처럼 세세하게 읽지는 못한다. 독사
와는 암혼사라는 무공으로 연결되어 있으니 가능한 일이지만, 요지성
녀에게서 느낄 수 있는 것은 요기(妖氣)뿐이다.

그것으로 충분하다. 살기를 느끼면 피하고, 사랑하는 마음을 읽으면
행복해지듯이, 요기를 느끼는 순간 소름이 돋는다.

요지성녀의 이런 부분은 엽수낭랑의 성격으로는 도저히 납득할 수
없는 부분이었다.

"어떻게 그런 말을…… 수치도 모르세요?"

"어멋! 그건 묻는 사람의 태도가 아니잖아? 뭘 배우려면 당연히 대
가를 지불해야지. 싫으면 가."

엽수낭랑은 찬바람 나게 등을 돌렸다.

'정상이 아냐. 내 스스로 알아내고 말 거야.'

당문삼기는 만사를 작파하고 음경지의 연구에 가담했다.

음경지의의 효용성이 뚜렷하게 드러난 마당에 이를 실용화시키는
일보다 더 중요한 일은 없어 보였다.

"호호! 자존심 문제군. 마단에서는 써먹었는데, 당문에서 못 써먹는
다면 자존심 상하지."

당옥이 툴툴거렸다.

"그런 마음으로 접근하면 안 돼. 최대한 경외심을 가지고 주의하면
서 접근해야 돼."

"알고 있소."

“어디 보자…… 이게 정말 회광반조 현상인지 아닌지부터 알아봐야
겠지?”

당한이 수피를 끼고 음경지의를 만지작거렸다.

第五十四章

강호(江湖), 가슴 떨리는 곳

추운 겨울도 영원하지는 않았다. 비락봉도 암석만 있지는 않았다. 눈이 녹아 흐르고, 바위 틈바귀에서 푸른 풀들이 자라기 시작했다.

독사 패거리는 삭막한 탈을 벗고 있는 비락봉을 감상할 여유가 없었다.

"쉴 때는 푹 쉬어야지. 쉬는 방법도 배워야 하는 거라고. 예부터 늙은이 말을 들어서 나쁜 건 없어. 가슴에 새겨들어."

"늙은이…… 후후! 언젠간 늙은이를 꼭 죽여 버리고 말겠어."

"그 말을 들으니 조금 안심이 되네. 난 그전에 자진해 버릴 줄 알았지. 딴 짓은 다 해도 자진만은 하지 말게. 이 깊은 산골에서 가지고 놀게 있어야지."

지천도와 잔심마도의 관계는 변함이 없었다. 몇 개월 동안 변하기에는 잔심마도의 무공이 너무 기대 이하였다. 변한 것이 있다면 흉측할 정도로 망가져 가는 잔심마도의 몸뚱이뿐.

그 시간, 일수일살은 목검으로 통음의 등짝을 후려치고 있었다.

빡!

일격을 당한 통음은 비명도 지르지 못하고 무너져 버렸다.

일수일살과 귀주사괴의 싸움은 어떤 싸움보다도 빨리 끝났다. 귀주사괴의 무공이 낮은 탓도 있지만 일수일살의 검이 사정이라고는 눈곱만큼도 찾을 수 없는 잔인한 검이었기 때문이다.

뚜벅! 뚜벅……!

통음을 마지막으로 서 있던 사람들을 모두 뉘어버리자, 일수일살은 가타부타 한마디 말도 건네지 않고 사라졌다.

"빌어먹을! 손에 사정 좀 남겨두면 어디 덧나나? 아이쿠! 등뼈가 아스러진 것 같네."

통음이 엄살을 부리며 일어났다.

신령도 힘들게 일어나 마른 헝겊으로 이마를 눌렀다.

일수일살은 제일 먼저 신령의 이마부터 깨뜨려 버렸다.

"저놈을 죽이려면 세 명이 당해야 한다고 하지 않았소? 제길! 이거야 어디…… 당하기만 했지 죽이긴 뭘 죽인단 말이오?"

진취가 투덜거렸다.

긴 겨울이 지나도 변한 것은 아무것도 없었다.

일수일살은 제삼강자로 지목한 그날 이후, 말을 잊어버렸다. 나타난 순간부터 다짜고짜 검을 휘둘렀다. 그리고 어디론가 사라졌다가는 정확히 한 시진 만에 나타나곤 했다.

"빌어먹을! 낸들 아나! 어차피 당하는 것 해볼 수 있는 건 해보자는 거였지. 빌어먹을! 오늘도 싹수가 보이지 않는군. 앞길이 암담해.”

“그럼 오늘도 한 시진마다 이렇게 두들겨 맞아야 한단 말이오?”

“그럴걸.”

“앞으론 앞날인지 뭔지 보지 마시오. 차라리 모르고 맞는 편이 낫지, 이거야 원…….”

겨울보다는 낫다지만 그래도 아침저녁으로 쌀쌀하다 싶었는데, 곧 찌는 듯한 더위 때문에 그늘만 찾는 계절이 찾아왔다.

쉬익! 쒸이익……!

왕가달은 원숭이처럼 나무를 타고 건너다녔다. 어떤 때는 뱀이 되어 기어올랐고, 어떤 때는 표범처럼 웅크리고 사방을 살폈다.

그의 모습은 초록 나뭇잎들에 동화되어 눈을 부릅뜨고 찾아도 잘 보이지 않았다.

‘어디 있는 거야, 도대체.’

그는 완전히 나무와 하나가 된 채 부지런히 사방을 살폈다.

먼저 발견하면 조금이라도 가능성이 생긴다. 하지만 동시에 발견한다거나 먼저 발각당하면 검을 쳐낼 수 있는 기회조차도 박탈당한다.

햇볕이 짙푸른 녹음을 뚫고 들어와 왕가달을 덮쳤다. 그리고 그 순간, 왕가달은 자신의 실수를 깨달았다.

몸은 완벽히 위장했으나…… 손에 검을 들고 있다. 햇살은 푸른 장검에도 고루 비쳤고……

‘빛이 반사되었을 거야! 제길!’

이동할 필요가 있다. 지금이라도 이동하는 것이 상책이다. 검 때문에 노출된 위치를 고수하는 것보다는 훨씬 낫다.

스르륵……!

머리를 아래로 슬그머니 나무를 기어 내려갔다. 그때,

쐐엑! 빠악!

왕가달은 허리가 끊어지는 듯한 통증을 느끼며 굴러 떨어지고 말았다. 어디선가 날아온 목검이 허리 정중앙을 가로로 때려 버렸다. 척추가 마비될 만큼 강하게.

'제길! 바로 곁에 있었어!'

"방위나위는 적의 예봉을 차단하는 데 탁월한 효과가 있다. 지세를 이용하겠다는 생각은 좋았지만 차라리 방위나이를 좀 더 수련하는 쪽이 나았어. 싸움에 잔꾀는 통하지 않는 법이지. 나무가 귀한 비락봉에서 이곳을 찾아낸 것은 좋았지만, 완벽하게 이용하지도 못했고."

"한 시진 후에 다시 오쇼. 그때 봅시다. 끄응!"

왕가달은 몸을 일으키려고 했으나 척추가 부러지기라도 한 듯 꿈쩍을 할 수가 없었다. 간신히 고개를 쳐들어 검이 날아왔음 직한 곳을 쳐다보았다.

독사는 이미 떠나고 없었다.

선선한 바람이 불고, 푸른 잎을 자랑하던 나무들이 얼룩무늬로 옷을 갈아입었다.

비락봉은 험산인만큼 풍광만은 빼어났다.

죽음보다도 지독한 미친 짓만 아니라면 눌러앉고 싶을 만큼 기암괴석이 마음을 잡아끄는 산이다.

사천무림으로 잠입했던 냉설이 돌아왔다.

혼자만의 수련으로도 충분할 만큼 강하며, 무림 동태를 살피기에 가장 적합한 자로 선택된 사람이 냉설이었다.

그는 봄 무렵에 비락봉을 떠났고, 거의 반년 만에야 돌아왔다.

"중소문파는 거의 대부분 모르고 있는 듯했어요."

냉설이라고 무림에 산재한 모든 문파를 살필 수는 없었다. 그만한 인맥도 없고, 설혹 인맥이 있다손 치더라도 활용할 단계가 아니었다. 또 그럴 필요도 없었다.

마천옥이 알고자 했던 것은 과연 사천무림이 마단이라는 존재를 알고 있느냐 하는 것이었다.

"사천오주는 어떻습니까?"

"청성과 당문, 도림은 여기 사람들이 있으니 알고 있을 테고. 그래서 남은 문파, 아미와 무천문을 알아보려고 했지만…… 소리없이 잠입하기가 힘들었습니다."

"어느 문파나 잠입할 곳은 있는 법이지요. 소림사나 무당파라 해도…… 잠입할 곳이 없을 정도로 경계가 삼엄하다면 알고 있다고 봐야겠지요. 일전에 현문과 마단이 벌인 싸움도 알고 있을 겁니다. 삼엄한 경계가 그걸 말해 주지요."

마천옥이 엷게 웃는 얼굴로 말했다.

"대물과 혜월은 돌아왔습니까?"

냉설이 지나가는 말로 물었다.

삼지는 비락봉에 머물지 않았다.

독사도 그들 세 명의 모습을 함께 본 지도 상당히 오래되었다.

살아남기 위해서는 정확한 정세 판단을 해야 한다. 그들은 독사가 벌인 '미친 짓'에 합류하지 않는 대신, 중원 정세를 살피기 위해 동분서주(東奔西走)했다.

다른 임무도 부여받았다.

"움직일 때가 되었을 때…… 움직일 수 있게 해줘야겠어요."

마천옥은 독사의 말이 무슨 뜻을 내포하는지 단번에 알아차렸다.

"기한은 얼마쯤으로 생각하십니까?"

"최대한 빨리."

"아무리 못 잡아도 일 년은 필요합니다."

"일 년이야 더 걸리겠지."

마천옥은 즉시 세 사람, 냉설과 대물, 그리고 혜월을 무림으로 내보냈다.

냉설에게는 단 한 가지의 임무만 주어졌지만, 대물과 혜월에게는 수십 가지의 밀언(密言)이 전해졌다.

"대물은 아직 소식이 없고, 혜월은 유월쯤인가 들렀다가 다시 나갔어요. 조만간 돌아올 겁니다."

"대물이 불안한데…… 대형, 제가 가보는 게 어떻습니까?"

"잘할 거야."

한쪽에서 조용히 듣고 있던 독사가 말했다.

"이곳에서 보고 듣고 배운 것이 있으니…… 대물을 쉽게 죽일 수 있는 사람은 흔치 않지."

"하하! 상당히 약삭빠르죠."

마천옥이 말했다.

"마 일지 덕분이오."

"원래 만들어졌던 그릇, 조금 다듬었을 뿐입니다."

마 일지는 겸양했다. 그리고 냉설을 보며 말했다.

"오자마자 이런 말을 해서 미안한데, 다시 무림으로 나가줘야겠습니다.”

냉설은 흔쾌히 대답했다.

“그러죠. 이번에는…….”

“가정(嘉定)으로 가줘야겠습니다.”

“가정주(嘉定州) 말입니까?”

“광양강(廣陽江)에 아변(蛾邊)이라는 도읍이 있죠.”

“알죠. 마랄선향(麻辣鮮香) 중 네 번째 어향육사(魚香肉絲)를 제대로 맛볼 수 있는 곳이죠.”

“하하! 어향육사를 좋아하셨습니까?”

“그러고 보니 서로 좋아하는 기호 음식도 몰랐네.”

“그만큼 여유가 없었던 거지요.”

“일지는 마랄선향 중 어느 것이……?”

“전 마파두부(麻婆豆腐)를 좋아했습니다. 먹어본 지 꽤 오래되었군요. 무림에 나가게 되면 제일 먼저 그것부터 먹어봐야겠어요. 정말…… 사천 음식이 그립군요.”

그때, 불쑥 독사가 물어왔다.

“마랄선향이 뭐요?”

“……?”

냉설과 마천옥은 서로를 쳐다봤다.

세상에! 사천 사대 특색이라는 마랄선향도 모른단 말인가?

“마파두부…… 도 안 들어봤습니까?”

사천 사람이라면 어린아이도 먹어봤을 두부, 그러나 독사의 대답은 기가 막히게 했다.

“먹어볼 기회가 없었지. 싸움질하느라고.”

독사는 씁쓸했다.

어려서는 싸움질하느라고 먹어보지 못한 것이 사실이다. 싸움질도 싸움질이려니와 누구 한 사람 독사에게 신경 써주는 사람이 없었다. 독사를 가장 잘 이해하고 아껴주었던 훈장 어른도 음식이나 옷 같은 사소한 일에는 무관심했다.

조금 머리가 커서 요빙을 만났다.

그 후부터는 한 푼이라도 아꼈다. 먹을 것, 입을 것을 사는 데 쓸 돈이 있으면 책을 샀다. 그것만이 자신과 요빙의 행복한 미래를 위해 할 일이었다.

"싸…… 움질하느라고요?"

"……."

"허! 기가 막혀서. 세상에 먹을 것 먹지 않고 싸움질만 하는 법도 있었군요. 여기서 벌이는 일도 다 원인이 있었군요. 하기야 고기도 씹어본 사람이 잘 먹는다고 했으니."

"냉설."

"하하하! 해본 말입니다. 해본 말."

"마파두부는 마씨라는 노파가 만든 두부라고 해서 마파두부라고 하죠. 마랄선향의 마입니다. 두 번째는 부처폐편(夫妻肺片). 곽조화(郭朝華)라는 사람이 부인과 함께 팔았다고 해서 부처(夫妻), 소내장 무침이니 폐편(肺片)이죠. 마파두부나 부처폐편은 값도 허름한데……."

마 일지가 말했다.

냉설이 냉큼 다음 음식을 이야기했다.

"세 번째는 장다압자(樟茶鴨子)로……."

세 사람은 시간 가는 줄 모르고 음식 이야기만 나눴다.

두부는 어떤 것을 사용하며 다진 고기에 향신료는 얼마큼 써야 맛있는 마파두부가 된다. 널리 알려진 이름은 궁보계정(宮保鷄丁)이나 진짜 이름은 정다압자다. 닭 가슴살로 만들기 때문에 맛이 아주 좋다. 이태백도 즐겨 먹었다는 음식이다. 뭐니 뭐니 해도 음식은 선향육사다. 돼지고기를 실처럼 썰어서 생선 맛을 내게 한 선향육사야말로 음식 중에 음식이다.

오랜만에 만났고, 무림을 떠난 이야기라서인지 말이 쉴 새 없이 쏟아져 나왔다. 그러나 한시도 멈추지 않는 것이 시간, 독사가 자리를 털고 일어섰다.

독사가 떠난 자리에는 찬바람만 맴돌았다.

"한마디도 하지 않았어."

냉설이 쓸쓸하게 말했다.

"먹어본 것이 없는 게죠."

"싸움질만 했다니, 허참!"

"술, 도박, 계집을 몰랐던 파락호입니다. 서생보다도 더욱 지독하게 책만 팠던 파락호죠."

"대형에 대해서 많이 알고 있는 것 같은데……."

"적을 아는 것에 앞서서 우리를 아는 것은 기본이죠. 나중에 기회가 되면 우리 모두에 대해서 말해 드리겠습니다. 그보다는……."

마천옥은 냉설이 아변에 가서 할 일을 알려주었다.

냉설에게 맡겨진 일은 무인으로서는 차마 할 수 없는 일, 자존심에 먹칠을 하는 일, 도굴이었다. 그러나 냉설은 싫은 기색을 떠올리는 대신 오히려 눈빛을 번뜩이며 되물었다.

"그게 정말이오?"

“비시문에서는 많은 정보를 가지고 있죠. 만일에 대비해서. 전정화(田錠華) 장군(將軍)의 부장품(副葬品)은 일개 문파를 세우고도 남을 겁니다.”

“부장품이라 처리하기도 쉽지 않을 텐데…….”

“대물이 알아서 할 겁니다. 부장품을 빼낸 후에는…….”

마천옥은 대물이 어디 있는지 알려주었다. 대물이 하고 있는 일도. 아변에서 대물이 있는 곳까지 부장품을 나를 수 있는 방법까지 세세하게. 마치 오래전부터 계획하고 있었던 양.

“대물이 아주 큰일을 하고 있었군. 이상하네? 대물이 하는 일은 대형도 모르고 있는 것 같은데?’

“대형께서는 준비만 하라고 하셨지 방법은 말해 주지 않았죠. 우린 준비를 할 뿐입니다.”

“알았소. 가리다.”

냉설은 돌아온 지 두 시진 만에 다시 비락봉을 떠났다.

다시는 오지 않기를 바랐던 겨울이 또 찾아왔다.

비락봉의 겨울은 유난히 추웠고, 독사 패거리는 두 번씩이나 비락봉에서 겨울을 보내고 싶지 않았다. 그러나 눈은 또 내리기 시작했다. 살갗은 추위에 얼어 파랗게 질러갔다.

독사 패거리는 확연히 깨달았다.

독사가 빈말을 하지 않았음을.

무공을 채근하는 사람들, 그를 꺾거나 죽이지 않는 이상 자유가 존재하지 않는다는 사실을. 비락봉을 떠나기 위해서는 반드시 이겨야만 한다는 사실을.

신검서생은 진기를 최대한 끌어올린 채, 검을 쳐낼 틈만 노렸다.

그의 주위에는 피에 굶주린 늑대 네 마리가 어슬렁거리며 맴을 돌았다.

쇠스랑, 계두, 돌주먹, 사팔.

그들은 더 이상 가볍게 볼 수 있는 상대가 아니었다.

'틈을 노려야 돼.'

네 괴물은 신검서생조차도 틈을 봐야 할 정도로 성장했다.

처음 이들을 만났을 때는 하루에 최소한 열 번은 가격할 수 있었다. 싸움이랄 것도 없어서 이런 상대와 겨루다가는 자신의 무공까지 낮아지는 게 아닌가 하는 우려도 들었다.

가격 회수는 점점 줄어들었다.

일곱 번, 다섯 번…… 겨울로 들어서면서는 세 번 정도밖에 가격하지 못했다.

신검서생은 네 괴물과 맞선 지 한 시진이나 지났건만 화영검법을 전개하지 못했다.

휘익! 홱!

쇠스랑이 미혼보(迷魂步)를 밟으며 바짝 붙어왔다가, 검선(劍先)이 돌아오는 것을 보고는 재빨리 물러섰다.

그에게서는 약간의 틈이 있었으나 신검서생은 검을 쳐내지 못했다.

들어왔다 빠지는 보법이 신속하기 이를 데 없어서 틈을 노릴 기회를 잃어버리고 말았다.

'난전(亂戰)으로 이끌어야겠군.'

생각이 끝나기 무섭게 신형이 쏘아져 갔다.

노리는 사람은 계두. 그를 노린 것은 그가 전면에 있었기 때문이지

다른 이유는 없다.

"왔네. 왔어!"

계두가 이를 드러내며 웃었다.

웃을 만큼 여유도 생겼단 말인가.

쒜엑!

검신이 붉게 물들었다고 착각을 일으키게 하는 강인한 검, 화영검법이 계두의 전신을 휘감았다.

계두는 일검을 몸으로 막겠다는 듯 허점을 고스란히 드러낸 채 거침없이 마주쳐 왔다.

우우웅……!

계두의 양손에서 은은한 진동음이 새어 나왔다.

분뢰장, 일명 용조수라고도 불리는 천산파 절기다. 중수법(重手法)이라든가 대력법(大力法)으로 일컬어지는 무공은 많으나 분뢰장은 그중에서도 당당히 상위를 차지하는 무공이다.

네 괴물의 분뢰장은 극성에 이르러 있었다.

부족한 점이 있다면 내력으로 분뢰장이 지닌 힘을 온전히 이끌어내지 못하는 것이 단점이지만, 쉽게 상대할 수 없는 무공인 것만은 분명했다.

더군다나 네 괴물은 동귀어진으로 단점을 보완하고 있다. 허점을 완전히 노출시킨 채 같이 치자는 식의 공격으로만 일관하고 있으니.

쒜에엑……!

신검서생은 검을 옆으로 흘리며 한 걸음 물러섰다.

계두를 격살할 수는 있으나, 다른 세 괴물의 합공까지 막아낼 수는 없다고 판단했기 때문이다. 두 명 정도는 더 칠 수 있다. 하지만 네 괴물의 장법을 모두 피해낼 자신은 없었다.

'죽음의 공포를 넘어섰어. 내력만 갖춰진다면…… 누구보다도 강한 고수가 될 거야.'

독사는 대단한 사람이다.

일 년 넘게 사람을 지옥으로 몰아넣은 잔인함도 그렇지만, 일개 파락호에 불과했던 자들을 지극히 짧은 시간에 절정고수의 반열에 올려놓은 것도 그렇다.

대부분…… 거의 대부분 이런 지경에 처하면 자진하고 말리라. 그렇지 않으면 미치는 것이 정상이다.

네 괴물에게는 신검서생이 보지 못한 부분이 있었다. 다른 사람들도 보지 못했을 게 분명하다.

오직 독사만이 볼 수 있는 부분.

잡초 같은 끈질긴 생명력이다. 짓밟아도 짓밟아도 고개를 쳐드는 생존 본능이다. 이들에게는 죽는 순간까지 주먹을 휘두를 독기(毒氣)가 있다.

주먹을 잘 쓰는 파락호는 많지만, 진정한 독기를 지닌 자는 흔치 않다.

독사는 무공을 몰랐을 적부터 이런 근성을 읽어냈기에 옆에 두었을 게다. 그리고 작디작은 마을인 영은촌의 패거리들이 청루와 홍루를 휘어잡은 저력이 되었을 게다.

"가면 어떡하나? 같이 놀아야지."

계두가 자신감을 얻었는지 미혼보를 밟으며 바싹 다가왔다.

다른 네 괴물도 약속이나 한 듯이 일사불란하게 다가왔다. 양손에는 진기를 가득 운집시켜 분뢰장을 담았고, 양발은 절정에 이르면 진퇴를

속일 수 있다는 미혼보를 밟고 있다.

신검서생이 몸을 물릴 곳은 없었다. 어느 쪽으로 몸을 빼도 네 괴물은 바짝 따라붙을 것이다.

'결국은…… 아아!'

신검서생은 속으로 한숨을 내쉬었다.

네 괴물은 신검서생으로 하여금 전력으로 다한 일검을 펼치도록 강요하고 있다.

그리하면…… 생사를 장담하지 못한다.

독사가 원하는 것은 무공 증진이며 죽음이 아닐진대, 이들은 죽기 살기로 다가서고 있다. 그렇다고 무위를 낮출 수도 없다. 분뢰장에 격중당하면 반병신이 되는 것은 기정사실이다.

"타아앗!"

신검서생은 스스로에게 다짐하듯 일호성을 내지른 뒤, 검을 휘둘렀다.

파앙! 파아앙……!

일순간에 공기가 압축되었다가 터져 나가는 음향이 터지고,

"크윽!"

"으윽! 제기랄!"

네 괴물이 답답한 신음을 토해내며 나뒹굴었다.

그들의 상처는 심했다. 계두는 가슴이 쩍 벌어져 한 시진 안에 복구할 수 있는 상처가 아니었다. 쇠스랑은 허벅지에 뼈가 드러날 정도로 깊은 상처를 입었다. 쇠스랑을 베고 올라간 검이 급선회하며 꺾어 친 일검은 돌주먹의 얼굴을 할퀴었다.

돌주먹의 오른 귀에서부터 입술까지 긴 검상이 새겨졌고, 붉은 피가

끊임없이 줄줄 흘러내렸다.

사팔도 무사하지 못했다. 돌주먹을 베고 가로지른 검에 복부가 그어졌다.

사팔은 복부를 움켜잡고 있었다. 손가락 사이로 피가 줄줄 흘러내리고, 내장도 꾸역꾸역 삐져나오려고 용을 썼다.

전부들 한 시진 안에 다시 싸운다는 것은 불가능하다. 이런 상태에서는 천하에서 가장 지독한 자, 독사라고 해도 싸우지 못할 것이다.

신검서생이 검을 거두며 말했다.

"한 시진 안에 몸을 추슬러라."

신검서생은 독사를 찾았다.

"이젠 안 되겠소."

"가장 심한 사람이 누구지?"

독사는 이번 사태를 짐작하고 있었다는 듯 태연했다.

"누구라고 할 것도 없고…… 전부 중상이오."

"축하해."

"그럼 이제 그들을 풀어주는 것이오?"

"아니. 죽음 속에서 피어나는 꽃이라야 진정한 사화(死花)가 되겠지. 안심해도 좋을 거야. 그놈들은 절대 죽지 않아."

"그럼 한 시진 후에 다시? 이건 미친 짓이오."

"시작부터 미친 짓이었지."

"그럼 축하한다는 말은 왜 한 거요?"

"신검서생 기송. 당신은 방금 천산파 사대호법을 꺾었지."

"……!"

"중원 정세를 알아볼 때, 천산파에 대해서도 알아봤지. 그놈들……
천산파 사대호법 수준이더군."

신검서생은 입을 쩍 벌렸다.

그렇다면…… 네 괴물이 사천오주의 장로들과 비슷한 경지에 올랐
단 말인가? 그렇다면 그들을 꺾은 자신은?

무공이 강해진 줄은 알고 있었지만 이렇게까지 강해졌을 줄이야.

"그래도 한 시진 후는 무리요. 두 시진을 주겠소."

"마음대로."

독사가 왕가달에게 가기 위해서 몸을 일으켰다.

2

강호(江湖), 가슴 떨리는 곳

귀주사괴와 잔심마도, 그들 다섯 명은 하나가 되었다.

귀주사괴를 먼저 찾아온 사람은 잔심마도였다.

"네깟 놈 하나 때문에 새벽 서리 밟기도 지쳤다는군. 늙은이든 일수
일살이든 상관없어. 어떤 놈이든 모두 죽여 버릴 거야."

"엠병! 죽일 생각 말고 죽지 않을 생각부터 해."

잔심마도는 일수일살과 부딪치면서 자신이 얼마나 편했는가를 절감
했다. 지천도는 초식이라도 펼쳤지만, 일수일살은 초식이고 뭐고 없었
다. 상대를 볼 겨를도 주지 않고 일순간에 끝내 버리곤 했다.

일수일살에게 혹독한 다그침을 받으면서 그들 다섯 명은 검과 도를
버렸다. 대신 그들이 잡은 것은 창이었다.

"엠병헐! 젊은 놈이 얼마나 두들겨 패는지 견딜 수가 있어야지. 제
놈 눈깔에는 나이 먹은 게 보이지도 않는감. 어떻게든 선택해야겠어.

우릴 맞아 죽게 놔두던지, 아님 변변한 무공이라도 전수해 줄라면 전수
해 주고."

견디다 못한 신령이 독사를 찾아와 투덜거렸다.

"생각보다 늦게 왔군요. 좀 더 일찍 올 줄 알았는데. 맞을 만했는가
봅니다."

"엠병! 맞을 만하긴. 하긴 때리기만 하는 작자들이 맞아본 사람의
심정을 알기나 할까."

"어떤 무공을 원하십니까?"

"놈이 워낙 빨라서 가까이 붙어서는 천 년이 지나도 어쩌지 못할 것
같고…… 그 뭐야, 좋은 창법이 있던데."

"월사창법을 원합니까?"

"흐흐! 전수해 준다면 더할 나위 없이 고맙지."

신령이 입을 벌리며 반겼다.

독사는 성심성의를 다해서 월사창법의 진수를 전수해 주었다.

그 후 다섯 명은 월사창법에 매달렸다.

일수일살과 겨룰 때는 여전히 검과 도를 들었지만 그들이 정작 수련
하는 무공은 월사창법이었다.

"놈도 월사창법을 알거든. 그러니 우리가 익히고 있는 걸 알면 대응
할 거야. 모르게 수련해야 돼. 그러다가 느닷없이 창을 들고 덤비는 거
야. 깜짝 놀랄걸."

잔심마도가 말했다.

"느낌이 괜찮아. 그대로 하자고."

신령이 동의했다.

이야기는 끝난 것이다.

신령은 월사창법을 제대로 익혔다. 그는 월사창법의 요체를 깨달았을 뿐만 아니라 선천적인 예견력(豫見力)을 가미하여 한층 진일보시켰다. 월사창법의 창안자인 마해추룡이 살아난다고 해도 신령을 감당해낼 수 있을지 의문이다.

진취는 월사창법에 후각을 가미했고, 통음은 청각을, 광안은 밝은 눈을 십분 활용했다.

창을 들기 전에 다섯 명 중 가장 무공이 강했던 사람은 잔심마도였다. 하지만 창을 든 후에는 서로가 비슷하게 되었다.

잔심마도는 귀주사괴와 같은 특이한 능력은 없었지만 실전 경험이 풍부했다.

그는 귀주사괴와 어깨를 나란히 하기 위해서는 오로지 유화신공에 승부를 걸어야 한다는 점을 깨달았고, 그렇게 했다.

"이걸로도 안 될 것 같은데…… 놈이 워낙 강해야 말이지."

광안은 월사창법에 자신을 가진 후에도 일수일살과 겨루는 데는 불안해했다.

"나도, 나도 그건 불안해. 독사를 다시 찾아가 볼까?"

진취가 거들었다.

"빌어먹을! 동남쪽에 길인이 있으니 찾아가 보는 수밖에."

신령이 찾아간 사람은 뜻밖에도 엽수낭랑이었다.

"그러니까 다섯 분의 무공을 하나로 합칠 수 있는 방법을 찾는 거군요."

"내 느낌이 이곳으로 이끌었지. 죽이 되든 밥이 되든 알아서 해야겠어."

"다섯 분이 원하는 것은 진이에요."

"진? 진 좋지. 그러니까 그 진인가 뭔가 하는 것 좀 배울 수 있겠소?"

통음이 끼어들었다.

"다섯 분이니 오행(五行). 오행진(五行陣) 쪽으로 생각해 볼게요."

엽수낭랑이라고 진법을 알 리 없었다.

소림사의 백팔나한진(百八羅漢陣)이 유명하나 본 적이 없다. 무당파의 오행검진(五行劍陣), 구궁팔괘진(九宮八卦陣)이 위명을 떨치고 있으나 말만 들었을 뿐이다.

사천무림에서는 사천오주가 창천에 떠 있으나 탁월한 진법은 없는 실정.

하지만 잔심마도와 귀주사괴의 처지가 너무 절박해서 거부할 수도 없었다.

다행히도 그녀는 의도에 밝았다.

의도와 무리는 하나. 무공에 오행이 있다면 의술에도 오행이 있다. 다섯 명이 합심하여 상생상극(相生相剋)의 묘를 살리는 것이 오행진이라면, 인체의 오행도 상생과 상극을 한다.

엽수낭랑은 오행을 연구했고, 두 달이 지날 무렵에 하나의 진도(陣圖)를 내놨다.

"이름을 천마구금진(天魔拘禁陣)이라고 지었어요."

"햐! 그 이름 한번 거창하네."

잔심마도는 흥분을 감추지 못했다.

"제 생각에는 누구든 빠지면 헤어 나오지 못할 것 같아서 그렇게 지었는데……."

"느낌이 좋아. 아주 좋아. 세상이 하얘졌어."

"하얘져?"

"엠병할! 말꼬투리 잡기는. 좋아졌다는 뜻이야!"

"난 또 하늘이 샛노랗게 변했다는 줄 알았지."

통음이 히죽 웃었다.

엽수낭랑은 다른 생각을 했다.

'암혼사가 도와줬어. 암혼사의 무리는 어떤 무공에도 접목시킬 수 있어. 암혼사의 무리를 깨닫지 못했다면 해내지 못했을 거야.'

일수일살, 그는 자신의 검에 절대적인 자신감을 가졌다. 독사와도 한 번 겨루고 싶을 만큼 강해졌다고 자부했다. 그러나 잔심마도와 귀주사괴도 강해졌다.

그들이 독사에게 창법을 전수받았고, 엽수낭랑에게 진법까지 전수받은 사실은 짐작하고 있었다.

어느 날, 검과 도를 버리고 창으로 맞섰을 때, 일수일살은 다섯 명이 자신의 생각보다도 훨씬 더 강해졌음을 깨달았다.

'이제야 싸움답군. 잔심마도, 귀주사괴와 싸움다운 싸움을 하게 될 줄이야.'

창대를 잘라냈다. 닥치는 대로 베어냈다. 와중에 어깨를 찔리기도 했다. 창대로 찔렸기에 멍만 들었지 창끝으로 찔렀다면 꼬치가 되고 말았을 게다.

승리는 일수일살에게 돌아왔다. 하지만 그는 확연히 알았다. 다음에 다시 겨루게 된다면 어느 쪽 한쪽은 죽게 된다는 것을.

독사를 찾을 때였다.

*　　　　*　　　　*

　“혈홍구유검은 사공(邪功)이다. 익힐 만한 무공이 아니다.”

　“빨리 배울 수 있고, 무위도 무적이라면서요?”

　“무공을 수련한 결과 사람이 변한다면 어떤 무공이든 사공이라고 할 수 있다. 혈홍구유검은 잠력을 폭발시키는 데 주안점을 둔 무공인지라 뇌에 영향을 미친다. 어떤 영향을 미칠지는 아무도 모른다. 처음…… 잠력이 폭발하며 어떤 곳을 건드릴지 모르니까.”

　“이 무공을 수련한 분이 계신가요?”

　“제이대 천무전주(天武殿主)가 수련했지.”

　“결과가 어땠나요?”

　“미쳤다.”

　요지성녀는 혈홍구유검을 선택했다.

　요지성녀가 처음 이상 징후를 느낀 것은 방년(芳年) 때였다.

　성숙하고 아름다운 요지성녀의 주변에는 항시 사내들이 들끓었다. 노골적으로 사랑을 고백하는 자가 있는가 하면 은근히 접근해 오는 자, 신분을 이용하여 협박을 해오는 자…… 형태도 다양했다.

　요지성녀는 일절 눈길을 주지 않았다.

　“목욕물 준비할까요?”

　“그래.”

　“시중은 누구에게…….”

　“오늘은 다리 근육하고 어깨가 뭉친 것 같으니까…… 선미(鮮美)하고 혈미(血美)가 좋겠지.”

“저는요?”

“넌 달거리잖아.”

“이제 끝났어요.”

“그래? 그럼 너도 준비해.”

수무전(收武殿) 시녀들 중 그녀의 손길이 닿지 않은 여인은 없었다. 그녀는 방년에 들어서자마자 시녀의 손길에 파과(破瓜)의 아픔을 알아 버렸고, 즐거움도 깨달아 버렸다.

희한한 것은 시녀들이다.

일방적이고 강렬한 애무 앞에 시녀들은 눈 녹듯이 녹아내렸다. 그리고 요지성녀를 그리워하는 몸이 되고 말았다.

‘난 사내보다 여인을 좋아하는 몸으로 태어났나 봐. 사내로 태어났으면…….’

두 번째 이상 징후는 그로부터 이 년 후에 나타났다.

“수무전 시녀들이 비명을 지르더군.”

“죽고 싶으세요?”

“많이 컸구나. 감히 염라단주(閻羅團主)에게 표독을 부릴 만큼.”

“표독이 아니란 걸 보여줄 수 있어요. 검을 뽑아볼래요?”

“아니. 난 다른 검을 뽑고 싶은데.”

“다른 검요?”

“사내에게는 사람을 죽이는 검만 있는 게 아니지. 이 검을 쓰게 해주면 수무전뿐만 아니라 염라단 시녀들까지 요리할 수 있게 해주지.”

“언제든지요?”

“언제든지.”

“한 번이면 되나요?”

“한 번이면.”

한 번에 끝날 줄 알았던 염라단주와의 관계는 염라단주가 현문과의 싸움에서 죽기 전까지 이어졌다.

둘은 사람들 눈을 피해 열흘에 한 번꼴로 만나 밀월을 나눴다.

덕분에 요지성녀는 남성(男性)에 대해 눈을 뜨게 되었다.

시녀들과의 관계와 비교해 보면 어느 것이 좋다고 말할 수 없을 정도로 각기 색다른 맛이 존재했다.

“넌 희한한 여자군. 양성(兩性)을 가진 여자는 흔치 않은데.”

“좋잖아요. 같이 살아달라고 매달리는 일도 없고.”

“후후후! 그것만은 사양하지. 수하 놈들하고 동서가 된 것만으로 족해.”

요지성녀의 엽색 행각은 끝없이 범위를 넓혀갔다.

그녀의 밤을 알게 된 사람들도 침묵을 지켰다. 그녀와 밤자리를 같이 하기 위해서, 또는 그녀의 양성애가 어디서 기인한 것인지를 알고 있기 때문에.

엽색이 도를 지나친 것은 분명한 문젯거리지만 천무전주처럼 광인이 되지 않은 것은 다행이었다. 죽지만 않는다면, 치명적인 뇌 손상만 없다면 혈홍구유검은 절대무가 될 수 있는 무공이므로.

마단은 요지성녀를 주목했다.

절대무를 수련할 만한 가능성이 있다고 생각되는 기재에게는 무한정 양보하지만, 한계에 다다르면 거기에 맞춰 냉정하게 대접하는 곳이 마단이었다.

수무전 수련 과정을 수련해 낸 요지성녀는 특별히 마단주에게 선택되었다.

"지금부터 혈홍구유검만 생각해라. 필요한 것은 뭐든 말하고."

마단주의 음성은 따뜻했다.

'난 이제 마단 최고수 중 한 명이 된 거야. 어떻게든 절대무를 익혀서 마단을 움켜잡겠어. 그런 후에는……'

중원이 그녀의 발 아래 있었다.

십여 년이 더 지난 후, 요지성녀는 마단주의 부름을 받았다.

마단주에게 직접 무공을 사사받는 사형 두 명과 함께.

"너희들에게 별호를 주려고 한다."

"별호요?"

별호는 있었다. 각기 무공의 특색에 걸맞는.

"오공사수. 만무타배. 요지성녀. 어떠냐?"

"삼신(三臣)!"

마단주의 제일 충복이나 다름없는 위치.

그것은 또 세 명의 무공이 한계에 다다랐음을 의미하기도 했다.

"전 아직 혈홍구유검을 완성하지 못했어요."

요지성녀는 항변했다. 삼신의 위치 또한 쉽게 오를 수 있는 위치가 아닌 것만은 분명하지만 그런 정도로 만족할 수 없었다.

"아직도 모르는구나."

"……?"

"넌 혈홍구유검을 완성했다. 그것이 한계야. 절대무와는 거리가 멀지."

“아, 아녜요. 전 아직…….”

“가거라. 가서 요지성녀의 무공을 배우고, 요지성녀의 뒤를 이어라. 아직 미완성이라고 생각한다면…… 혈홍구유검을 완성했다고 생각한 후에 다시 와도 좋다. 다시 시험해 보지.”

마단주의 판단은 옳았다.

요지성녀는 마단주가 절명하고 그의 아들이 뒤를 이어 마단주가 될 때까지도 절대무를 익혔다고 말하지 못했다.

절대무는 육체를 뛰어넘는 상상 속의 무공이어야 한다. 한데 혈홍구유검은 육체를 벗어나지 못한다. 잠력을 폭발시키는 것은 큰 위력을 폭출시키지만 역시 육체 속에서 전개된 무공이다.

강한 무공…… 그러나 절대무는 아니었다. 그런 무공을 얻는 데 지불한 대가는 성의 본성을 버린 것이다.

꽈릉……! 꽈르릉……!

겨울답지 않은 날씨다.

겨울이면 눈이나 쏟아질 것이지 때아니게 천둥과 번개가 몰아쳤다.

요지성녀는 무혈검을 축 늘어뜨린 채 죽어버린 듯 숨을 쉬지 못하고 있는 예광을 바라봤다.

그토록 주의했건만 베지 않을 수 없었다. 사시와 삼화의 사이한 진법은 요지성녀조차도 혼미하게 만들었다. 진법 한가운데 틀어박혀 있으면 꼭 지옥 속에 빠진 것 같은 느낌이 든다.

진법이 걷힌 후, 처참하게 널브러진 사시와 삼화를 보면서 마음이 찢어지는 아픔을 맛봤다.

그들 속에 예광이 있기에 더욱 마음 아팠다.

아니다. 예광 때문만은 아니다. 지옥 같은 나날을 함께하면서 사시와 삼화를 남다른 눈으로 보게 되었다. 그들이 꼭 제자 같은 기분이 들어서 베면 벨수록 마음이 애잔했다.

이것은 요지성녀조차도 짐작하지 못했던 마음의 변화였다.

그녀의 관심은 오직 예광에게만 있었기에 다른 계집들을 동정하게 되리라고는 생각지 못했다.

그녀의 현재 마음은 심란하고 착잡했다.

꽈르릉……!

검은 하늘이 번쩍 빛나더니 천둥이 몰아쳤다.

요지성녀는 번뜩 정신이 들어 예광의 상처를 살펴봤다.

기식이 엄연했다.

황급히 지혈부터 시킨 후, 명문혈에 진기를 주입했다.

잠시 후, 예광은 숨을 몰아쉬었다.

'살았어.'

예광의 아름다운 육체가 아직도 눈에 선했다.

그런 육신을 다시 한 번 볼 수 있다면…… 다시 한 번 안아볼 수 있다면…… 쾌락에 젖었으면서도 일말의 자존심 때문에 숨죽여 흐느끼는 비음을 다시 한 번 들을 수 있다면……

요지성녀의 호흡이 가빠졌다.

하지만 할 일이 있다. 다른 자들…… 다른 자들을 살려야 한다.

요지성녀는 예광을 내려놓고 다른 여인들의 상처를 살피기 시작했다. 요상약을 발라주기도 하고, 진기도 주입해 주고……

일 년 전의 요지성녀라면 죽든 살든 내버려 두었을 게다. 혈홍구유검의 저주를 생각하면 있을 수 없는 행동이었다.

'독사를 만나야 돼. 다음에는 정말 죽이게 될 거야.'

*　　　*　　　*

독사 패거리에게 올 겨울은 유난히 잔혹했다.

무공이 증진될수록 얻어터지는 횟수가 줄어든 것은 사실이다. 하지만 생사(生死)의 갈림길에 놓이는 횟수가 늘어난 것 또한 사실이다.

부상의 강도도 훨씬 심해졌다.

전에는 한 시진이면 훌훌 털고 일어났지만 이제는 며칠씩 고생해야 하는 중상을 입는 경우가 다반사였다.

악전고투(惡戰苦鬪)라는 말이 있다. 힘든 싸움을 할 경우 사람들은 악전고투라는 말들을 사용한다. 독사 패거리는 아무도 악전고투라는 말을 사용하지 않았다. 악전고투가 꼭 어린아이 장난처럼 여겨졌기에.

이런 싸움은 악전고투가 아니다. 사투(死鬪)다.

증오는 한결 가셨다.

하루에 십여 차례씩 얻어맞을 때는 죽이고 싶다는 생각이 간절했지만, 서로 진정한 싸움을 하게 될 무렵에는 상황을 확실히 인식했다. 좋아서 맞는 사람이 없듯이 좋아서 때리는 사람도 없지 않은가.

그러나 상황은 뜻대로 진행되지 않았다.

상대에 대한 원한은 사라졌으나 최선을 다하지 않으면 생사를 가늠할 수 없는 처지에 놓이다 보니 어쩔 수 없이 맹공을 퍼부을 수밖에 없게 되었다.

요지성녀는 사시와 삼화가 제정신이 드는 모습까지 지켜본 후, 독사를 찾았다.

하늘은 언제 비를 뿌렸냐 싶게 쾌청하며 추웠다.

어제 내린 비로 땅은 얼음덩어리였고, 비 온 뒤의 추위는 더욱 기승을 부렸다.

'후후! 내가 독사를 찾게 될 줄이야.'

사시와 삼화를 맡은 후, 독사를 찾기는 처음.

이런 날은 영원히 없지 않을까 싶었다.

이 년이고, 삼 년이고…… 십 년이 지나더라도 자신은 늘 두들겨 패는 입장에 서 있을 줄 알았는데.

독사는 비락봉에 처음 왔을 때처럼 거처 앞에 모닥불을 피워놓고 앉아 있었다.

요지성녀보다 앞서서 독사를 방문한 손님들도 보였다.

지천도, 일수일살, 신검서생. 거의 일 년 만에 보는 마천옥도 모닥불 한 켠에서 불기를 쬐었다.

요지성녀만 자리를 같이하면 미친 짓을 주도하는 사람들이 모두 모이는 셈이다.

요지성녀는 모닥불 옆으로 가 털썩 주저앉았다.

웬만해서는 농담 한마디쯤 했으련만 지금은 농담을 할 기분이 아니었다.

독사는 요지성녀가 온 뜻을 짐작했는지, 고개조차 들지 않았다.

요지성녀도 굳이 말할 필요를 느끼지 못했다. 다른 사람들의 표정에서 그들이 와 있는 이유를 어렵지 않게 짐작할 수 있었다.

한참 만에야 독사가 입을 열었다.

"사시와 삼화가 회복하려면 얼마나 걸릴 것 같습니까?"

"한 달? 두 달? 내가 그걸 어떻게 알아. 일어날 때가 되면 일어나겠지."

요지성녀다운 말투가 아니었다. 약간 신경질이 묻어나는 말투였다.

"봄이 되려만 한두 달 더 있어야 합니다."

"대형, 그럼……."

일수일살이 반색했다.

산을 내려가고 안 가고는 중요하지 않았다. 더 이상 미친 짓을 하지 않는다는 것만으로도 반색할 노릇이다.

"이제 그만 내려가야죠."

"갈 곳은 정해놨는가?"

지천도가 물었다.

독사는 고개를 끄덕였다.

"우린 이런 모습이라…… 사람들이 상당히 놀랄 텐데. 귀신이 나왔다고 호들갑을 떨 게야."

골인의 모습은 인간 세상에서 살기에 적합하지 않았다.

사시와 삼화, 마천옥, 왕가달, 당문삼기…… 골인의 형상을 하고 있는 사람들은 독사 패거리의 절반에 이르렀다.

"무림인을 만나지 않을 겁니다. 하지만 사천무림은 우리를 알게 될 겁니다."

독사가 태연히 말했다.

엽수낭랑은 음경지의의 진액을 짜서 토끼 가죽 주머니에 넣었다.

당문삼기와 함께 잠을 줄여가며 연구를 거듭했지만 음경지의를 실용화시키기에는 요원해 보였다.

마단은 무슨 수로 진액을 몸에 바르기까지 했을까?

음경지의의 한기는 몸에 묻는 즉시 체내로 흡수되는데…… 심장 부근에 발랐다기는 당장 마비가 오고 말 텐데.

그녀의 손에 묻은 진액은 아무런 부작용도 일으키지 않았다.

피부의 변화조차 일어나지 않아서 음경지의가 묻었던 쪽과 묻지 않았던 쪽을 구분할 수 없었다.

이대로라면 진액이 묻은 쪽은 영원히 도검이 불침하는 금강불괴가 될 것 같다. 아니다. 뭔가 부작용이 틀림없이 있을 것이다. 그렇지 않다면 마단이 하위 무인들에게만 이용할 리 없다.

부작용이 있기에 멸혼촌과 유심동을 버리고 떠난 것이다.

골인들을 멸혼촌과 유심동에 가둬둔 것은 빙굴의 음경지의를 노렸기 때문이다. 아니라면 좀 더 은밀한 곳에 가둬뒀을 수도 있다.

마단은 이제 음경지의가 필요없어졌기에 과감히 총단을 이전해 버렸다.

'해답은 의외로 골인들에게 있을지도 몰라. 마단은 이 사람들을 가둬놓기만 했지 특별한 일을 시키지 않았어. 현문에서 들여보낸 사람들과 싸우게 한 것은…… 서로 간에 시간을 벌려는 눈에 보이는 수. 단지 유화신공만 노리고 그 긴 세월을 허비했다고는 볼 수 없고…… 골인들에게 뭔가 했을 거야.'

엽수낭랑은 진액이 든 가죽 주머니를 행낭에 꾸려 넣었다.

저벅! 저벅……! 뚜벅! 사사삭……!

밖에서는 온갖 움직임 소리들이 들렸다.

모두들 부산하게 움직이고 있다. 그들이 정리할 것이라고는 병기 한 자루만 들면 끝이다. 정작 짐이 많은 사람들은 당문삼기와 엽수낭랑, 그리고 마천옥이었다.

밖에서 들리는 움직임은 독사 패거리가 당문삼기를 돕는 소리다.

"뭐 도와줄 것 없어?"

골인이 불쑥 문을 밀치고 들어서며 물었다.

"전 없어요. 이거 하나만 들고 가면 돼요."

엽수낭랑은 행랑을 들어 보였다.

"그래. 그런데 네 오라비는 왜 쓰지도 않는 암기는 그렇게 많이 만들었대? 운반하기만 힘들잖아."

연미심이 농담조로 말했다.

당문삼기의 짐 중에서도 둘째인 당옥의 짐이 가장 많았다.

당호가 채집한 약초며 말린 독물들도 상당한 양이지만 한 사람이 등에 지면 그만이다. 반면에 당옥의 암기는 세 사람이 나눠질 만큼 많았다.

"이걸 전부 써요? 누군진 몰라도 고슴도치가 되겠네."

계두가 중얼거리며 무거운 봇짐을 걸머멨다.

"다 쓴다는 보장은 없어. 가지고 다니는 것뿐이지."

당옥의 안색은 무거웠다.

당옥뿐만이 아니라 당한, 당호의 안색도 편안치 않아 보였다.

그들에게는 무림으로 돌아간다는 것이 반가운 일만은 아니었다.

마음이 무거운 사람들은 또 있다. 산전수전 다 겪은 지천도의 안색도 침울했다.

무림으로 돌아가기는 하지만 내놓고 다닐 수 없는 사람들.

골인들의 처참한 모습.

골인들은 전부 똑같은 생김새라 구분이 쉽지 않다. 몸에 난 털까지 모두 빠져 버려서 소리를 내어 말하지 않으면 사내와 여인을 구분해 내는 것도 어렵다.

지천도같이 작은 골격과 사시 중 무시같이 큰 골격이 나란히 서 있으면 오히려 무시가 사내처럼 보이기도 한다.

하지만 독사 패거리들 중 이들을 구분하지 못하는 사람은 없다. 입을 꾹 다물고 서 있기만 해도 구분해 낼 수 있다.

골인들에게도 특색이 있다.

특색이라고 하면 가장 먼저 생각나는 것이 신장(身長)이나, 뼈의 골격, 독특한 움직임 등을 들 수 있지만…… 성품이 내뿜는 분위기만큼 확실한 것도 없다.

무림으로 나가면 사정은 달라진다.

모두들 똑같은 생김새, 똑같은 괴물들로만 비쳐질 게다.

도림은 지천도를 알아보지 못할 것이다. 당문은 당문삼기를 알아보지 못하리라. 나중에라도 알아본다면 과연 동문으로 대접해 줄까? 귀신이나 다름없는 몰골을 한 사람들인데.

"가지."

당한이 먼저 발길을 떼어놓았다.

마천옥과 독사는 제일 선두에서 길을 텄다.

장애는 없었다. 길을 가로막는 무인도 없었다. 눈에 보이는 산천 모두가 무주공산(無主空山)이니 그저 발길을 옮겨놓으면 그만이다.

독사가 주위를 둘러보며 말했다.

"천험의 요지. 여인 혼자 살기에는 적합하지 않은 곳이지 않소?"

"혜월을 생각하시는 겁니까?"

마천옥이 엷게 웃으며 물었다.

"언제쯤 시작할 것 같소?"

"걱정되십니까?"

"후후!"

"혜월은 똑똑한 여자입니다."

"비시문에서 인정받았다면 두말할 필요가 없겠지."

"가장 완벽한 기회, 또한 당할 수밖에 없을 때가 혜월이 시작하는 시기겠죠."

"그 시기가 언제쯤일 것 같소?"

"글쎄요."

"난 알 것 같소."

"언제입니까?"

두 사람은 담담했다. 독사나 마천옥이나 혜월의 복수는 염두에 두지 않은 듯했다.

"하하! 마 일지…… 뱃속에 능구렁이가 들어앉기 시작한 것 같소. 벌써 짐작했으면서 되묻는 걸 보니."

"뱀탕은 입에 대지도 않는데 그런 말씀을 하십니까?"

대답하기 난감했다.

한쪽은 대형이요, 한쪽은 사매다. 둘이 서로 검을 겨누고 있는데 어느 쪽 편을 들 것인가.

그러나 정작 마천옥을 곤혹스럽게 만드는 일은 독사가 혜월의 검을 피할 생각이 없다는 데 있다.

독사는 은원은 맺은 자가 풀어야 한다는 생각을 가지고 있다. 그런고로 혜월이 검을 뻗어온다면 고스란히 맞을 각오를 하고 있다.

독사를 조금만 더 일찍, 자세하게 알았다면 혜월은 비시문에 입문하지도 않았으리라. 비락봉에서 원한을 곱씹으며 인고의 세월을 보낼 필요도 없었으리라.

혜월이 천하의 멍청이라 해도, 개미 한 마리 죽인 적이 없는 문약한 여인이라고 해도 독사에게는 세상에서 가장 무서운 적수였고, 대적할 생각이 없다.

단 하나, 무림에서의 일만 일단락된다면.

혜월도 그런 점을 간파했기에 비락봉에 연연하지 않고 마음 편히 무림으로 떠났다.

그녀가 비락봉을 최후의 장소로 선택한 것은 확실하지만 먼 훗날의 일, 지금은 독사의 무림행이 끝나지 않은 이상 비락봉이 설혹 용담호혈(龍潭虎穴)이라도 독사를 가두지는 못하리라.

마천옥은 독사를 설득할 생각이었다. 무인이 죽음 이외에 달리 무림행을 끝낼 수 있다고는 생각지 않지만, 끝내는 일이 있다고 해도 개죽음을 당할 필요는 없다고. 한림을 죽인 것은 파락호 독사이지 대형 독사가 아니라고.

혜월도 설득할 예정이다.

당시의 일을 조금 더 소상하게 조사해 봐야겠지만, 계두나 쇠스랑 등의 말을 들어보면 잘못은 한림에게 있었다. 그런 점을 부각시켜 설득해 보면……

양쪽 다 지금은 설득할 때가 아니다.

"약속 하나 합시다."

마천옥은 고개를 돌려 독사를 외면하며 대답했다.

"못 들어드릴 것 같습니다."

"하하! 무슨 약속인지 들어보지도 않고 거절부터……."

말을 끊었다.

"무슨 약속인지 알 만하니까요."

'때가 되면 나서지 말라는 약속 아닙니까. 그렇지요. 사형제 간의 암투처럼 지저분한 것도 없겠죠. 제가 말리려 나서면 혜월과 암투를 벌여야 할 테고, 둘 중에 한 명이 죽을지도…… 먼 훗날의 일을 어떻게 알겠습니까. 가봐야 알지요.'

유유히 흐르는 강물은 너무 조용했다. 무인들에게 쫓겨 가슴 졸이며 뗏목을 타고 왔을 때나 지금이나 조금도 변함이 없었다.

금사강(金沙江).

금사강은 사천(四川)과 운남(雲南)을 경계 짓는 선이다. 금사강 북쪽은 사천이요, 남쪽은 운남이다.

강물은 황토를 머금어 싯누런 색이며 굽이지는 곳이 유난히 많다. 높은 곳에서 내려다보면 꼭 누런 뱀이 구불구불 기어가는 것 같다고 해서 강 이름도 금사강으로 불린다.

지천도 같은 사람에게는 몇십 년, 독사와 같이 마단과 인연을 맺은 햇수가 적은 사람도 삼사 년은 족히 강을 끼고 살았건만, 강 이름이 금사강이라는 것을 알게 된 것은 일 년 전이다. 조몽산과 비락봉을 알게 되면서.

"이곳을 정말 나가는군요."

당호가 감회에 젖어 말했다.

"나가면 뭐 해. 반기는 놈 하나 없을 텐데."

당옥이 퉁박을 주었지만, 그의 음성도 은은히 떨려 나왔다.

"그럼 형님은 나가기 싫단 소리요?"

"누가 나가기 싫댔어! 앞길이 캄캄하다는 소리지."

강변을 밟은 것만으로도 흥분이 치미는 듯했다.

당문삼기가 그럴진대, 정작 멸혼촌에서 뼈를 묻을 각오를 했던 지천도나 왕가달, 마천옥 등의 심정을 어떻겠는가.

"혹여 모르니 제가 앞장서죠."

왕가달이 앞으로 불쑥 나섰다. 그의 얼굴빛도 발갛게 상기된 것이 꼭 추위 때문만은 아닌 것 같았다.

영은촌 독사 패거리는 다른 의미에서 들떴다.

"꼭 죽는 줄만 알았는데, 살아서 나가네."

"흐흐흐! 나가면 무천문 이놈들부터 싹 쓸어버릴 거야."

"우리 무공이 무천문 놈들한테도 통할까? 난 그놈들만 보면 오금이 저려서 말이지."

"계두! 너 이 자식! 초장부터 재수없는 소리 지껄일래! 불알 값을 좀 해라."

"호! 쇠스랑…… 한 번 해보겠다면 사양하지 않고. 내가 대물인 줄 알아?"

"너 어디 조용한 곳 나오면 보자."

"이런이런…… 이걸 어쩌나? 쇠스랑에게 쇠스랑이 없으니 이걸 보고 빛 좋은 개살구라고 하나?"

"이 자식을 그냥……."

악의없는 농담이다.

그들은 자신들이 무공고수가 되었다는 게 믿기지 않았다. 그동안 사선을 넘나들었던 기억은 까마득히 멀어졌고, 앞으로 다가올 환한 미래만이 보였다.

그들은 자신들 네 명이 힘만 합치면 무림의 그 어떠한 자라도 상대할 수 있다는 자신감이 팽배했다. 단 한 사람, 독사만 빼놓고.

독사 패거리는 강변을 따라 걷기 시작했다.

뗏목을 만들어서 타고 가자는 의견도 있었지만 간단한 말 한마디에 일축되고 말았다.

"금사강을 아나?"

구불구불 쉬임없이 구부러지는 금사강이지만, 강폭은 상당히 넓어서 바다를 연상케 한다. 그러니 간혹 폭이라도 좁아지면, 엄청난 수량(水

量)이 밀려들어 급류를 형성한다. 엄청난 급류…… 강에서 일어나는 천번지복(天飜地覆). 급류에 휩쓸리면 한 번쯤은 강바닥을 구경하고 나와야 한다.

독사 패거리 중에는 금사강을 잘 아는 사람이 없었다.

첫째 날은 흥분과 긴장이 범벅이 되어 피곤한 줄도 몰랐다. 유쾌한 농담을 주고받으며 잠시 발걸음을 멈춰 쉬기라도 할 때는 강물에 발을 담그기도 했다.

둘째 날은 조금 더 긴장이 풀어졌다. 왕가달이 계속 앞을 살피고 있지만 마단이나 현문 무인들의 흔적은 눈을 씻고 찾아봐도 없었다.

완전한 자유의 몸이 되었음을 실감했다.

셋째 날은 묵묵히 걸었다.

주고받는 이야기 내용은 과거 회상이 대부분이었으며, 앞날에 대해서는 입도 벙긋하지 않았다. 그것도 일부에 해당하는 말이었고, 대부분은 꾸준히 발길을 떼어놓을 뿐이다.

넷째 날부터는 사방을 두리번거리는 횟수가 많아졌다.

마천옥이 조사한 바로는 넷째 날 즈음하여 민가가 나온다고 했다.

골인들은 사람을 만날 처지가 아니었다. 사람이 그리우면서도 사람들 앞에 나설 수 없는 몸이었다.

"아무래도 옷도 좀 바꿔 입고…… 방갓이라도 써야겠어."

당옥이 중얼거렸다.

해가 뉘엿뉘엿 넘어갈 무렵, 왕가달이 신법을 펼쳐 쾌속하게 되돌아왔다.

"민가입니다."

진취가 코를 벌름거렸다.

"아! 이 구수한 냄새……."

"무슨 냄샌데?"

"밥 짓는 냄새. 이 냄새는 취나물 무침이고…… 아! 더덕구이도 있구만. 정말 냄새 한 번 구수하다."

"완전 그림의 떡이로세."

통음이 입맛을 쩍 다시며 말했다.

"엠병할! 아, 취나물 무침이고 더덕구이고 한두 번 먹어봐! 새삼스럽게 왜들 지랄들이야!"

신령의 말이 끝나자마자 독사가 말했다.

"오늘은 여기서 쉽시다."

모두들 두 발 쭉 뻗고 피곤한 발을 위로했지만, 음풍사장(陰風四掌)은 쉬지 못했다.

계두, 쇠스랑, 돌주먹, 그리고 사팔. 그들은 익숙한 솜씨로 산을 누비며 대나무 밭을 찾았다.

영은촌에서부터 산은 그들에게 떨어지려야 떨어질 수 없는 정다운 곳이었다. 산에서는 아무도 간섭하는 사람이 없었고, 고함을 질러도 뭐라고 하는 사람이 없었다. 또 산은 그들에게 심신까지 단련시켜 주었다.

영은촌 뒷산에서 얻은 별호가 계두, 쇠스랑 등이다.

이제 다른 별호를 얻었다. 타인에게 인정받은 별호가 아니라 신검서생이 비락봉 수련을 끝낸 기념으로 음풍사장이라는 별호를 지어주었지만…… 네 명 중 음풍사장을 쓸 줄 아는 사람은 없었다.

"너희들 장법이 음유하기 이를 데 없으면서도 바위도 가루로 만드는 위력이 있다는 뜻이다."

네 명은 신검서생의 말을 듣고서야 음풍사장의 뜻을 알고 자랑스러워했다.

산은 그들에게 별호를 지어주는 곳이다.

돌주먹이 제일 먼저 대나무 밭을 찾아냈다.

"이리들 와. 여기 많이 있네. 흐흐! 이쯤에 있을 줄 알았지."

"와! 실한 놈들투성이네. 이놈들 보니 죽순 생각이 간절한걸. 앞으로 한두 달만 더 있으면 아주 맛있는 놈들이 나올 텐데."

"쓸데없는 소리 하지 말고 빨리 만들기나 해. 우리도 쉬어야지."

"이게 쉬는 거지 뭐. 쉬면서 하자고."

음풍사장은 숲 한가운데서 대나무 몇 개를 잘라낸 후, 털썩 주저앉았다.

사각사각……! 쩍!

"오랜만에 만들어보네. 어릴 때는 많이 만들었는데. 잊어먹지나 않았나 몰라."

"계두, 입 좀 다물어라. 시끄러워서 귀가 멍멍하다."

"개새끼가, 멍멍하게……."

"저놈의 주둥아리를 콱!"

그들이 숲 한가운데 앉아 농을 주고받은 지는 얼마 되지 않지만, 그들 옆에는 잘 짜여진 방갓이 하나둘 놓이기 시작했다.

주먹질을 하기에는 너무 어렸던 꼬마들에게 방갓을 만들어 파는 일은 돈을 마련하는 방법 중에 하나였다.

그들 중 계두의 손길은 단연 빨랐다.

대나무 껍질을 얇게 발라내고, 엮어가는 솜씨가 명장의 손놀림을 보는 듯했다.

음풍사장 중 가장 손이 느린 사람은 돌주먹. 그가 방갓 한 개를 완성했을 때, 계두가 입을 열었다.

"몇 개나 만들어야지?"

"열두 개."

"열두 개? 보자. 하나, 둘, 셋. 그럼 난 끝."

계두는 나머지 대나무 조각들을 휙 던져 버리고 벌렁 드러누웠다.

"저놈…… 말은 많지만 손재주 하나만은 탁월하다니까. 어렸을 적에도 저놈이 제일 빨리 만들었지?"

"빨리 만들면 뭐 해? 저 혼자 팔아서 제 배만 채운 놈인걸. 저놈은 나눠먹을 줄을 모른다니까."

"내버려 둬. 그래도 요즘은 많이 사람 됐잖아."

"야, 이거 귀가 간지러워서. 말들 할 시간 있거든 손이라도 한 번 더 놀리는 게 어때? 여긴 귀신 나오는 곳이걸랑."

그들은 몰랐다.

이름도 알지 못하는 산속의 대나무 숲 속에서, 어두워가는 저녁 무렵에, 골인들을 위해 만든 방갓이…… 죽립귀(竹笠鬼)라는 이름을 탄생시킬 줄은.

금사강은 사천과 운남의 경계이기도 하지만 사천성 안으로 흘러들면 동천부(東川府)와 사천행도사(四川行都司)의 경계가 되기도 한다.

독사는 금사강을 따라 북으로 올라갔다.

북으로 올라갈수록 민가도 많아졌고, 간혹 사람과 부딪치는 일도 있었지만 아무도 골인들을 알아보지 못했다. 독사 패거리가 내뿜는 지독한 살기에 고개를 마주칠 생각조차 못했던 탓도 있지만.

아무리 담력이 강한 자라도 마치 훔쳐 입은 듯 맞지 않는 헐렁한 장삼을 입고, 모양새를 갖추려고 그랬는지 장삼 두어 개를 덧대 피풍의라고 걸치고 있는 꼴을 보면 말을 나누고 싶은 마음이 싹 가실 게다. 거기에 방갓까지 쓰고, 병기까지 휴대하고 있으니.

어쨌든 다른 사람들이 뭐라고 생각하건 말건 골인들은 죽립을 쓴 다음부터는 한결 편하게 행동했다.

"이거 거지 중에도 상거지 꼴이잖아."

"훔쳐 입은 게 다 그렇지 뭐."

"난 거지로라도 봐주면 좋겠다. 나라면 미친놈들이 떼거지로 몰려다닌다고 생각할 거야. 봐봐. 꼴들을. 제정신 가진 자들이 이런 옷을 입고, 이게이게 피풍의야?"

"하하하!"

남자, 여자 할 것 없이 모두 같은 차림을 했다. 골인이고 아니고 상관없이 모두 방갓을 쓰고 헐렁한 장포를 걸쳤다. 골인들에게 이목을 집중시키지 않으려는 생각에서다. 주목을 받으려면 모두가 받아야지, 몇 사람 받는다면 골인의 모습이 드러날 수도 있다. 덕분에 민가 몇 곳에서는 옷 도둑이 들었다고 난리가 났겠지만.

동천부와 사천행도사의 경계를 지나고도 십여 일이 지난 후, 독사 패거리는 움직임을 멈췄다.

마천옥이 말했다.

"저기가 교가(巧家)입니다. 교가…… 사람들이 모여 사는 곳이고…… 무림이며…… 우리가 쉴 곳입니다."

第五十五章

창궁(創宮), 합류하지 못하고

1

사천 사람들은 교가를 유호리(有狐狸), 천산천(穿山川)이라는 말로 대변한다. 여우와 살쾡이가 많고 산천이 사방으로 뚫려 있다는 데서 유래된 말이다.

특산물로는 제일 먼저 우령(牛羚)이라 하였으니 소와 양을 기르는 사람이 많으며, 약초로는 반하(半夏)와 천마(天麻)가 유명하고, 나무로는 운남송(雲南松)과 화산송(華山松)을 알아준다.

교가는 산천은 사방으로 뚫려 있으나 도읍 자체는 산천으로 에워싸여 있으며, 워낙 오지(奧地)인지라 크게 발전이 되지 못한 도읍이다.

독사 패거리는 오랜만에 평야를 걸었다.

주위에는 논밭이 펼쳐져 있다.

해마다 사금강이 범람하여 고생은 하는 편이지만, 영양이 풍부한 흙이 농토를 뒤덮는 관계로 수확량은 괜찮은 편이다. 더욱이 쌀 맛이 기가 막혀서 옥미(玉米)로 일컬어지며, 대갓집이나 부유한 상인들이 일 년치 농산물을 예약해 놓고 있어서 다른 지방보다는 농사가 괜찮은 편이다.

"혜월 소저는 마치…… 가시를 잔뜩 곤두세운 고슴도치 같던데. 아니지, 그렇게 예쁜 여자를 고슴도치라고 하면 그렇고. 아! 가시 돋친 장미라고나 할까? 좌우지간 연통은 한 게요?"

"우리가 오는 줄 모를 겁니다."

"아니! 그럼 이 오밤중에 연통도 하지 않고 불쑥 찾아간다는 게요? 혹 속옷이라도 입고 있으면……."

"입 안 다물어! 저놈은 나이를 처먹을수록 주책이야."

통음은 광안의 일갈을 소 닭 쳐다보듯이 흘려버렸다.

"저놈은 도대체 말을 못하게 한다니까……."

"하하! 염려하지 않아도 됩니다. 혜월이 표식을 해놨을 겁니다. 비시문 표식은 지극히 은밀하지만 확실해서 쉽게 찾을 수 있을 겁니다."

마천옥이 담담하게 말했다.

주위는 조용하고 평화로웠다.

사방을 돌아보면 높고 가파른 산에 둘러싸여 있으나, 막상 교가 안으로 들어서면 산이라고 해봐야 일 다경이면 꼭지까지 다다를 수 있는 작은 동산들이 전부였다.

그런 길을 왕가달과 마구오신(魔拘五神)으로 개명한 잔심마도, 귀주사괴가 앞장서서 걸었다.

마구오신 중 가장 나이가 적은 사람은 잔심마도.

멸혼촌이라는 곳을 알기 전까지만 해도 잔심마도는 귀주사괴를 손아래로 깔고 앉았다. 멸혼촌에 들어서기 전에도 다섯 명이 힘을 합친

적은 있지만 잔심마도가 그들을 보호해 주는 입장이었다.

그런데 지금은 제일 막내가 되었다. 그래도 아무 불평을 늘어놓지 않았다. 귀주사괴의 무공이 초강고수라고 할 만큼 강해졌으며, 그들이 지닌 특이한 능력은 예사 사람들이 무시할 수 없는 귀중한 보물이었다.

"어! 사람이 있네."

통음이 걸음을 멈추고 말했다.

"사람이? 어디? 난 당최 보이지 않는구만."

"이 사람이! 자네도 내 귀를 무시하나? 내 이 주둥이는 개차반이어도 이 귀때기는 영물이라니까."

"압니다, 알아요. 이구! 내가 말문을 열어주었지."

"알면 됐네. 그럼 말을 들어. 저기 희끄무레한 것 보이지? 그 근처에서 분명히 사람 발자국 소리가 났다니까."

"누가 뒷간이라도 가는 게죠."

"어쨌든 사람이 있다는 소리 아닌가."

"형님, 여긴 사람 사는 마을입니다. 몇 걸음만 떼어놓으면 사람 사는 집이 있다고요."

"아냐. 우릴 기다리고 있어."

신령이 말했다.

"오밤중에 고생할 필요가 없겠네. 혜월 아닙니까. 혜월 냄새가 틀림없는데 뭘."

진취가 콧볼을 씰룩거렸다.

그들을 기다린 사람은 혜월이었다.

"발걸음이 더딜 테니 오늘쯤 도착할 것이라 생각했어요."

혜월은 독사 패거리를 보고도 태연했다. 마치 사전에 연통을 받은 사람처럼.

"하하! 사부님이 왜 혜월을 중요하게 생각했는지 알 만하네."

마천옥도 놀라는 기색이 없었다.

"언제부터 기다렸는가?"

"얼마 되지 않았어요. 밤에야 움직일 테니, 오래 기다릴 필요가 없죠. 한 반 각쯤 되었나?"

"그것참 신기하네. 우리가 이 길로 올 줄 어떻게 알았소?"

통음이 불쑥 끼어들었다.

혜월이 가느다란 미소를 배어 물며 말했다.

"사금강에서 교가로 들어서는 길은 다섯 군데. 하지만 사람의 이목을 피하는 사람들에게는 수천 군데. 발길 닿는 곳이 모두 들어서는 곳. 마 사형이라면 어느 길을 택할까 하고 생각해 보니 네 군데로 압축되더군요. 그 길이 모두 이곳으로 통한다면…… 대답이 됐나요?"

"신기하네. 신기해. 이러다가 우리 독사 패거리 모두가 기이한 능력을 지니게 되는 것 아냐? 대형도 그렇고 엽수낭랑 소저도 그렇고."

"가요. 술을 좀 준비해 놨어요."

술이라는 말에 통음이 입을 쩍 벌렸다.

혜월이 독사 패거리를 데리고 간 곳은 술을 따로 준비할 필요가 없는 기루(妓樓)였다.

"흠……! 여기가 우리 집인가? 느낌이 좋아."

"우리 집이면 뭐 하우? 뒷문으로 들어가는 주젠데."

기루는 한밤중임에도 불구하고 오색찬란한 불빛에 물들어 성황을 이뤘다. 삼층전각 각층마다 사람들의 음성이 바글거렸고, 창문을 통해

홍청거리는 사람들의 모습이 비쳤다.

"어멋! 너무 짓궂어."

"요것아, 내숭 떨지 말고 이리 와봐. 고것 참 착착 감기네. 네가 진정 사람이냐, 여우가 둔갑한 거냐. 어쩌면 살결이 이리도 곱냐."

어디에선가 흘러나온 소리가 귓가를 간질였다.

"이구! 사람 미치게 하네."

통음이 몸을 비비 꼬며 말했다.

뒷문을 통해 들어선 후원은 조용했다. 전각에서 흘러나온 소리들이 고스란히 전달되었지만, 상대적으로 조용해서 괴이한 느낌마저 들었다.

혜월은 뒷담을 따라 인공 연못을 빙 돌더니 석등(石燈) 뒤에 조성해 놓은 조경석 앞에서 걸음을 멈췄다.

"당분간 여기서 머물러야 될 거예요."

그녀가 석등에 손을 집어넣고 등잔을 빙글 돌리자, 조경석 하나가 옆으로 사르륵 미끄러지며 사람 하나 들어갈 공간이 나타났다.

암로(暗路)는 들어가는 입구만 좁았지, 들어가기만 하면 서서 걸어갈 수 있게 만들어졌다.

독사 패거리는 암로에 들어서자마자 반가운 사람들을 만났다.

"대물! 너 이놈의 자식! 소리없이 사라지더니 여기 있었던 거야?"

"모습이 좋아 보이네. 무공을 제대로 익혔나 봐."

음풍사장과 대물은 손을 맞잡고 반가워했다.

"수고했다. 고생한다는 소리는 들었지."

"너야말로 고생했다. 난 문파니 뭐니 이런 건 어떻게 만드는지도 모르지만…… 이곳을 보니 얼마나 고생했는지 알 것 같다. 도굴도 했다고 들었는데?"

"별로 어렵지 않더군."

서로가 영원한 숙적이라고 생각하는 일수일살과 냉설이 어깨를 나란히 하며 걸었다.

암로를 걸어 들어가자 둥그런 공동(空洞)이 나왔다.

아무리 못 잡아도 백여 평은 됨 직한 공동이었으며, 곳곳에 세심한 손길이 묻어 있어서 인공적으로 조성된 공동임을 알 수 있었다.

"잘 만들었군."

마천옥이 흡족해했다.

공동에서는 지하 특유의 축축한 습기나 곰팡이 냄새도 느껴지지 않았다. 둥그런 원을 따라 걸려 있는 유등만 삼십여 개, 유등마다 불이 밝혀져 있어 공동 전체가 대낮처럼 밝았다. 소음도 들리지 않았다. 바깥과는 완전히 차단되어 절간에 들어선 듯 조용했다.

"아무 문이나 열고 들어가면 그곳이 자기 방이에요. 일단 짐부터 풀고 술 한잔하죠."

대물이 말을 했으나, 대물의 말을 듣는 사람은 아무도 없었다.

벌써 독사 패거리는 우르르 달려들어 공동 광장에 차려놓은 진수성찬을 입에 쑤셔 넣기에 여념없었다.

"입에서 살살 녹네, 녹아."

"이거 얼마 만에 먹어보나. 지천도 어른, 속에 탈이나 안 날지 모르겠소?"

"그러게 말이네. 오늘은 이놈의 뱃속이 많이 놀라겠군."

"술도 들어보쇼. 술 마셔본 지 얼마나 됐소?"

"세상에 술이란 게 있었나? 어디 한번 맛 좀 보세."

“하하하!”

지금 이 순간, 독사 패거리에게는 오늘만이 있었다. 눈앞에 놓인 음식과 술만이 세상의 전부였다.

독사는 말을 잊은 채 천천히 음미하듯 술잔을 들이켰다.

엄지손가락 마디 하나만한 술잔을 비우는 데 무려 일 다경이 걸릴 정도로 천천히.

주위는 바늘 떨어지는 소리조차 들릴 정도로 조용했다. 간간이 코 고는 소리와 이빨 가는 소리만이 정적을 일깨울 뿐.

독사 패거리의 주량은 의외로 약했다. 거기에 폭음까지 곁들여져 긴장으로 전신 근육이 뭉쳤을 대로 뭉친 사람들을 단번에 나가떨어뜨렸다.

엽수낭랑은 다소곳이 앉아서 음식을 먹었다.

사과 한 토막을 집어 독사가 술을 마시듯 조금씩 베어 먹었다.

그녀는 독사에게 눈길을 주지 않았다. 그녀의 눈길은 음식에만 머물렀다.

두 사람은 그렇게 모두 곯아떨어진 후에도 한 시진이나 먹고 마셨지만 대화는 한마디도 나누지 않았다.

“술 한 잔 참 오래 마시네요.”

한참 만에…… 말을 할까 말까 망설이다가 하는 쪽이 좋겠다 싶어서 먼저 입을 열었다.

독사가 몽상에서 깨어난 듯 번쩍 정신을 차리며 엽수낭랑을 쳐다보았다.

“아직 자지 않고 있었나?”

“섭섭하네요. 옆에 있는 것도 몰랐다니.”

“자지 그래. 밤이 늦었는데.”

“새벽이 가까웠을 거예요.”

지하의 유일한 단점은 시간의 흐름을 알 수 없다는 것이다.

“벌써 그렇게 되었나…….”

“요빙 언니가 뭐래요?”

“응?”

“요빙 언니 생각하지 않았어요?”

“으…… 응.”

“저도 이곳에 들어서는 순간, 제일 먼저 요빙 언니가 떠오르더라고요. 술 냄새, 깔깔거리는 사람들.”

보통 사람들에게 기루는 그저 술이나 마시는 곳이다. 술에 취해, 기녀에 취해 하룻밤 쾌락을 즐기는 곳이다.

독사에게는 다른 의미가 있다.

영은촌의 요락과는 다를지라도, 기루에서 들리는 말소리는 요빙의 음성이리라. 기루에서 흘러나오는 웃음은 요빙의 웃음이리라.

차라리 기루에 틀어박혀 술과 기녀를 마주한다면 요빙의 숨결에서 벗어날 수 있을지 몰라도, 겉으로 흘려보는 기루는 살아 있는 요빙이나 다름없다.

“그만 자지.”

“그래요.”

엽수낭랑이 일어섰다.

그녀는 뭔가 말을 할까 망설이다가 그냥 몸을 돌려 버렸다.

‘요빙…….’

독사는 다시 술잔에 술을 따랐다.

“어멋! 이 잘생긴 사람이 누구야? 주먹질로 사람 등이나 처먹는 파락호 같
지는 않은데?”

첫 만남에서 거침없이 쏘아붙이던 요빙, 그녀의 음성이 들려왔다.

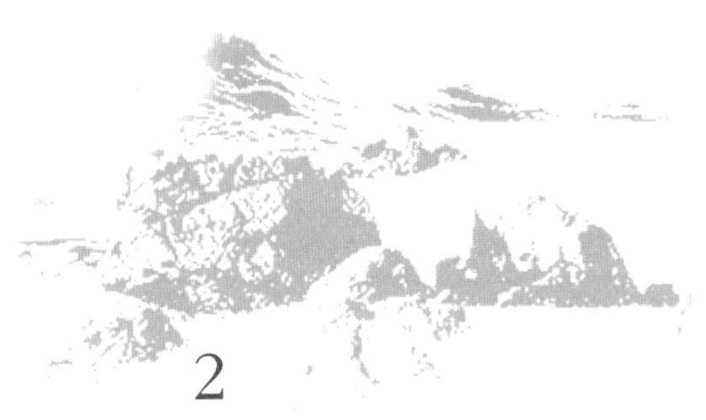

2

독사와 삼지는 머리를 맞댔다.

"무림은 아무런 일도 없어요. 작은 문젯거리 하나 없었어요. 조몽산에서 보낸 시간은 잊힌 시간이에요."

혜월에게서는 비락봉에서 잠시 보였던 독기가 보이지 않았다. 독사를 위해 지략을 짜내주는 참모(參謀)의 역할에 충실했다.

"사천오주도 조용한 것 같아. 자세히는 파악하지 못했지만 마단이나 현문은 알지도 못하는 것 같더라고."

대물이 말했다.

"예상했던 대로군요."

마천옥이 지도를 들여다보며 말했다.

지도에는 각대문파의 위치와 움직임이 소상하게 기재되어 있었다. 총단과 분타는 물론이고 분타 간에 이동한 무인들의 흔적까지 깨알 같은 글씨로 적혀 있다.

지도 한 장에 현 무림의 판도가 담겨 있는 것이다.

대물과 혜월이 지난 일 년간 고심하여 만들어낸 합작품이다.

지도를 만드는 것은 어렵지 않았다.

사천오주나 중소문파의 무인들은 자신의 거주지를 굳이 숨기지 않았다. 문파의 조직 구도도 이미 알려질 만큼 알려져 있고, 변화도 거의 없기 때문에 죽은 사람과 신진고수만 파악하면 되었다.

독사가 백비를 찾을 무렵과 비교해 보면 변화는 거의 없었다. 싸움이라고 해봐야 무림에서 왕왕 벌어지는 사소한 다툼에 불과했다.

마단은 아예 모르는 것 같고, 현문에 대해서는 중소문파 중 하나로 생각하는 듯했다.

겉모습으로 파악해 보면 사천무림은 태평세월을 구가했다.

"사천오주가 얼마만큼 알고 있고, 무슨 준비를 하고 있는지 찔러봐야 되는데……."

마천옥이 지나가는 말처럼 말했다.

"사천오주라면…… 청성파, 당문, 도림이 가장 쉽겠네."

대물이 불쑥 말했다.

청성파라면 냉설이요, 도림이라면 지천도다. 그리고 당문이라면 엽수낭랑이나 당문삼기가 나서야 한다. 그들만이 삼지가 파악하지 못한 무림의 속사정을 알아낼 수 있다.

"그건 안 돼. 다른 방법을 생각해 보고, 안 되면 말아야지. 내 식구라면 말하지 못하는 사연도 미루어 생각해 줄 줄 알아야 하는 거요. 마단, 현문이나 생각합시다."

독사는 못을 박아버리듯 행동을 제약해 버린 후 방을 나가 버렸다.

"저 사람, 두고 볼수록 재미있는 사람이네요."

"그러게 세 살 버릇 여든 살까지 간다고 하잖아요."

"영은촌에서도 저랬나요?"

"그럼요. 사실 그때 주먹질로 돈을 벌려고 했으면 상당히 많이 벌었
을걸요?"

"상납을 받지 않았다고?"

마천옥도 의외라는 표정을 지었다.

파락호들과 퇴폐와는 불가분의 관계가 있다. 그들은 서로 공생하고
있으며, 필요에 따라 이합집산(離合集散)을 반복한다.

"우린 돈을 받지 않았어요. 그저 공짜 술이나 얻어먹는 걸로 만족했
죠. 주먹질을 한 것도 우리가 공짜 술을 얻어먹는 곳에 파리들이 꼬이
기 시작하니 어쩔 수 없었던 거고."

"그걸로…… 만족했어요?"

"그럼 뭘 더 바라요? 주먹질도 젊어서 한때고, 나이가 들면 깨지게
될 텐데…… 그래서 대형은 늘 먹고살 일을 생각하라고 말했죠. 사실
그때 그 일이 있지 않았어도 우린 패거리를 해체했을 거예요. 독사는
훈장을 하려고 했고, 난…… 소홍이란 여자가 있었어요. 작은 포목점
이라도 하나 내서 오순도순 살려고 했는데."

혜월이 마천옥을 보며 말했다.

"이건 중요한 문제네요."

마천옥이 고개를 끄덕였다. 그리고 말했다.

"위기야. 하지만 위기가 기회가 될 수도 있겠지."

마천옥과 혜월의 불길한 예감은 하루도 넘기지 못하고 현실로 드러

났다.

독사 패거리는 거의 대부분 늦잠을 잤다.

무인에게 여독(旅毒)이란 있을 수 없는 일이겠지만, 긴장과 고통으로 얼룩진 지난날을 보상이라도 받겠다는 듯 정오 무렵이 될 때까지 침상에서 내려오는 사람은 없었다.

"과음한 것 같지도 않은데 머리가 띵하네."

"과음을 안 하긴 뭘 안 해. 아예 콸콸 들이키더만."

"그럼 술이 나빴나?"

"검남춘(劍南春)은 사천 사대 백주(白酒) 중 하나야. 쓸데없는 소리 마. 기껏 생각해서 명주(名酒)를 준비해 준 것 같은데 고맙다는 말은 못 하고."

"누가 뭐라나. 머리가 깨질 것 같으니까 하는 말이지."

주독이 가시지 않은 사람들은 목욕을 하기도 했고, 오히려 격한 초식 수련으로 땀을 흘리기도 했다.

그렇게 부산하게 움직이기를 한 시진, 독사 패거리는 공동 한가운데 앉아 있는 독사에게 모여들었다.

독사가 공지 한가운데 앉으면 모두에게 할 말이 있다는 뜻이다.

첫 번째 탈출이 오공사수에게 가로막혀 이름 모를 산에서 수련을 할 때부터 은연중에 정해진 규칙이다.

한 사람, 두 사람…… 독사 패거리가 빠짐없이 모여 앉자 독사가 입을 열었다.

"요지성녀께서 먼저 대답해 주어야겠소."

"뭘? 동생, 물어봐. 아는 대로 대답해 줄게. 마단에 관한 일이야?"

"총단 위치를 물어도 되겠소?"

"그건 너무 지나치다. 동생, 내가 동생을 아무리 귀여워해도 대답 못할 일이 있는 거야."

"미친년, 대형을 귀여워해? 동생? 다 늙은 할망구가 어디서 동생 동생 하고 있어!"

무시가 툭 쏘아붙였다.

요지성녀는 살모사를 키웠다. 비록 그녀에게 패배하기는 했지만 사시와 삼화는 요지성녀와 겨룰 수 있다는 자신감을 가졌다. 이길 수 있다는 자신감. 이기고 지는 것은 겨뤄봐야 알 정도로 강해졌다.

그녀들은 틈을 노리던 참이었다. 독사와 요지성녀가 반목하는 시기를. 요지성녀의 말버릇조차 곱게 보이지 않았고, 이제는 대놓고 질책을 할 수 있는 위치가 된 것이다.

독사와 요지성녀는 무시의 질책에 대응하지 않았다. 독사는 하던 말을 계속했고, 요지성녀는 무시에게 대꾸도 하지 않은 채 독사의 말만 들었다.

"그럼 대답할 수 있는 말을 묻겠소. 우리는 비락봉을 빠져나왔소. 여기 있는 사람들 모두 마단이라는 존재를 알고 있는 사람들. 일부는 결코 세상에 나와서는 안 될 골인들이오. 질문. 마단이 우리를 추적해 죽일 것 같소?"

"그거야 단주님 의사에 달려 있지."

"짐작해서 대답해 달라는 소리요."

"마단이 지금 같으면 죽일 거야. 무림은 우리를 몰라야 돼. 우린 조용히 무공을 창안하고 싶거든. 무공 창안에 방해가 되는 요소는 있어서는 안 돼. 누가 시비를 걸어온다거나, 싸움이 벌어지는 건······ 여간 신경 쓰이는 일이 아니잖아? 더군다나 골인이라면······ 무림공적이 되기에 충분해.”

“흥! 그래도 썩을 짓 한 것은 아는 모양이지?”

무시가 다시 끼어들었다. 이번에는 철시가 눈짓으로 말렸다. 독사와 요지성녀의 대화는 진지했다. 감정이 아무리 나쁘더라도 끼어들 자리가 아닌 것을.

요지성녀가 무시를 보고 약이라도 올리는 듯 방긋 웃어 보인 후, 독사에게 고개를 돌렸다.

“무서운 건 아냐. 마단에는 나 같은 고수들이 득실거리거든. 사천오주가 아니라 사천십주가 연수합공을 펼친다고 해도 두려울 건 없어. 하지만 귀찮지.”

“멸혼촌과 유심동 골인들을 몰살시킨 것이 단지 귀찮아서 그런 거요? 귀찮아서…… 사람 목숨을 그렇게 끊었단 말이오?”

“호호호! 동생, 좌우지간 골인들은 무림에 모습을 드러내면 안 돼. 골인들 중 단 한 명이라도 무림에 모습을 보인다면, 동생…… 동생의 안위도 보장받지 못해. 절대무를 익힐 기재라 살려둔 거지, 예뻐서 살려둔 건 아니거든.”

그때, 혜월이 방긋 웃으며 말했다.

“초절정고수라 짐작되는 자 여섯 명이 기루를 감시하고 있어요. 이곳에는 비밀 통로가 네 군데 있는데, 네 군데 모두 출구에는 낯선 자들이 있고요. 그들도 초절정고수로 짐작돼요. 전에는 없었는데 오늘 갑자기 나타났으니…… 대형 뒤를 쫓아왔거나, 요지성녀가 기별을 넣었겠죠. 반반일 거예요. 뒤도 쫓아오고, 기별도 넣고. 그러니 이리 신속하게 감시망을 펼칠 수 있죠. 대형, 뜻대로 하세요. 이런 점을 고려하지 않고 기루를 지었다면 비시문 출신이라 할 수 없죠. 안전하게 이십

리 밖으로 나갈 수 있어요."

"호호호! 힘들 텐데?"

"내기라도 할 수 있죠."

"뭘 걸 건데?"

"목숨이면 괜찮나요? 이렇게 하죠. 여기서 이십오 리쯤 되는 곳에 무운사(戊雲寺)라는 절이 있어요. 골인을 내보내죠. 무운사의 불상을 가져오는 것으로. 내일, 성녀와 제가 무운사에 가서 확인해 보고, 지는 쪽이 목숨을 내놓기로. 어때요?"

"……."

요지성녀는 대답하지 못했다. 혜월의 말은 확신이 너무 공고해서 의심할 여지가 없었다.

"염라십사(閻羅十蛇)…… 수련을 잘못 받았군. 구멍이 뚫린 것도 모르다니."

요지성녀는 침음을 토해냈고, 혜월은 독사를 보며 곱게 웃었다. 그녀의 어디를 봐도 독사에게 철천지원한을 가진 여자로는 보이지 않았다.

"대형, 하고 싶은 대로 하세요."

엽수낭랑도 한마디 거들었다.

"마단은 골인들을 반드시 죽여야 했어요. 귀찮다는 이유만은 아녜요. 전에 주신 골인의 살가죽을 연구하다가 생각난 건데…… 골인은 현문에게 큰 도움이 되죠. 현문의 독문무공은 묵천신공인데, 골인은 묵천신공의 최고 경지인 묵강철인을 만들어낼 수 있는 자료가 되는 것 같아요."

요지성녀는 태연했다. 하지만 안색은 파랗게 질려갔다.

엽수낭랑은 암혼사 이야기를 들추지 않았다. 들출 필요도 없었다. 이만하면 독사가 짐작할 터이니까.

암혼사 진결 천이백마흔네 자 중 마지막 백마흔네 자는 엄밀히 말하면 암혼사와는 상관없는 구절이다. 일흔두 자는 단파라는 무공을 말하고 있으며, 다른 일흔두 자는 묵천신공의 마지막 단계인 묵강철인을 설명한다.

독사는 엽수낭랑의 무공 수준을 겨우 이성(二成)에 불과하다고 말했다. 그러나 독사 역시 빙굴에서 이성 수준에 오른 것을 감안하면 장족의 발전을 한 셈이지만…… 암혼사 진결 마지막 부분까지 오의를 체득할 정도는 되지 않는다. 단지 조금 '이런 것이 있구나' 하는 정도만 알 뿐이지.

"이유가 하나 더 있어요. 마단은 골인들을 유심동과 멸혼촌으로 분리시켰죠. 얼핏 보면 당연한 듯 보여요. 남자는 멸혼촌으로, 여자는 유심동으로. 하지만 다른 목적이 있어요. 멸혼촌은 빙굴 근처에 있죠. 사내들을 음한지기가 통하는 땅에 살게 하면서 관찰한 거예요. 사내는 양(陽), 빙굴의 음한지기는 당연히 음(陰). 여기서는 양이 미약하고 음이 극강이니 아마도 음이 양을 어떻게 죽여가는가 관찰했을 거예요."

"호호호!"

요지성녀가 웃었다.

전에 웃던 웃음과는 달랐다. 표정은 변하지 않은 채 웃음소리만 흘러나오는 괴이한 웃음이었다.

엽수낭랑은 요지성녀를 똑바로 쳐다보면서 또렷또렷한 음성으로 말을 이어갔다.

"유심동은 다른 관찰 대상이었어요. 여자는 음, 옥의 성질도 음. 그러나 성질이 다른 음이죠. 인간의 음은 양이 내포된 음이지만 옥의 음은 순음(純陰)이에요. 성질이 다르나 같은 종이니 서로 섞이게 되어 있죠. 마단은 유심동에서 음과 음이 섞이는 과정을 관찰했을 거예요. 즉 다시 말해서……."

사시와 삼화는 엽수낭랑의 말에 귀를 기울였다. 숨소리도 들리지 않았다. 지천도를 비롯한 사내 골인들도 난생처음 듣는 소리에 숨이 막힌 듯했다. 엽수낭랑이 말하는 내용은 무공의 고수였던 사람들도 파악하지 못했던 부분이다. 마천옥 같은 지자(智者)도 알아내지 못했다. 단 한 사람, 엽수낭랑처럼 의독에 해박한 실력을 갖춘 당진도가 있었으나 단 한 마디도 하지 않은 채 운명했다.

"멸혼촌 골인들은 죽어가는 과정을 살폈고, 유심동 골인들에게서는 텅 빈 진기가 채워져 가는 과정을 살핀 거예요. 마단은 빙굴의 한기와 옥동(玉洞)의 음기를 모두 이용한 무공을 창안했어요."

"창안했다고?"

요지성녀가 어이없다는 듯 되물었다.

"마단이 총단을 옮겼고, 마단주의 출도가 얼마 남지 않았다고 했죠? 그럼 절대무라는 무공이 창안된 것 아닌가요? 빙굴과 옥동을 이용해서요."

긴 침묵이 흘렀다.

유일하게 반론을 제시할 사람은 요지성녀였지만 그녀는 갑자기 벙어리가 된 듯 입을 다물어 버렸다.

독사가 손가락을 깍지 껴 무릎을 감싸며 말했다.

"모두들 고맙소. 요지성녀의 대답이 틀렸군. 성녀는 아까 질문에 '지금 같으면' 이라는 말을 전제했는데, 다른 경우도 있겠어. 무림을

활보하되, 마단에 관한 이야기를 흘리지 않는다면 도리어 척살하는 쪽
이 무림의 이목을 끌게 되겠지. 여기에 해당하는 사람은……."

독사가 빙 둘러앉은 사람들을 쳐다보았다.

"당 매, 혜월, 신검서생, 냉설, 마구오신, 일수일살, 그리고 음풍사장
과 대물."

골인이 되지 않은 사람들이다.

"대형은 아니겠죠."

엽수낭랑이 말했다.

"난 아니지. 내게는 절대무를 익힐 재능인가 뭔가가 있다니까 끝까
지 뒤를 쫓겠지. 마단주가 출도하는 기념 제물이 될 테고. 됐어. 애초
생각했던 게 이거였으니."

마천옥과 혜월이 서로를 쳐다봤다.

독사의 영은촌 생활을 듣는 순간부터 싹트기 시작한 불길한 예감이
너무 빨리 다가왔다. 준비할 틈도 주지 않고.

"방금 거명한 사람들은 오늘 당장 무림으로 나가시오. 마단주가 출
도하면 어차피 무림은 혈해(血海)가 될 테고, 출도하지 않을 동안은 무
사할 거요. 마단에 대한 이야기만 흘리지 않는다면."

"마단주가 출도하면 어차피 혈해가 된다고 했습니까? 그럼 여기서
도 그동안은 안전합니다."

마천옥이 말했다.

"혈해가 된다고 모두가 죽는 건 아니오. 하지만 여기 있으면 틀림없
이 죽게 되겠지. 제일 첫 번째로."

"그럼 무엇 때문에 그리 혹독하게 무공을 수련시켰습니까?"

"미안합니다."

독사의 말투가 갑자기 정중해졌다. 아랫사람이 윗사람에게 사죄를 하듯이 깍듯한 예의를 갖췄다.

"여러분은 나가도 골인들은 나가지 못합니다. 골인들은 남아 있어야 하고, 한 사람이라도 더 빠른 시간 내에 무공을 최고조로 끌어올릴 필요가 있었습니다."

"독사! 그럼 우리는!"

돌주먹이 주먹을 불끈 쥐며 소리쳤다.

"너흰…… 불곰을 찾아야 한다. 불곰은 우리 형제다. 형제가 실종되었어. 설향이 내 눈앞에서 죽어갔다. 나를 백비로 이끌면서. 너희가 불곰을 찾는 일도 간단치 않을 게다. 어쩌면 불곰을 찾는다는 자체가 죽음의 길로 들어서는 일일지도 모른다. 동참은 못하지만…… 이게 내가 해줄 수 있는 전부다."

"미친놈! 정말 미쳤다니까. 전에 갈고리하고 싸울 때도 그러더만 꼭 미친 짓을 한 번씩 한다니까."

계두도 씨근거렸다.

마천옥은 한마디 더 할 필요를 느꼈다.

독사 패거리 중에는 나가라고 등을 떠밀지 않아도 나가야 될 사람들이 있다.

냉설은 칠백무원으로 돌아가야 한다. 칠백무원에서 그를 멸혼촌에 집어넣었으니 돌아가서 무슨 보고든 해야 할 게다. 중원에 나와 있는 동안 이미 만났겠지만.

일수일살과 마구오신, 그리고 신검서생은 골인이나 마단과는 인연이 닿지 않던 사람들이다. 신검서생은 엽수낭랑을 마음속에 품고 있다고나 하지만, 다른 사람들은 그나마도 없다. 억지로 끌려왔고 죽지 않으려고 따라왔을 뿐.

'지금 우리에게는 한 사람이라도 더 필요해.'

하지만…… 그는 말을 하지 못했다. 그는 남아 있어야 할 사람, 골인이지 않은가.

그의 심정을 읽기라도 한 듯 혜월이 선뜻 입을 열어주었다.

"참 재미있는 논리네요. 그러니까…… 무림에 나가서 마단에 대한 말만 하지 않으면 무사할 수 있다고요?"

"……."

"그게 무인인가요? 죽음이 두려워서 자신보다 강한 자들을 찾아다니며 비무를 하는 건가요? 사람은 어떻게 죽이죠? 친척들이며 자식들이 우르르 검을 들 텐데요. 마단. 물론 지독하게 강하죠. 하지만 강하니까 오히려 더 재미있는 것 아녜요? 그런 자들을 꺾을 때, 진정한 성취감을 느낄 수 있는 것 아녜요? 혈해가 된다고 모두 죽는 것은 아니라고요. 호호호! 마단주는 강자만 찾아다니며 비무를 하겠죠. 혈해는 그렇게 일어나고요. 그럼 마단주가 나왔다는 소문이 들리면 이불을 뒤집어쓰고 꽁꽁 숨어 있어야 되겠네요? 나는 강자가 아니라 하수(下手)에 불과합니다 하고요."

혜월의 말에 마천옥은 가슴을 쓸어 내렸다.

이로써 승패는 결정되었다. 독사의 패배로.

"자! 대형의 말뜻은 알아들었을 테니, 떠날 사람은 준비하세요. 먼저 말한 대로 이십 리 밖까지 친절하게 안내해 드리죠. 이십 리로 불안하다면 삼십 리까지라도 배웅해 드릴 수 있어요."

"정말 사람 비참하게 만드네."

신검서생이 고개를 옆으로 뉜 채 독사를 노려보며 말했다.

"그러니까…… 내게 그토록 잔인하게 굴었던 게, 이놈들 무공이나 가르치고 떠나라는 말이었나?"

일수일살이 신검서생의 말을 바로 받았다.

"대형, 전에 대형이 수하가 되기를 강요했을 때 한 말이 있소. 벌써 잊었소?"

"……."

"그럼 다시 한 번 말해 드리지. 언젠가 내 검이 대형을 능가할 날이 올 거요. 그때 대형이 나를 무너뜨렸듯이 나도 깨끗하게 무너뜨려 주겠소."

말하기 좋아하는 통음도 한마디 거들었다.

"난 이놈 좋아서 못 가. 얼굴은 쌀쌀맞은 놈이 속정은 깊더라고. 그리고 우리가 한두 번 맞았나? 그만큼 때려주기 전에는 못 가."

'됐어. 대형이 철저하게 무너졌어. 이제 대형의 성격을 알 만하군. 친구는 의리로 감싸준다. 하지만 식솔은 책임으로 보살핀다. 후후! 친구보다야 식솔이 낫겠지. 그래야 뭉친 힘이 더욱 강해져.'

마천옥은 기회를 놓치지 않았다.

과거 영은촌 독사 패거리는 의리로 뭉친 사내들이었다.

그 정도로도 독사는 한 사람, 한 사람의 안위까지 모두 보살폈다.

그것보다 더욱 강해져야 한다.

문파! 문파다.

"어떤 조직이든 철저한 위계 질서는 생명입니다. 명령 하달이 빠르고 행동이 일사불란하기 때문이죠. 평소에 쌓아놓은 위계 질서는 죽음의 마당에서도 몸을 돌보지 않게 만듭니다. 대물! 음풍사장!"

"말씀하쇼."

“대형은 친구였으나 지금부터는 일문의 문주다. 사적인 자리에서나 공적인 자리에서나 하대는 절대 용납 못한다. 문파의 질서를 어지럽힐 요량이라면 지금 당장 떠나라.”

마천옥의 말은 독사 패거리 모두에게 한 말이었다. 대상이 애꿎은 대물과 음풍사장이 되었지만.

지천도는 눈치가 빨랐다. 그리고 그는 도림이라는 문파에 몸을 담았었기에 문파의 질서라는 것도 알고 있다.

“문주, 모두들 이런 마음이니 좀 전의 말씀은 거두시고…… 말이 나온 김에 문규나 정하는 것이 어떻겠습니까?”

“지천도 어른!”

“감당하기 어렵습니다. 문주께서 직접 질서를 깨뜨리시렵니까. 이 몸이 늙어서 조언 정도밖에 해드릴 수 없다면 문주의 극례(極禮)를 받아도 되겠지만…… 이 몸의 무공이 필요하시다면 호법(護法) 정도의 예로 족합니다.”

“어른!”

마천옥이 독사를 무시하며 말을 가로챘다.

“본 문파는 이원(二院)과 일부(一府)으로 구성된다. 이원주와 일부주는 문주님 직속이며 신분은 동격이다. 이원은 집원(執院)과 호원(護院). 나는 집원주이며 수하로는 혜월과 대물이다. 호원은 문주님의 신변을 보호하는 의무를 띠며 호원주는 지천도. 일부는 자하부(紫霞府)다. 자하부주는 엽수낭랑. 자하부에는 사탑(四塔)이 있다. 살탑(殺塔)의 탑주는 신검서생. 수하는 일수일살, 냉설, 음풍사장이다. 독탑(毒塔)의 탑주는 당한. 수하는 당옥과 당호. 음탑(音塔)의 탑주는 철시. 수하는 삼시와 삼화다. 마지막으로 구탑(拘塔)의 탑주는 신령. 수하는 마구오신의 나머지와 왕가달이다.”

미리 생각이라도 해놓은 듯 일사천리였다.

마천옥의 거침없는 조직 구성에 독사는 물론이고 독사 패거리들 모두가 입을 벌린 채 한마디도 하지 못했다.

몇 사람 되지 않는 인원으로 자못 거창하기까지 한 조직 구성.

마천옥은 정중한 행동으로 일어섰다. 그리고 독사를 향해 깊숙이 포권지례를 취했다.

“일지를 잘못 봤군. 내가 바란 것은 이런 것이…….”

마천옥이 독사를 향해 걸었다.

독사 면전에 서자, 품속에서 한 장의 서신과 사각 옥도장을 꺼내 내밀었다.

“조직 구성 허락을 요청하는 글입니다. 그리고 이 도장은 철시의 옥검을 쪼개서 만든 것. 유심동 골인들의 한이 배여 있는 도장입니다. 앞으로 우리 문파의 신물(神物)이 될 것입니다.”

“그런데 문파 이름은 뭐고? 아…… 아니…… 뭡니까?”

통음이 불쑥 말을 꺼내다가 황급히 뒤집었다.

독사는 글과 도장을 받지 않았다. 성난 표정으로 일어나서 방으로 들어가 버렸다.

마천옥이 주위를 둘러보며 말했다.

“자, 이제 문파명을 만들어보지.”

갑론을박(甲論乙駁) 끝에 문파명은 뇌궁(雷宮)으로 정해졌다.

독사는 문주가 아니라 궁주가 된 것이다.

마단이나 현문과 차별을 짓느라고 궁(宮)을 선택했으며, 하늘에서 땅까지 질풍처럼 내리꽂히는 번개의 기상을 담고자 뇌(雷)를 채택했다.

뇌궁.

교가 은밀한 지하에서 몇 사람으로 시작한 뇌궁.

뇌궁은 이렇게 창궁되었다.

3

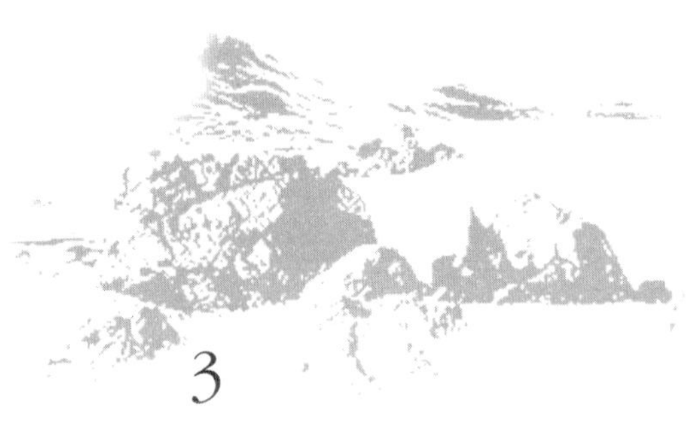

회합이 끝난 후, 회합 내내 한마디도 하지 않던 사람들이 마천옥을 찾아왔다.

신검서생, 일수일살, 냉설.

신검서생이 먼저 말문을 열었다.

"탑주라면 수하들보다 무공이 월등히 강해야겠죠. 전 그렇지 않습니다. 아까 그 자리에서는 말할 분위기가 아니었으나, 고사하겠습니다."

일수일살이 말했다.

"우리 셋 중 누가 강하다 약하다 하지 못하겠죠. 탑주라면 명령 체계. 이래서야 누가 탑주가 되든 명령이 먹히겠습니까?"

마천옥이 빙긋 웃으며 말했다.

"내가…… 신검서생을 살탑주로 정한 것은 명문가의 후손이기 때문입니다. 명문으로 따지자면 청성파보다 더할 수는 없겠지만 칠백무원은 겉으로 드러나지 않은 암약 집단이죠. 무인들이 한눈에 인정할 수 있는 명문가의 후손으로 신검서생이 가장 적합했습니다."

"그게 무슨 이유라도……?"

신검서생이 물었다.

"살탑이라는 이름에서도 알 수 있듯이 앞으로 일부는 살벌한 검을 휘두르게 될지도 모릅니다. 그럴 때 명가의 후손이 앞장서 있으면 상당한 도움이 될 겁니다. 적어도 무림공적으로 치부하기까지 한 번 더 생각해 보겠죠."

때에 따라서는 명문정파도 공격할 수 있음을 의미한다.

"무공으로야 우열을 가릴 수 없다지만, 도움을 준다 생각하시고 받아들여 주시기 바랍니다."

"후후후! 그러겠소. 도왕 밑에도 있어본 몸이니."

일수일살은 쉽게 동의했다.

그와 신검서생이 나가려고 하다가 가만히 서 있는 냉설을 보고는 잠시 주춤했다.

"먼저 나가보시지요."

마천옥이 말했다.

"원주, 원주와 지하부주가 동격이라고 하지 않았소. 그렇다면 다음부터는 우리에게도 말을 놓으시오."

일수일살이 말을 하고는 냉설을 한 번 더 쳐다본 후 나갔다.

냉설은 따로 할 말이 있었다.

"나는…… 뇌궁 궁도가 될 수 없소."

"칠백무원 때문인가요?"

냉설은 고개를 끄덕였고, 마천옥은 예상했다는 듯 쉽게 받아들였다.

“그럼 홍겁일살의 자리는 잠시 비워두지요. 문파에 매인 몸으로 다른 문파에 몸을 담을 수도 없는 노릇이니.”

“독사 패거리가 궁이 된 이상 오래 머무를 수 없을 것 같소.”

“언제 떠날 생각입니까?”

“빠를수록 좋겠죠. 오늘 떠날까 합니다.”

이번에는 마천옥이 고개를 끄덕였다.

냉설이 나간 후, 기다리고 있었다는 듯 당문삼기와 엽수낭랑이 들어왔다.

마천옥은 여전히 담담했다. 그뿐 아니라 당문삼기가 앉자마자 먼저 말을 꺼내기까지 했다.

“당문으로 돌아가실 생각입니까?”

당문삼기는 잠시 놀란 표정이었으나 무림강호답게 곧 태연한 신색을 되찾았다.

“당문도는 타 문파의 입문을 허락하지 않죠. 우리는 당가 사람. 살아서도 당가 사람이고, 죽어서도 당가 사람입니다. 왜 그랬습니까? 차라리 독사 패거리였다면 대형으로 모시고 있을 수도 있었는데.”

“조금 더 성장하려는 진통이겠지요.”

“우리가 떠나는 게 진통이라면…… 어쩔 수 없는 노릇이겠죠.”

“소저도 떠나실 생각이십니까?”

“아뇨. 전 독사 곁에 있을 거예요.”

“네.”

“그렇지만 자하부주의 직책은 감당하기 어렵군요. 그리고 저도 잠시 당문에 다녀와야겠어요. 아무래도 저 혼자서는 음경지의를 어떻게 할 수 없네요."

"하하! 집에는 다녀오셔야죠. 오랜만에 아버님도 뵙고. 하지만 자하부주 자리는 저도 양보하지 못하겠습니다. 사람이 능력을 선보여 직위를 끌어올리는 것이 일반적이지만, 어떤 때는 직위가 사람을 만들어내기도 한답니다. 소저는 자하부주로 조금도 부족하지 않습니다. 제 말을 믿어보세요."

"그리고 이번 일…… 정말 잘못하신 것 같네요."

"하하! 그렇습니까?"

"웃을 일이 아닌 것 같은데요?"

"저와 혜월, 대물의 생각이 같았습니다."

"그래요…… 그럼 잘되기만 바라야겠네요. 떠나는 사람이 많으니 괜히 불안해서……."

"대형은 일당백(一當百)입니다. 무엇을 걱정하십니까? 하하하!"

엽수낭랑과 당문삼기가 돌아가자, 이번에는 마천옥이 혜월을 찾아갔다.

혜월은 습자지를 펼쳐 놓고 오색 물감으로 화조도(花鳥圖)를 그리던 참이었다.

"비시문 출신은 서화(書畵)를 즐기지 않는데 귀한 취미를 가졌군."

"여기서야 누구 보는 사람도 없잖아요."

"하하! 낮말은 새가 듣고 밤말은 쥐가 듣는 법."

"지하라 새가 없고, 석벽이라 쥐가 없네요."

마천옥은 혜월의 맞은편에 앉아 화조도를 물끄러미 바라보았다.

마천옥도 예전에는 서화를 즐겼다. 비시문이라는 문파를 알기 전에는. 온갖 지략을 전수받기 전에는.

"흔히들 능력의 삼 할은 감추라고 한다. 잘못된 말이다. 비시문 출신은 능력의 칠 할을 감춰야 한다. 사람들이 보는 앞에서는 책을 읽어서도 안 되고, 서화를 즐겨서도 안 된다. 지모를 떠올릴 만한 언행은 삼가고 또 삼가야 한다. 상대가 나를 무시할 때 최적의 기회가 생기는 법이며, 인간사는 돌고 도는 법. 누가 상대가 될지는 아무도 모른다. 잠자리를 같이하는 여인이, 부모 형제가 상대가 될 때도 있겠지."

사부님의 말씀은 틀린 게 아니다. 역사를 보면 부모 형제 간의 살육을 쉽게 찾아볼 수 있다.
지모란 최후의 일격을 가할 때까지는 칠 할을 숨겨야 한다.
혜월이 붓을 놀리며 말했다.
"사형, 저한테 빚 하나 졌어요."
"하하! 사매는 독사 패거리가 아닌가?"
"아니죠. 뇌궁 궁도도 아니고. 잠시 머문 것뿐이잖아요?"
"흠…… 그래. 빚 하나 졌다고 하지."
"어떻게 갚을래요?"
마천옥은 대답을 알고 있다. 말하기 거북한 대답을.
"나중에 독약을 줄 거예요. 먹을래요?"
"먹…… 지."
그때…… 혜월이 '나중에'라고 말한 그때는 그녀가 독사를 칠 때일 게다.
마천옥에게는 선택의 여지가 없었다.

혜월이 독약을 내민다면 먹어야 한다. 먹지 않고 되레 혜월을 칠 수도 있으나, 평생 사매를 배신했다는 죄책감에 사로잡혀서 살게 될 것이다.

그것보다 지자는 지략으로 싸워야 한다. 지금 혜월은 선기를 잡았고, 유감없이 휘둘렀다.

자신은 베였다.

독사 패거리를 뇌궁으로 밀집시키는 데 혜월의 역할은 결정적이었다. 혜월이 아니었다면 대물이 말했을 터이나, 혜월의 말과 대물의 말은 비중이 달랐다. 대물이 같은 말을 했다면, 독사는 말을 마무리 짓기도 전에 일갈을 내질러 틀어막았을 게다. 지금의 뇌궁의 창궁을 인정하지 않는 그인데.

'그때쯤이면 이번 일도 마무리되었을 터…… 대형과 혜월의 싸움은 보지 못하겠군. 그래도 원은 남지 않겠지. 무림 최강 문파와 싸웠으니까.'

"자, 이제 뇌궁 궁도가 되는 건가?"

"그러죠. 사형 밑에서 충실히 궁도 역할을 하죠."

"그럼 예광에게 가줘."

"호호호!"

혜월은 새의 날개를 그리다 말고 깔깔 웃어 젖혔다.

"못해요!"

예광은 한마디로 거절했다.

눈에서 독기가 뿜어져 나오고 눈가마저 파르르 떨렸다.

"가야 돼요."

“못 간다고 했죠!”

“첫째! 여기 있으면 계속 요지성녀가 마단과 연통할 거예요. 모두에게 위험하죠. 여기 머물지 못하게 하면서 마단으로 돌아가지도 못하게 만들어야 해요.”

“죽여 버리면 되잖아요!”

“그게 두 번째 이유예요.”

“……?”

“요지성녀는 예광 소저에게 집착하고 있어요. 예전 모습이 아닌데도. 전에 요지성녀가 한 말 기억해요? 예전 모습으로 되돌릴 수 있다고 한 말요? 비록 그 말이 허언이라고 해도 속는 셈치고 한 번 믿어볼 수는 있지 않겠어요? 전 요지성녀가 골인을 품을 만큼 음색(淫色)이 강하다고는 믿을 수 없는데요?”

“…….”

사시와 삼화는 침묵했다.

여인으로서 예전 모습을 되찾고 싶지 않은 사람이 어디 있으랴. 하지만 달랑 예광만 떠나보낸다는 게 영 미덥지 않다.

혜월이 두 가지 이유를 들었다면 사시와 삼화도 두 가지 이유를 들 수 있다. 하나는 요지성녀를 믿을 수 없는 것이요, 또 하나는 예광이 빠지면 그동안 죽음을 넘나들며 고련했던 진법이 상당히 약해진다는 것이다.

“그년이 예광을 끌고 마단으로 가면 책임질 거요?”

무시가 퉁명스럽게 말했다.

“절대로 마단으로는 안 가요. 예광은 골인이에요. 마단주는 골인 척살령을 내렸고. 요지성녀가 아무리 배포가 크다고 해도 죽을 자리인 줄 알면서 찾아가겠어요? 마단주 성격이 아무리 좋아도 골인을 데려온 요지성녀를 보면 일장에 격살할걸요?”

“…….”

쉽게 선택할 수 없었다.

따라가는 것은 구더기를 먹은 것처럼 구역질나고, 따라가지 않자니 혜월이 말한 두 번째 이유가 너무 유혹을 한다.

“잠시 생각해 볼게요.”

“아뇨. 시간이 없어요. 바로 지금 결정을 해줘야 해요. 따라가지 않 겠다면 정말 죽여야 해요. 지금 이 순간에. 혹시 모를 기회가 영원히 사라지는 거예요.”

“죽입시다.”

철시가 결정을 내렸다.

“이대로 골인으로 사는 한이 있어도 광이를 넘겨주지 못하겠소. 설 혹 옛 모습을 찾는다 해도 광이 혼자서는 성 노리개만 될 뿐이오.”

“호호호! 그것도 걱정 말아요. 우리는 요지성녀가 떼어놓는 발자국 을 낱낱이 헤아리게 될 거예요.”

“그래도 죽이는 게 낫겠어. 동주님과 유심동의 많은 원령들이 우리 만 지켜보고 있으니.”

예광은 고민을 거듭하며 사시와 이화의 눈동자를 쳐다보았다. 그리 고 그 속에서 여자가 되어 사느냐, 골인으로 남아 숨어 사느냐 하는 갈 등을 읽었다.

예광이 말했다.

“가죠. 지금 결정하라고 했죠? 지금 떠날게요.”

혜월의 방을 물러 나온 마천옥은 즉시 독사를 찾았다.

방문을 밀치고 들어서자 캄캄한 어둠이 훅 하고 밀려들었다.

바깥에 켜놓은 유등이 아니라면 독사의 모습조차 발견하지 못할 만큼 어두웠다.

마천옥은 자신의 방을 생각하며 더듬어 나가다 유등을 발견하고는 불을 지폈다.

푸악!

노란 불꽃이 기름을 빨아들이며 활활 타올랐다.

팔짱을 끼고 의자에 앉아 깊은 생각에 몰두해 있는 독사의 모습이 비쳤다.

마천옥은 되돌아가 방문을 닫은 다음 독사에게 다가와 앉았다.

"궁주, 모두들 반기고 있습니다. 받아들이셔야 합니다."

"혼자 있고 싶소."

'심정은 이해하나 그럴 수 없군요.'

지금쯤 한 사람, 두 사람…… 짐을 챙겨 떠나고 있으리라.

냉설이 칠백무원으로 돌아갈 게고, 엽수낭랑과 당문삼기도 당문으로 돌아간다. 예광과 요지성녀도 알지 못할 곳으로 떠날 것이다.

그들이 미로(迷路)를 통해 이십 리 밖까지 갈 동안 독사를 잡아놔야 한다.

냉설과 엽수낭랑이 떠나는 것은 독사도 반길 게다. 하지만 당문삼기가 떠나는 것은 만류할 것이 뻔하다. 그들이 떠난다는 것은 섶을 지고 불 속으로 뛰어드는 결과가 될 테니까. 그것보다 호랑이 아가리에 껍질 벗긴 닭을 집어넣듯이 요지성녀에게 예광을 딸려 보낸다는 계획은 소매를 걷어붙이고 말릴 게다.

"대형, 대형이 승낙하지 않으시면 한 걸음도 나가지 않겠습니다."

마천옥은 굳은 의지를 피력했다.

"이건 강압으로 되는 게 아니오."

"강압이 아닙니다. 모두의 뜻입니다. 우리가 강해져야 골인들의 안위도 보장됩니다. 대형의 그늘에 있어야만 마단이 골인들을 함부로 하지 못합니다. 패거리를 버리고 궁도가 된다는 것은 비락봉에서 무공을 수련한 것만큼이나 강해지는 일입니다."

대화를 길게 끌수록 좋았다.

마천옥은 독사를 충분히 설득시킬 자신이 있었다.

지금 이 시간, 떠날 사람들은 조용히 떠나고 있으리라. 독사에게 마지막 말이라도 전하고 싶은 사람들은 대물이 막아설 게다. 독사의 마음을 헤아려 달라면서.

독사는 말이 없었다.

마천옥은 독사가 먼저 입을 열 때까지 침묵을 지켰다. 설득은 시간이 지난 후에 해도 늦지 않을 테니까.

당문삼기와 예광이 떠난 것을 알게 된 독사는 두 눈에 분노의 화염을 담고 마천옥을 노려보았다.

"궁주님의 지위를 인정하셨다면 이런 일은 없었을 겁니다. 전 궁주님의 명령이 없이는 뒷간도 가지 않습니다."

"마…… 천옥!"

"그렇게 불러주십시오."

파르르 공기가 뒤흔들렸다. 바람도 없는데 장포가 휘날리는 듯했다. 독사의 전신에서 뿜어져 나오는 살기는 태풍도 잠재울 듯했다.

"당문삼기와 예광이 어떻게 되리란 걸 알고 한 행동인가!"

"그들은 삽니다."

"목을 걸라."

"걸겠습니다."

"그들이 잘못되면 뇌호혈(腦戶穴)을 가격하겠다. 죽음보다 못한 삶을 살게 될 거야."

'독약까지 먹었죠. 미친놈이 되어 세상을 떠도는 것쯤이야 사양할 리 있겠습니까.'

"말씀은 필요없습니다. 지금이라도 가격하실 수 있습니다. 뇌호혈이든 아혈(啞穴)이든 사혈(死穴)이든. 제 목숨은 궁주님 것입니다."

쾅!

거칠게 문 닫는 소리가 지하 암동을 쩌렁 울렸다.

'처음부터 문파가 되어야 했어. 문파가 된다 싶었는데, 패거리가 되었지. 이제 다시 문파로 돌아온 거야. 첫걸음은 순조롭게 떼어놓았군.'

마천옥은 상쾌한 걸음으로 거처로 정한 두 번째 석실을 향해 걸어갔다.

第五十六章

뇌궁(雷宮)으로

1

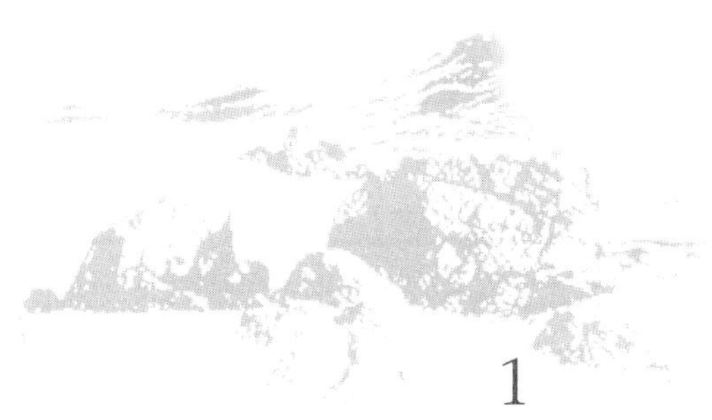

당문은 예나 지금이나 변함없이 많은 사람들로 북적거렸다.

당문은 크게 세 구역으로 나눠진다.

첫째는 화가산 밑에 형성된 작은 마을들로, 각 마을은 화가산으로 올라가는 길목에 형성되어 있으며, 마을에는 각종 약재상과 의원(醫院)들이 빼곡하게 늘어서 있다.

거의 대부분 당문 일족이 운영하고 있으며, 각종 질병에 대한 지식을 공유하고 있다.

당문을 찾아온 환자들은 대부분 여기서 치료하며, 거의 완치되어 돌아간다.

의원들은 병에 대해 고집을 부리지 않는다.

자신이 치료할 수 없는 병이라고 생각되면 즉시 당문에 알리고, 당문은 보고된 병을 가장 잘 아는 의원을 선택하여 내려 보내니, 사실 당문에서 치료받으나 마을에서 치료받으나 매일반이다.

당문이 산 아래에 마을을 조성한 것은, 늘어나는 당문 식구들을 분산시키려는 의도도 있거니와 밀려드는 환자들을 모두 들여놓을 수 없기에 선택한 궁여지책이기도 하다.

또 한 가지 이유가 있다.

어떤 사람이든 당문을 들어서려는 사람은 마을을 거쳐야 하고, 일차적으로 신분 확인을 받게 된다.

당문의 제일관문은 마을이다.

두 번째 구역은 산중턱 곳곳에 있다.

산중턱에는 절대 안정을 필요로 하는 환자들을 위해 작은 움막들이 곳곳에 설치되어 있다.

일인일실(一人一室) 위주이며, 의원이 매일 방문하여 병의 상태를 점검한다. 환자 한 명당 의원 한 명이 배정되니, 특별 치료를 받는 셈이다.

당연히 고가(高價)로, 일반적인 환자들은 이곳을 이용할 엄두를 내지 못한다.

여기에 또 하나의 경계망이 설치되어 있다.

환자들 중에는 정상 환자가 아닌 꾀병 환자가 있다. 당문에서는 가환(假患)이라고 부르는 사람들로, 세속의 어지러운 일을 피해 잠시 몸을 은신한 외부 가환과 당문에서 직접 만들어놓은 내부 가환으로 분류된다.

내부 가환은 고수들이다.

당문으로 들어서는 사람들은 내부 가환의 세심한 관찰을 받게 되며, 당문 입구에 서기 전까지는 거의 알몸이 되어버린다.

마지막 구역은 당문이다.

사천오주의 하나인 당문. 사람들은 문 기둥만 있고 대문이 없는 당문에 들어서는 순간 당문이 왜 사천오주 중 한 자리를 차지하고 있는지 비로소 알게 된다.

"변함없군요."

"몇 년 되지 않았는데, 몇십 년 만에 와보는 기분이군."

당한이 사방을 둘러보며 말했다.

조금도 변한 것이 없다. 지붕을 새로 얹고, 일부 의원들이 현판을 새로 건 것을 제외하면 골목 구석까지 예전과 똑같았다.

"아는 척하지 마세요."

"이런 몰골로 아는 척이나 할 수 있겠나. 걱정 마라."

당문삼기는 말끔했다. 머리에는 음풍사장이 만들어준 방갓을 쓰고 있으나, 옷은 훔친 옷이 아니라 새로 장만한 옷이라 깨끗했다. 피풍의도 장상을 덧댄 것이 아니라 흑색 가죽으로 만든 것이라 정말로 피풍 역할을 해주었다.

그래도 어딘지 이상해 보인다.

그것만은 누구도 어쩌지 못했다. 뼈만 남은 앙상한 몰골에 일반 사람들이 입는 옷을 입었으니 바람이 약간만 불어도 깃발처럼 펄럭였다.

"이게 누구야! 영아 아닌가!"

마을 초입부터 친척과 부딪쳤다.

팔촌 숙부로 오로지 의도에만 몰두한 사람이다.

당문 사람들이라고 하면 대부분 의독과 암기 수련을 거쳤을 것이라고 생각하는데, 크게 잘못된 생각이다. 당문 사람들 대부분은 팔촌 숙부처럼 의술에만 전념하며, 개중에는 암기를 어떻게 사용하는지도 모르는 사람까지 있다.

당문 제일관은 의술을 베푸는 곳이지 무인들이 거주하는 곳은 아니다. 이들이 당문을 위해서 할 수 있는 일은 당문의 귀와 눈이 되어주는 것뿐.

"안녕하셨어요?"

"어딜 갔다 온 게야?"

"……네."

"몇 년 만이니 멀리 갔다 온 게로군."

"네."

"하하하! 반갑다. 반가워. 근데 이 사람들은……?"

"무인들이에요. 당문 구경 좀 시켜주려고요."

"어여 올라가 봐. 아버님부터 뵈야지?"

"네. 너무 보고 싶어요."

"빨리 올라가. 빨리. 꼭 한 번 들르고. 이번에도 들르지 않고 가면 섭섭해할 거야! 그러나저러나 이젠 시집도 가야지?"

팔촌 숙부는 빨리 올라가라고 하면서 쉽게 놓아줄 기색이 아니었다. 이럴 때는 그냥 빨리 지나치는 것이 상책이다. 잡혀서 회포를 풀고 있다가는 한나절이 지나도 마을을 벗어나지 못한다.

"전 그럼 이만. 다음에 꼭 들를게요."

엽수낭랑은 눈인사를 한 다음에 황급히 몸을 뺐다.

마을에서 전서구 한 마리가 날아올랐다.

전서구는 촌각 만에 당문에 도착했고, 숨 몇 번 들이키는 동안에 장문인 흑발백염 당학용의 손에까지 전달되었다.

"영아가!"

당학용은 격동이 크게 일어난 듯 어깨를 꿈틀거렸다. 그러나 그는 부녀 간의 정리를 생각하기보다는 문파의 안위를 먼저 떠올려야 할 장문인이다.

더욱이 당안령이라는 글자 밑에 '방갓을 눌러쓴 사내 세 명'이라는 글귀가 신경에 거슬렸다.

'영아가 데려온 사내라면…… 당문삼기. 당문 최대의 위기로군.'

당학용의 얼굴빛이 암울해졌다.

흑발백염은 잠시 숙고를 하더니 곧 명을 내렸다.

"이수(二叟)를 들라고 해."

그리고 조금 있다가 또 명을 내렸다.

"오독군자(五毒君子)도 들라고 해."

당학용은 이수와 오독군자가 도착하기 전, 두 번째 전서를 받았다.

평상시라면 두 번째 전서가 도착하기에는 너무 일렀다.

'시작했는가…….'

불안한 심정으로 펼쳐 본 전서에는 예상했던 대로 불길한 내용이 적혀 있었다.

제일관, 가환(假患) 잠입. 삼십삼처(三十三處) 가환수(假患數) 총 이백삼 명. 삼심삼처 전멸 예상 시간 반 각.

백독수(白毒叟) 당휴(唐麻), 천외수(天外叟) 당관(唐觀).

무림에서는 이들을 당문이수(唐門二叟)라고 부른다.

당문주와 동배(同輩)이며, 당문십독과 당문십비의 제일좌를 차지하고 있는 사람들이다.

무림에서는 이들의 모습을 좀처럼 볼 수 없다. 이들이 직접 나설 정도로 중대사가 발생한 일이 없기 때문이다.

타파 장문인의 생신 연회와 같이 당문주가 직접 참석해야 할 자리에 대신 참석해도 불쾌해할 사람이 없는 사람들.

"영아가 왔네."

당학용이 침울한 음색으로 말했다.

"일전에 현문이 뒷꼬리를 잡다가 크게 데였다더니 사실이었던 모양이군요."

백독수 당휴가 침울한 음성으로 말했다.

인상이 좋으면서도 강인해 보이는 사람이다. 다부진 몸이 나이를 추측하기 어렵게 만든다.

"백부님 소식은 없습니까?"

천외수 당관이 싸늘한 음성으로 물었다.

좀처럼 가까이 다가서기가 어려운 사람 같다. 냉막한 얼굴에서는 찬 서리가 풀풀 피어난다.

이들이 당문의 두 늙은이, 당문이수인 것이다.

당학용이 고개를 가로저으며 말했다.

"영아와 당문삼기만 왔네."

"음……!"

신음이 가느다랗게 흘러나왔다.

오독군자 당악은 한마디도 하지 못했다. 평소 같으면 소신을 마음껏 피력했을 터인데, 지금은 자식들 문제와 연관되어 있을 뿐 아니라 당문의 존폐와도 상관된다.

그가 낄 자리가 아니다. 그럼에도 문주가 자신을 부른 것은 자식들이 연관되어 있기 때문이리라.

그는 문주의 마음을 읽었다.

'어쩔 수 없는 일이겠지요.'

"이수, 멸광비화(滅光飛火)는 진전이 어떤가?"

백독수 당휴가 고개를 가로저었을 뿐, 대답은 없었다.

당학용의 질문이 당악에게 이어졌다.

"마단이 어떤 행동을 할 것 같나?"

당악은 올 것이 왔다는 심정으로 대답했다.

"당문을 칠 겁니다."

"예상 손실은?"

"전…… 멸."

"현문의 가담 여부는 어떤가?"

"거리가 너무 멉니다. 영아와 못난 자식놈들이 생명을 부지하고 있다면 마단은…… 관련있는 문파를 암중에 감시하고 있을 겁니다. 영아와 자식놈들의 행보는 일찍 노출되었을 테고…… 지금쯤 움직이고 있을 겁니다. 현문에 전갈을 보낸다 해도 늦습니다."

"맞네. 벌써 제일관에 가환자 수가 이백삼 명이야. 초토화 예상 시간은 반 각이라는 전갈이 있었지."

"바, 반 각요?"

백독수 당휴가 놀라서 소리쳤다.

아무리 무공이 미약한 사람들이라지만 반 각이라면 너무했다. 그것은 당문 본문에 있는 사람들이 총동원되어 제일관을 쓸어버리는 것보다 더 짧은 시간이다. 잠입한 사람들의 무공이 한결같이 절정이라는 소리다.

보고가 과장되었을 수도 있다. 하지만 아무리 과장되었다고 해도 그 정도 보고라면 한 시진 안에 초토화되리라.

“음……! 너무 늦게 알았습니다.”

천외수 당관이 신음을 토해냈다.

그때, 밖에서 우렁찬 음성이 들려왔다.

“문주님! 전서가 도착했습니다!”

당학용은 손짓으로 막 들어서려는 무인을 내보냈다.

전서는 읽어볼 필요도 없다. 영아와 당문삼기가 두 번째 구역 초입에 도착했다는 내용일 테니.

당학용은 의자에 깊숙이 몸을 누이며 말했다.

“당문이…… 최대한 버틴다면 얼마나 버티겠나?”

오독군자 당악은 대답할 수 없었다.

수십 번, 아니, 수백 번 수천 번도 넘게 대응 방안을 고심해 왔다.

결과는 필패다. 마단의 규모는 정확히 알지 못하지만 현문에서 제공해 준 정보를 십분 믿는다면 어떤 대응을 하더라도 반나절 만에 무너지고 만다.

지난 세월 동안 당문도 손 놓고 앉아만 있지는 않았다.

현문이 막아주고 있다고 해서 가만히만 있을 수는 없는 일. 무림 한 구석에 마단과 같은 집단이 존재한다는 사실만으로도 문파가 발칵 뒤집힐 중대 사안이다.

당문이 마단에 관한 일을 현문에게 일임한 것은 대응 방안이 없기도 하려니와 시간을 벌어야 할 필요를 느꼈기 때문이다.

마단은 반드시 나온다. 그들이 무림에 나와서 할 일이 무엇인가. 제일 먼저 사천오주부터 깨뜨리리라. 당문은 마단이 있으리라 추정되는 곳에서 제일 가까운 위치에 있고, 강하기 이를 데 없는 예봉을 맞게 된다.

당문이 필승지책으로 생각한 것은 멸광비화. 하지만 멸광비화의 완성은 요원하기만 하다. 몇 대에 걸친 장구한 세월 동안 고심참담을 거듭해 왔어도 아직 미완성인 것을.

침묵이 흐르는 사이, 밖에서 또다시 우렁찬 음성이 들렸다.

"문주님! 전서가 도착했습니다!"

호법을 맡고 있는 무인은 먼저 사례가 있어서인지 이번에는 보고만 할뿐 들어서지 않았다.

"이번에도 물러서야 하는가……."

당학용의 입에서 비감한 음성이 새어 나왔다.

당진도가 백비로 들어섰을 때 한 번 물러섰다. 당안령과 당문삼기가 들어섰을 때 두 번째로 물러섰다. 이번에 물러서면 세 번째.

세 번씩이나 지레 겁을 먹고 물러선 사실이 무림에 알려지기라도 하는 날에는 무슨 낮으로 무림동도를 대할 것인가. 그것도 직접 대면해 보지도 않은 상대에게.

"제가 가겠습니다."

천외수 당관이 몸을 일으켰다.

당학용은 주먹을 불끈 쥐고 부르르 떨 뿐, 말리지 못했다.

'자, 잠깐! 다른 수가…… 분명히 다른 수가 있을 것…….'

당악도 두 눈을 감고 마음속으로 소리만 외칠 뿐 입 밖으로 꺼내지 못했다.

다른 수는 없었다.

엽수낭랑과 당문삼기는 눈을 감고도 걸을 수 있는 산길을 걸어 올라
갔다.

오랜만에 밟아보는 길이다.

집으로 가는 길.

마음이 포근했다. 길 옆에 피어나는 야생화도 정겹고, 푸른 나무도
반기는 듯했다.

"지금쯤 전서가 부지런히 날고 있겠죠?"

엽수낭랑이 즐거운 듯 말했다.

당문의 전서는 대상을 구분하지 않는다. 어린아이가 길을 잃고 산길
을 더듬어 올라가더라도 전서구는 날아오른다. 하루 동안 당문 본문을
오가는 사람들의 숫자는 무려 백여 명이 넘지만, 그때마다 한 번도 놓
친 적이 없다.

"이상해. 지금쯤 아버님이 오셨어야 하는데."

당한이 불길한 듯 사방을 둘러보며 말했다.

몇 년 만에 돌아온 자식이다. 백비로 들어갔다는 것은 이미 알려졌
을 테고, 일단 빠지면 결코 헤어 나오지 못한다는 백비에서 자식이 살
아 돌아왔는데…… 한달음에 달려나올 부친이건만…….

"출타(出他)를 하셨겠죠."

엽수낭랑은 가볍게 받았다.

"아냐. 그럼 어머니라도 나오셨어야 해."

당호가 걸음을 멈추며 말했다.

당문삼기는 무림 경험이 많았다. 그들은 이상한 기미를 포착하는 즉
시 사방을 예리하게 훑어보기 시작했다.

주위에는 아무런 변화도 없었다. 사람이 숨어 있다거나 하는 흔적은 조금도 찾아볼 수 없었다.

"신경이 예민해졌나?"

당한이 중얼거릴 때,

"아뇨. 예민해지신 게 아녜요."

엽수낭랑이 산 위에 있는 전각들을 보며 말했다.

천외수 당관이 걸어 내려왔다.

"문규를 말하라!"

천외수 당관의 음성은 오랜만에 만난 혈족의 음성이라고 할 수 없었다.

"제가 말할게요. 일(一), 불능장가전기예사자외전(不能將家傳技藝私自外傳). 이(二), 불능사자투학기능(不能私自偸學技能)."

"축문규(逐門規)를 말하라!"

"일(一), 위반문규(違反門規). 이(二), 배반당문(背反唐門)이죠."

"알고 있으면서 그런 행동을 하다니!"

"……."

엽수낭랑과 당문삼기는 침묵을 지킨 채 당관의 의도만 살폈다.

"너희는 문규 두 개를 모두 위반했다."

위반한 일이 없다.

"첫 번째, 가전무공을 사사로이 외인에게 전수하지 말라는 문규를 어겼다."

그런 일 없다.

"두 번째, 무학을 훔치지 말라는 문규를 어기고 타인의 무공을 훔쳤다."

맹세코!

"너희는 문규를 위반했을 뿐 아니라 당문을 배반했다. 외인과 결탁하여 당문을 급습하려 한 행위는 만고에 용서받지 못할 대죄다."

천외수 당관은 이렇게 말이 많은 사람이 아니다. 그가 용서받지 못할 죄인에게 말을 할 때는 죽음이 임박한 상대의 마지막 숨을 끊어놓을 때뿐이다.

'숙부님, 반가웠어요. 그리고 고마워요.'

엽수낭랑의 눈길을 대한 당관의 눈빛이 심하게 흔들렸다.

"호호호! 들켰네요. 그럼 이제 어쩌나? 도주해욧!"

엽수낭랑은 말을 마치자마자 신법을 전개해 쏜살같이 산 아래로 쏟아져 갔다.

쉬익! 쒜에엑……!

산속 여기저기서 암기들이 쏟아져 나오기 시작했다.

당문 제이관에 머무는 사람들은 당문십독이나 당문십비에는 들지 못했지만 그 자리를 넘볼 만큼 뛰어난 무인들이다.

소나기처럼 퍼붓는 암기세례는 도주를 용납하지 않았다.

"타앗!"

엽수낭랑은 허공에서 두 번이나 신형을 뒤틀며 암기를 피해냈다.

그녀의 두 발은 나뭇가지를 밟았고, 밟는다 싶은 순간 다시 도약해 다른 나무로 옮겨갔다.

당문삼기도 예전의 당문삼기가 아니었다. 독사 패거리가 비락봉에서 수련을 할 때, 음경지의 연구에만 몰두한 것이 아니다. 독사에게 전수받은 광무신승의 불범성공을 최대한으로 흡수했다.

사라락……!

생선 비늘처럼 생긴 암기들이 옷깃을 스쳐 갔다.

예전의 당문삼기라면 당문십독이나 십비 자리를 차지했다 하더라도 꼼짝없이 당했을 게다.

제이관 무인들이 총동원되어 쏟아 붓는 암기는 하늘의 비, 천우(天雨)나 다름없었다.

“앗!”

엽수낭랑이 발을 헛디디며 삐걱거렸다.

그녀의 신형은 금방이라도 떨어질 듯 위태로웠으나, 곧 중심을 되찾고 창응(蒼鷹)처럼 날렵하게 도주했다.

당문 제이관 무인들은 엽수낭랑과 당문삼기를 잡지 못했다.

도주가 너무 신속했다. 공격하는 사람들만큼이나 지리를 환히 알고 있는 사람들이라 산세를 이용한 암기 공격은 큰 위력을 보이지 못했다.

당문 제일관에서는 약간의 부딪침이 있었다.

제일관 당문도 역시 엽수낭랑과 당문삼기의 축문(逐門)을 전해 들었고, 앞길을 가로막았다.

당한은 그중 한 명의 가슴에 수리검을 격중시켰다.

즉사.

당한에게는 육촌 동생이 되는 자다.

당옥의 비표(飛鏢)도 한 명을 살상했다. 당호의 극독은 무려 십여 명이나 쓰러뜨렸다. 그들을 살리고 죽이는 일은 당문의 해독술에 달려 있을 게다.

이제 당문과 엽수낭랑, 당문삼기는 같은 하늘을 이고 살 수 없는 처지가 되고 말았다.

자정(子正)이 넘은 시간, 천외수 당관은 침울한 신색으로 천천히 걸음을 떼어놓았다.

엽수낭랑과 당문삼기를 면전에서 놓친 것이 회한이 되어 돌아오는 것인가. 하기는 당문십비의 제일좌를 차지하고 있는 그에게는 문중의 반도를 놓쳤다는 것이 기분 좋을 리는 없을 게다.

그는 자연스럽게 걸어 엽수낭랑과 마주쳤던 장소에 이르렀다.

엽수낭랑이 도약했던 나무를 만져 보았다.

주변은 이미 깨끗하게 정리되어 싸움의 흔적을 찾아볼 수 없었다.

나무에 새겨진 암기 흔적만이 격렬한 천우가 쏟아졌음을 짐작하게 할 뿐이다.

당관은 진기를 끌어올려 주변을 살폈다.

'아무도 없어.'

그래도 안심이 되지 않았다.

편편한 초지를 골라 팔을 베고 누웠다.

별이 촘촘하게 떠 있는데…… 엽수낭랑과 당문삼기는 어디서 밤이슬을 맞고 있을까?

영민한 아이들이다. 단 한 번밖에 주어지지 않은 활로(活路)를 놓치지 않았다. 조금만 행동이 굼떴더라도 고슴도치가 되어 쓰러져 있을 게다.

그러나 제일관에서 혈족마저 쓰러뜨리리라고는 생각하지 못했다.

잘한 일이다. 냉정할 때는 냉정해져야 한다. 만약 그런 일이 없었다면 자신의 위계(僞計)는 헛수고가 될 뻔했다. 아니, 도리어 당문을 위태롭게 하는 일이 되었을지도.

‘무공이 굉장해졌어. 비항파 무공은 아니던데…… 백비에서 기연이라도 만난 건가.’

당문삼기도 강했다.

그들이 죽기를 각오하고 혈전을 벌였다면 당문도 상당한 피해를 입었을 게다.

시간이 흘러 동이 터오기 시작했다.

그동안 당관은 생각만 하고 있지는 않았다. 그는 태연하게 밤하늘을 올려다보고 있었지만, 그의 신경은 주변을 세심하게 더듬고 있었다.

붉은 해가 모습을 드러내기 시작했다.

불덩이가 솟구치는 것처럼 빨간 불이 산 너머로 올라온다.

당관은 그제야 일어나 어슬렁어슬렁 걸었다.

그의 발걸음은 엽수낭랑이 발을 헛디뎌 삐걱거린 곳에 멈췄다. 그리고 눈에 보이지 않을 만큼 빠른 손놀림으로 잡초 더미 속에 떨어져 있는 가죽 주머니를 주워 품에 찔러 넣었다.

안에 무엇이 들었는지 차디찬 한기가 심장을 얼려 버리는 듯했다.

그는 놓치지 않았다.

엽수낭랑이 발을 헛디딜 때 보여주었던 간절한 눈빛을.

‘살아 있어라. 살아 있어야 한다. 살아 있다 보면 언젠가 웃으며 만날 날이 있겠지.’

천외수 당관은 아직도 엽수낭랑과 당문삼기를 놓친 죄책감에서 벗어나지 못하는 듯 발걸음이 무거웠다.

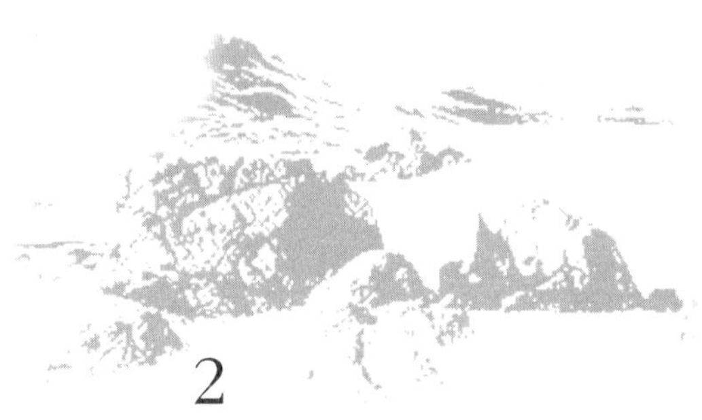

2

뇌궁(雷宮)으로

홍검쌍살은 훈련을 잘 받은 무인이다.

그것은 수련이라고 할 수 없다. 수련과는 종류가 다른 훈련이다.

칠백무원이 탄생시킨 최고수는 홍검쌍살이 아니지만 가장 훈련이 잘된 무인을 꼽으라면 홍검쌍살이 될 것이다.

홍검쌍살은 정보를 캐내고, 뒤를 밟고, 추적을 뿌리치는 최상의 훈련을 받았다.

칠백무원은 고민했다. 마단에 청성파 고수를 잠입시키는 일은 현문과의 약조를 깨는 일일뿐더러 자칫하면 마단의 이목이 청성파로 집중될 수 있는 중차대한 문제였다.

이런 문제에 가장 무공이 강한 자를 보낼 것인가, 훈련이 가장 잘된 자를 보낼 것인가.

고민 끝에 내린 결정은 홍검쌍살로 귀착되었다.

홍검쌍살 중 조가상이 죽었다.

냉설은 고독함을 느꼈다.

조가상과 함께 무림을 횡행할 때는 외로움을 느낀 적이 없었는데, 세상에 홀로 떨어지고 보니 적막강산이 따로 없었다.

그는 독사에게서 떨어져 나왔지만 칠백무원으로 돌아갈 수도 없었다. 청성파로 돌아갈 수는 더 더욱 없었다.

칠백무원에서는 끊임없이 접촉을 시도해 왔다.

멸혼촌에 잠입했다가 무사히 빠져나왔으니 어떤 소리라도 듣고 싶을 게다.

지금도 그렇다. 앞 자리에 앉아 천천히 만두를 집어 먹는 사내는 분명히 접촉 의사를 전해오고 있다. 얼굴은 본 적이 없는 사내지만 칠백무원의 무인임이 분명하다. 칠백무원 무인들만이 아는 신호를 보내오고 있으니까.

탁!

사내가 저금을 놓았다. 팔자형(八字形). 저금 끝은 자신을 향하고 있다.

'만두를 들었다 놓고.'

사내가 만두를 집어 들어 반으로 쪼갰다. 그리고 다시 놓았다.

'저금을 들어서 접시를 두 번 치고.'

사내는 냉설의 속마음처럼 저금을 집어 들어 접시를 두 번 찍었다.

'오른쪽 만두를 위로 밀쳐 놓고, 왼쪽 만두를 집어 든다.'

이어지는 사내의 행동은 한 치의 어긋남도 없었다.

칠백무원의 접선 신호다.

그러나 지난 일 년처럼 냉설은 신호를 보내지 않았다.

그가 마천옥에게서 받은 밀명은 중원무림의 동태를 살피는 것이었다. 고의든 타의든 사천무림 각 문파를 돌아다녀야 할 밀명. 그가 접선할 마음이 있었다면 얼마든지 접선할 수 있었다.

그는 시도하지 않았다. 뿐만 아니라 지난 봄부터 그의 출도를 알아낸 칠백무원이 접선 신호를 보내와도 응답하지 않았다.

무려 일 년이나 이어진 구애와 거절이다.

만두를 먹던 사내가 갑자기 신경질적으로 만두를 내려놓더니 점소이를 불렀다.

"이봐! 이봐!"

아닌 밤중에 홍두깨로 느닷없이 호통을 들은 점소이는 다급히 달려왔다.

"손님, 무슨 일이라도……?"

"여기 만두에 파리가 들었잖아!"

'파리?

냉설의 눈빛이 침울하게 가라앉았다.

점소이와 사내 사이에 고성이 오가기 시작했다.

파리가 없다는 것이 점소이의 주장이다. 사내가 만두 값이 없어서 생떼를 부리고 있다고 고래고래 고함을 질러댄다. 얼핏 봐도 무인임이 분명하니 대놓고 욕은 못하면서 언성만 높인다.

다툼은 결국 사내가 이겼다.

"그냥 가쇼. 만두 값은 안 받을 테니."

"그렇게는 못하겠는데. 다시 가져와."

"만두 없수다. 가쇼."

사내가 빙긋 웃더니 일어서서 나갔다.

점소이의 말은 일면 맞지만 일면은 틀리다. 파리가 없다는 것은 사실이지만, 만두 값이 없어서 억지를 부린 것은 아니다.

─접선을 시도해도 무응답으로 일관한다면 마지막 경고를 한다. 이유있는 무응답일지라도 마음만 있으면 어떻게든 접선은 가능하기 때문이다. 마지막 경고를 하는 방법은 접선을 시도하던 장소에서 이유없이 타인에게 시비를 거는 것이다. 일차 접선 시도, 이차 시비다. 순서를 바꿔서는 안 된다. 그래도 접선을 해오지 않을 경우에는 정체가 완전히 노출된 것으로 간주, 척살한다. 만약 그대들이 반대 입장이라면 칠백무원을 위해 스스로 목숨을 끊어주기 바란다. 접선 시도 자체가 위험을 안고 있는 것이니, 동문을 죽이지 마라.

칠백무원은 많이 기다렸다. 장장 일 년 이상을 꾸준히 다가왔으니 사정을 많이 고려해 준 셈이다. 백비에 관한 일이 청성파에게는 문파의 존립을 좌우하는 중대 사안인 탓도 있겠지만.
이제 냉설 자신이 접선을 시도해야 한다. 그렇지 않을 경우, 마단에 칠백무원의 간자임이 드러났다고 간주하여 척살을 준비할 것이다.
'하필 이때…… 대형과 헤어져 마음이 우울한데, 하필이면 이때 경고를…….'
냉설은 시켜놓은 국수를 저금도 대보지 않은 채 멀거니 쳐다보다가 일어섰다.

기이한 느낌이 *끈끈하게* 달라붙었다.
냉설은 사람이 많은 시장 쪽으로 발길을 옮겼다.

‘누구냐! 미행하는 자가…….’

보이지는 않지만 틀림없이 미행자가 있다.

냉설은 시장 입구에서 청동으로 만든 촛대를 만지작거리며 주위를
살폈다.

“닷 푼이오.”

상인의 말은 귀에 들리지도 않았다.

냉설은 많은 사람들 중에 한 명의 여인을 발견해 냈다. 등에 아기를
업고 야채를 흥정하는 여인. 국수를 시켜 먹을 때, 옆을 스쳐 간 것 같
은데.

촛대를 놓고 시장 안쪽으로 들어섰다.

안으로 갈수록 길은 좁아지고, 사람은 많았다.

냉설은 떡판 앞에 멈춰 서서 떡 한 개를 집어 입속에 넣었다. 눈길은
재빠르게 사방을 훑었고, 여인을 찾아냈다. 생닭을 흥정하는 아기 업
은 여인을.

그녀의 손에는 야채가 들려 있지 않았다.

‘저 여자군.’

상대를 알면 피하기도 쉬운 법이다.

냉설은 사람들을 밀쳐 내며 재빠르게 걸었다.

약 오 장쯤 빠져나왔을까? 아직도 여인이 따라오는가 싶어서 고개를
돌려보자, 닭 한 마리를 사 들고 돌아가는 여인의 뒷모습이 보였다.

‘아니었나? 하기는 무공도 모르는 촌부에 불과한데. 도대체 누구란
말인가.’

끈적끈적 달라붙는 불길한 예감은 여전했다.

신령은 감각으로 예감을 접하지만 냉설은 반복된 훈련의 결과로 느

낌을 잡아냈다.

'신경과민…… 신경과민이었을 수도…… 하기는 마단이 워낙 강했으니까. 하기는 일 년 넘게 따라붙을 수는 없겠지. 이목을 감쪽같이 속이고 접선을 해야 돼. 오늘 밤.'

냉설은 숙소로 정한 객잔으로 돌아왔다.

점소이가 반갑게 달려나와 맞이했다.

"구경 잘하셨습니까? 오늘은 장날이라서 볼 것이 꽤 있었을 겁니다. 저녁은 어떻게……?"

냉설의 손끝은 가늘게 떨리고 있었다.

객잔 건너편에 있는 다루(茶樓)에서 유생과 차를 마시고 있는 여인. 등에 아기를 업고 있지는 않았고, 입고 있는 의복도 틀렸지만…… 고개를 약간 옆으로 숙이고 말하는 모습은 야채를 흥정하던 여인의 모습이었다.

시장이 작파하고 세상이 혼곤한 잠에 빠져들 무렵, 냉설은 객잔을 빠져나왔다.

창가에 서서 등 뒤를 노려보고 있을 칠백무원 동문의 모습이 뚜렷하게 그려졌다.

'후후후! 마음만 있으면 접선할 방법이 있다고? 개소리. 정체가 완전히 노출되었다고? 맞아. 노출되었지. 칠백무원의 훈련에 하나를 더 첨가해야 돼. 정체가 노출되었어도 전할 말이 있을 수 있어.'

청성파는 기본부터 다시 바꿔야 한다.

사천오주라는 명성에 안주했다가는 조만간 큰 코를 다치고 만다.

청성파에서 알고 싶은 것은 마단의 규모와 마단주란 자가 무림에 나

올 가능성이 있느냐 하는 것, 그리고 나온다면 시기는 언제쯤일까 하는
것이다. 마단주의 무공 경지까지 알아내 주면 좋지만 그것까지는 바라
고 있지 않을 게다.

냉설은 궁금증을 거의 대부분 풀어주지 못하지만 한 가지만은 분명
하게 풀어줄 수 있다.

조만간…… 마단주가 무림에 나올까? 근시일 내에 나온다. 확실하
다. 무슨 목적으로? 궁극적인 목적이야 모르지만 무림이 혈해에 잠길
것은 자명하다. 우려가 지나친 것 아닌가? 절대 아니다. 마단의 무공을
겪어본 사람이라면 모두가 절대 아니라고 말할 거다. 믿지 못하겠다면
독사란 자가 있다. 그를 만나봐라.

'칫! 난 이제 칠백무원 척살 대상 제일호야.'

밤길을 걸어서 냉설이 도착한 곳은 가정부(嘉定府) 양강(陽江)이었
다. 양강이 목적지는 아니다. 양강과 맞닿아 있는 민산(珉山)이 목적지
였다.

민산은 큰 구릉 정도의 산으로 강을 바라보며 요(凹)의 형태를 띠었
고, 움푹 들어간 골에는 삼십여 호의 마을이 있었다.

근처 주민들에게는 '늑대골 수적패'라고 알려진 마을이다.

마을 사람들의 생업은 목탄을 만드는 일과 어업(漁業)이나 실제로는
수적질과 범죄자를 은닉시켜 주고 돈을 받아 챙기는 일이 주업(主業)이
었다.

냉설은 마을로 들어선 후에도 거침없이 걸음을 옮겨 골목을 구비 돌
았다.

마을이 끝나는 부분에 산으로 올라가는 산길이 있고, 산길을 삼 장

쯤 올라가면 비탈진 곳에 지어진 움막집이 있다.

냉설이 찾아온 곳이다.

울타리로 없고 집 한 칸만 달랑 있는 움막집으로 쑥 들어섰다.

방문을 열자 퀴퀴한 냄새와 함께 오줌 지린내 같은 비릿한 냄새가 물씬 풍겨 나왔다.

방 안으로 들어서서 유등에 불을 밝혔다.

방 안은 밖에서 보는 것처럼 초라했다. 나무를 거칠게 다듬어 만들어놓은 탁자 하나와 침상 하나가 고작이었다. 그리고 침상에는 발가벗은 두 남녀가 잠들어 있었다.

냉설은 탁자에 앉아 물 한 잔을 따라 마셨다.

낯선 인기척을 느꼈음인지 사내가 눈을 부스스 떴다. 그는 냉설을 보았고, 화들짝 놀라 일어섰다.

"웬 놈……."

"나네."

"응? 이게 누구야? 이 오밤중에 대체 무슨 일이슈?"

사내는 황급히 일어나 주섬주섬 옷을 챙겨 입었다.

발가벗은 여인의 알몸이 적나라하게 드러났다. 사십 줄에 들어선 농염한 여인으로 희멀건 둔부는 탄력이 넘쳐흘렀다.

사내는 여인의 몸을 가려줄 생각도 하지 않고 누런 이를 씩 드러내며 냉설 맞은편에 와서 앉았다.

"오밤중에 찾아온 것을 보니 급한 일인가 보구려."

"은신처가 필요해."

"흐흐! 그래서 나 같은 놈이 있는 거잖소. 귀신도 모르는 곳이 있기는 한데."

“얼마?”

“쉰 돈이오.”

“금은 없고, 어음으로 하지.”

“호호호! 나으리가 어음을 금으로 바꿔오면 되잖수. 빨리 움직이면 정오까지는 다녀올 수 있을 거요. 그때 다시 이야기합시다.”

“정 금이어야 하겠나?”

“어지간히 급하신 모양이오? 하지만 안 되겠소. 아무리 돈이 좋아도 내 목숨만이야 하겠소.”

“그럼 이따 정오에 다시 오지.”

“호호호! 그럽시다. 만반의 준비를 갖춰놓고 있겠소.”

냉설은 밖으로 나왔다.

귀신도 모르는 곳이란 새빨간 거짓말이다. 같은 장소를 몇 번이고 반복해서 써먹는 관계로 냉설 같은 사람에게는 거의 대부분 알려진 곳이다.

냉설은 밖으로 걸어가는 척하다가 부엌으로 살며시 스며들었다.

부엌에는 뒷문이 있고, 뒷문으로 나가면 땔감으로 준비해 놓은 마른 소나무 더미가 있다.

냉설은 소나무 더미를 들어 올린 후, 안으로 파고들었다.

누구…… 냉설…… 아무 소리…… 크윽!

간간이 들려온 소리만으로도 상황을 익히 짐작할 수 있었다.

냉설은 궁금해졌다. 쫓아온 사람이 누굴까? 객잔에서 봤던 여인일까, 아니면 칠백무원의 무인일까?

저, 저는 아무 죄…… 제발 살려…… 아악!

그가 누구든 쫓아온 사람의 손길은 꽤나 매정했다.

표식을 남겨놓는 방법, 서신을 숨겨놓는 방법…… 온갖 방법을 강구했지만 전신에 달라붙은 끈끈한 감촉을 떨쳐 버리고 칠백무원과 접촉할 방법은 없었다.

지독히도 은밀한 그들은 언제 어디서나 냉설의 꽁무니를 따라다녔고, 한시도 감시의 눈길을 늦추지 않았다.

그들의 눈길 앞에서 칠백무원의 훈련은 무용지물이 되었다.

'이놈들은 십이추시 같은 놈들이야. 근접전에서 자폭하는 무서운 놈들. 추적에도 일가견이 있었지. 십이추시…… 그놈들 아닐까? 비슷한 놈들이겠지.'

냉설은 꼬박 하루 동안을 소나무 더미 속에서 지낸 후, 살며시 빠져나왔다.

'일단 누가 왔는지 파악하는 게 급선무.'

움막집 나무판자를 소리나지 않게 뜯어냈다.

부엌을 지나 방문으로 들어가는 것은 위험했다. 자신이 노출될 행위는 아무리 사소해도 하지 말아야 한다.

나무판자를 뜯어내자 훅! 하고 역한 비린내가 풍겨왔다.

제일 먼저 시야에 들어온 것은 아직도 교성을 내지를 것 같은 여인의 알몸.

그가 뜯어낸 나무판자가 침상과 이어져 있기 때문이다.

사지를 벌린 채 널브러져 있는 여인의 몸에서는 도검의 흔적이 보이지 않았다.

눈을 나무판자에 바싹 대고 조금 더 자세히 살펴보자 사인이 파악되었다.

흉기는 검이다. 정수리를 콕 내리찍듯이 가볍게 쳤다.

무인에게는 아주 가벼운 일격이다. 정확히 백회혈(百會穴)만 무너뜨렸다. 여인은 검이 닿는 순간 혼절했을 게고, 아주 짧은 순간에 목숨을 잃었다.

'접타(蝶打)!'

흉수는 칠백무원의 무인이다.

여인을 친 수법은 두말할 것도 없이 칠백무원 무인들이 가장 기본적으로 수련하는 타법(打法) 중 하나다.

죽어 있는 사내도 바로 찾았다. 의자에 앉아 머리를 뒤로 젖힌 채 죽어 있다.

칠백무원의 무인은 의자 뒤에서 머리칼을 움켜잡고 천천히 목젖을 갈랐다.

사내는 극심한 통증과 공포를 느끼며 죽어갔다.

몇 가지 사실이 확실해졌다.

칠백무원이 자신을 죽이기로 작정했다. 마단은 뒤만 밟을 뿐 행동을 취하지 않는다. 그리고 이건 확실한 것은 아니지만, 그가 칠백무원과 접촉하는 순간부터 마단은 행동을 취할 게다. 칠백무원을 공격하는 것으로.

냉설이 빠져나갈 구멍은 없었다. 세상은 넓으나 그가 숨을 곳은 아무 곳도 없었다. 그가 움직일수록 칠백무원과의 관계는 악화될 것이다. 어쩌면 동문과 검을 맞대는 일이 벌어질지도 모른다.

숨을 곳은 오직 한 군데, 독사의 울타리 안이다. 뇌궁.

'그럴 수는 없어. 사문을 등질 수는.'

마을을 빙 돌아 민강으로 내려온 냉설은 두어 명이 간신히 탈 만한 나룻배 한 척을 훔쳤다.

민강을 건너면 아미파(峨嵋派)가 지척이다.

그들 그늘에 숨는다는 것은 말도 안 된다.

그럴 생각은 없다. 그가 생각한 것은 아미산(峨眉山), 깊디깊은 아미산은 최적의 은신처를 제공해 줄 것이다. 머리 속을 정리할 당분간은.

나룻배를 저어가던 냉설은 그물을 걷어 올리는 부부와 마주쳤다.

냉설은 무심히 지나쳤다.

아니다. 겉으로만 무심할 뿐이다. 그의 손끝은 전처럼 가늘게 떨려 나왔다.

고개를 옆으로 약간 젖힌 채 그물을 걷어 올리는 여인.

'그토록 주의했건만…… 아무도 따라붙는 자가 없었는데…….'

그러나 여인의 등장은 불길한 징조의 시초에 불과했다.

나룻배가 강안과 가까워지자, 냉설은 강변에 서 있는 무인을 발견해 냈다.

자신이 잘 훈련받은 무인이라면, 상대도 잘 훈련받은 무인이다.

'동문과 검을 부딪칠 수는 없어. 뇌궁밖에 없는가.'

냉설은 강물 속으로 몸을 날렸다.

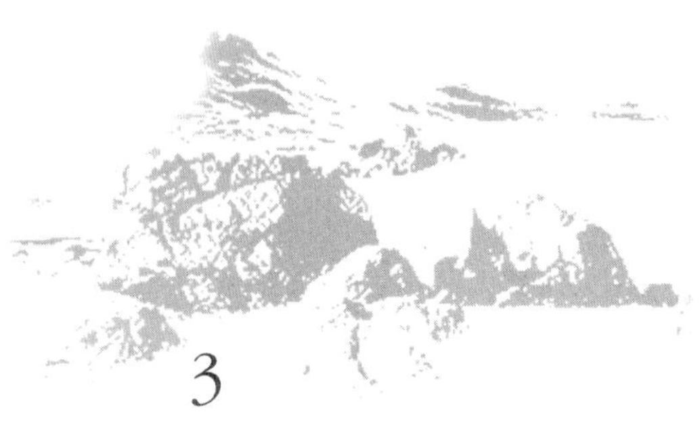

3

뇌궁(雷宮)으로

　마구오신과 왕가달은 산길을 더듬어 나아갔다.

　마구오신은 허리춤에 헝겊으로 둘둘 만 장창을 휴대했다.

　그들이 선택한 병기 장창은 실전에서는 효용 가치가 높지만 이동 시에는 불편한 점이 없지 않았다. 마구오신은 이런 점을 보완하기 위해 고수들의 의견을 취합한 결과 특별한 창을 만들었다.

　보통 창법에는 창대의 탄력성을 이용한 초식이 존재하나 마구오신의 창법에는 탄력성이 크게 소용되지 않기에 봉 자체를 쇠로 만들었다. 그렇다고 철창은 아니다. 가운데가 텅 비었고, 중간중간에 구멍을 뚫어 창법을 전개하면 퉁소 소리가 울려 나왔다.

　창대 안쪽을 비워놓은 것은 네 토막으로 자른 창대를 연결하기 위해서다.

　평상시에는 접힌 창을 가지고 다니다가, 유사시 싸움이 벌어지면 파단(把段)에 있는 고리를 잡아당겨 완전한 창을 만들었다.

사절곤(四節棍)이나 다름없는 창을 완전한 하나의 창으로 만드는 연습은 별로 어렵지 않았다.

지금에 와서는 웬만한 검수가 검을 뽑는 것보다 마구오신이 완전한 창의 형태를 갖추는 쪽이 더 빨랐다.

왕가달은 병기로 소궁을 선택했다.

그가 비락봉에서 수련한 것은 은신과 신법뿐이었다. 왕가달은 그것만 수련하기에도 벅찼다. 무재가 떨어져서는 아니다. 진안 왕가의 한을 가슴에 새기고 백비까지 찾은 그이지 않은가.

천하제일의 신법을 소지하고 싶은 염원. 그것이 그로 하여금 신법과 은신술에만 주력하게 만들었다.

하지만 무림은 신법과 은신술로만 버틸 수 있는 곳이 아니다. 신변 보호를 위해, 혹은 타인을 공격하기 위해 무기술은 반드시 필요했다.

당한은 왕가달을 위해 독사의 소궁을 기꺼이 물려줬다.

독사가 창안한 암기 겸 병기가 당한에게 이르러 완벽한 병기로 둔갑했고, 이제 왕가달에게 이어진 것이다.

왕가달은 틈이 날 때마다 소궁 수련을 했다.

비락봉에서 그는 다른 사람들보다 사정이 나은 편이었다. 독사와의 싸움은 신법 싸움이었지 검이나 도를 들고 싸우는 싸움이 아니었는지라 부상 정도가 미약했다.

다른 사람들이 몸을 회복하는 몇 개월 동안 그는 소궁 수련에 박차를 가할 수 있었다.

독사가 수련했다는 일수오시(一手五矢)의 과정을 거쳤으며, 당한에게 귀띔을 받은 후에는 일수십이시(一手十二矢)의 경지에 올랐다.

일수십이시는 소궁이 발사할 수 있는 최대량이었다.

"저기가 삼태야. 모두들 각별히 조심들 혀. 아차! 하면 목이 떨어진다는 점을 단단히 새겨들 둬."

신령이 주의를 주었다.

"아무래도 미친 짓 같은데……."

송개(宋介)가 꺼림칙한 표정으로 말했다.

잔심마도는 마구오신이 된 다음부터 잔심마도라는 별호를 버렸다. 그리고 그를 아는 사람들에게 본명을 밝혔다. 잔심마도가 그립지 않겠냐는 농담에 훨씬 강해진 창법이 진공(眞功)인데 '도'가 붙은 별호를 쓸 수 없다고 정색을 하며 말했었다.

신령이 대번에 통박을 주었다.

"엠병헐! 미친 짓이라니! 아, 궁주님이 명령을 내렸는데 미친 짓이야! 그럼 궁주님이 정신병자라는 거야!"

"그 말이 아니잖소. 어떻게 그 말을 그렇게 알아듣는데."

"그러니까 주둥아리 닥쳐."

"옛날이 그립다. 그리워. 옛날 같았으면 눈조차 마주치지 못했을 텐데."

"시끄럿! 느낌이 좋으니까 별탈은 없을 거야."

"신령, 냄새가 없어졌는데?"

진취가 신령에게 말했다.

신령은 두 눈을 지그시 감고 주위를 살폈다. 이윽고 눈을 뜬 신령이 희미한 미소를 지었다.

"느낌이 좋다고 했잖아. 악착같이 따라붙던 놈들이 떨어져 나갔어. 살탑 애들이 강하긴 강하다니까. 자, 빨리 가자. 시간이 별로 없어. 살탑도 오래 버티지는 못할 거야.”

신령이 광안에게 다급히 눈짓을 했다.

쉬익! 쉬쉬쉭……!

마구오신과 왕가달은 신속하게 지붕을 타 넘었다.

그들의 신법은 미끄럽기 이를 데 없어서 야조(夜鳥)가 하늘을 나는 것만큼이나 부드러웠다.

선두는 광안이었다.

광안은 앞장서서 지붕을 타며 부지런히 눈을 굴려 사방을 살폈다.

‘내가 아무리 광안이라도 그렇지 이렇게 깜깜한 밤에 무슨 수로 헝겊 쪼가리를 찾아. 빌어먹을! 도대체 어디 있는 거야!’

교가를 출발하기 전, 독사는 세심하게 그린 지도를 보여주었다.

삼태의 모든 것이 그려졌다고는 할 수 없지만 목표를 찾기에는 별로 어렵지 않아 보였다. 더군다나 광안과 같이 눈썰미가 예리한 사람에게는.

그러나 막상 와보니 쉽지 않았다. 지도에 그려진 것과 실제 현장과는 많은 차이가 있었다. 더군다나 지금은 마음까지 쫓기고 있다.

‘나타나라. 나타나. 제발 나타나. 엇! 저기 아냐?’

광안은 신법을 멈추고 지붕 위에 납작 엎드렸다.

쉭! 휘익……!

그가 지붕 위에 엎드리기 무섭게 다른 사람들이 따라 내렸다.

“찾았어?”

신령이 물었다.

“가만…… 가만있어 봐. 저기가 작은 골목이고, 골목 옆에 기름집.

제길! 현판이나 달아놔야 기름집인지 뭔지 알 것 아냐. 그 옆에는 뭐가 있다고 했지? 맞아! 어물전(魚物廛). 맞네. 어물전이야. 뭐라고 쓴 거야? 삼태 어물전?”

“여기야?”

“여기 맞아.”

“헝겊 쪼가리는 어디 있어?”

“밤이라 걷어버린 것 같은데? 안 보여.”

“엠병! 이거야 원, 봉사 문고리 잡기 아냐.”

“가만! 저기야. 저 집. 저 집이야.”

광안이 어두컴컴한 골목 쪽으로 움푹 들어간 집을 가리켰다.

“확실해?”

“느낌으로 알아봐 봐. 난 저 집일 것 같은데.”

“음……! 기분이 좋아져. 시원해. 아니지, 이런 건 홀가분하다고 해야지. 저 집이 맞군.”

마구오신과 왕가달은 허름하기 이를 데 없는 집을 노려보았다.

다음 차례는 왕가달이었다.

왕가달은 광안과 신령이 점찍어준 집으로 신형을 날렸다.

고양이처럼 사뿐히 지붕 위로 내려선 후, 주위를 둘러보았다.

아무도 없었다. 밤이 깊어서인지 오가는 사람조차 보이지 않았다.

‘이건 소리나지 않게 뜯기가 힘들겠는데…….’

왕가달은 난감한 심정이었지만, 그의 손길은 능숙하게 나무판자로 만든 지붕을 뜯어냈다. 곤란하게 생각했던 소리도 전혀 들리지 않았다.

사람 한 명 들어갈 공간을 만들 때까지, 주위에서 들리는 소리란 바람 소리밖에 없었다.

'됐어. 이만하면.'

왕가달은 손을 머리 위로 들어 올렸다.

사사사삭……!

재빨리 다가온 구탑 살신들 중 송개가 제일 먼저 구멍 속으로 몸을 들이밀었다. 그 뒤를 이어 신령과 광안이. 진취와 통음, 그리고 왕가달은 들어가지 않고 지붕 위에서 사주 경계를 폈다.

신령은 방 안에 들어서는 즉시 제일 먼저 앞으로 무슨 일이 벌어질 것인지 느낌부터 살폈다. 신령에 비하면 광안은 현실적이었다. 집 안 곳곳을 세밀하게 살피며, 혹여 있을지도 모를 싸움과 도주에 대비했다.

침상으로 다가가는 것은 송개의 몫이었다.

그는 옛 버릇이 나왔는지 거리낌없이 성큼성큼 걸어 침상으로 다가갔다.

시커먼 어둠 속이지만 침상에 누워 있는 한 인물의 모습이 어렴풋이 잡혔다.

송개는 다짜고짜 이불을 확 걷어 젖혔다. 순간,

쒜에엑……!

느닷없이 번갯불이 확 튀겨 오르며 송개의 가슴팍에 불꽃이 작열하는 듯했다.

송개는 살짝 몸을 비틀었다. 어느새 허리춤에서 찰각 하는 소리가 흘러나왔고, 네 조각으로 나눠진 창 중에 창두(槍頭)가 있는 첫 번째 조각과 두 번째 조각이, 세 번째 창대와 파단(把段)인 네 번째 창대가 연결되었다.

군이 말하자면 창 정중앙만 쇠사슬로 연결된 이절창(二節槍)이라고 해야 할까?

협소한 공간에서도 창의 효용을 최대한 살리기 위한 창의 변형이었고, 이에 따른 창법도 수천 번의 고련을 거쳐 수련해 놓은 상태였다.

신령이 다급히 말했다.

"멈추시오. 싸우려고 온 게 아니오."

송개가 뒤로 한 발 물러나 싸울 의사가 없음을 알렸다.

"어떤 놈들이냐! 야밤에 쥐새끼처럼 스며든 놈들치고 좋은 놈들은 없지. 쥐새끼도 그렇고."

듣기 좋은 여인의 음성이었다.

"성깔은 있을 줄 알았는데 입 또한 걸쭉하네."

광안이 눈을 빛내며 말했다.

광안의 말이 끝나기 무섭게 신령이 말했다.

"삯바느질로 생계를 유지하는…… 하정 맞나?"

"맞다."

침상에서 내려와 송개를 향해 비수를 겨누는 것으로 하정은 언제든지 싸울 준비가 끝났다. 그녀의 손에 들린 것은 작은 비수, 하지만 비수 끝 부분이 줄로 연결되어 있다. 편사(鞭鉈)라는 병기다.

"그럼…… 옛날에는 십달통으로 불렸겠군."

"지독한 놈들! 한동안 잠잠하더니……."

일촉즉발, 하정은 금방이라도 편사를 날릴 듯했다.

"뜻밖이네. 무석 땡중이 죽었을 때 몸을 피했으리라 생각했는데, 아직까지 여기 붙어 있다니."

"건방진 놈들! 네놈들이 감히 무석을 땡중이라고 불러!"

신령이 손을 휘휘 저었다.

"무석 스님을 모욕하려는 의도는 없었어. 십달통 간에 무석 스님을 그렇게 부른다기에. 독사라고 기억하고 있나?"

"독사?"

하정이 뜻밖의 이름을 들은 듯 고개를 갸웃거렸다. 그러나 곧 독사가 누군지 알았다는 듯 고개를 끄덕였다.

"알지. 멍청이로 기억하고 있지. 그럼 무천문 놈들이냐!"

"아니. 독사가 보내서 왔지."

신령은 손을 휘휘 저었다.

"독사가 보…… 내서 왔다고?"

하정은 믿지 못하겠다는 표정이었다.

"궁주께서 말했네. 무석 스님이 변고를 당했으니 아직 삼태에 남아 있을지는 모른다. 하지만 가볼 필요는 있다. 가서 있으면 데려와라. 어떤가? 따라갈 텐가, 납치해 갈까?"

독사는 다른 말도 했다.

마천옥은 우선 대물을 보내 실제 여부를 확인해 보자고 했으나, 독사가 거절했다. 마단이 교가를 포위할 정도라면, 빠져나가는 사람들 또한 뒤를 밟힐 것이고, 하정이 따라오지 않는다면 죽게 될 것이라면서.

혜월도 요지성녀에게 목숨을 담보로 내기까지 했던 때와는 달리 한 발짝 물러섰다.

"당시는 요지성녀의 판단을 흐리게 하려고 그런 말을 했죠. 사실 마단의 이목을 피하지 못해요. 지금은 그래서도 안 되고요. 우리가 저들

수중에 들어 있다는 확신을 줘야 하거든요.”

하정은 신령의 말이 고깝다는 표정을 지었다.

“궁주? 독사가 궁주가 됐단 말이야? 방속이 만들어준 설서린이라는 가명으로 현문에 입문하려고 했던 자가 궁주? 그리고 뭐? 납치? 호호호! 별 버러지 같은 놈들 다 봤네. 여기서 편히 살지는 못할 것 같고…… 떠나는 기념으로 네놈들 수급이나 거둬야겠다.”

“궁주께서 이런 말도 했네. 이 말만 하면 꼼짝없이 따라올 거라면서. 들어볼 텐가?”

“……?”

“마단이 우리 꼬리를 따라붙었다.”

하정의 안색이 파리하게 질렸다.

“마단…… 마단의 추적을 받고 있단 말이야!”

“그렇네.”

“독사, 이놈! 도대체 무슨 일에 휘말린 거야!”

하정의 편사에서 살기가 걷혔다.

마구오신과 왕가달은 하정을 남겨두고 다음 목적지를 향해 신형을 쏘아냈다.

이번에는 하정을 찾을 때와는 상황이 전혀 달랐다. 하정의 집은 찾기 어려웠지만 이번은 무척 쉬웠다. 하정의 집은 잠입하기가 쉬웠지만, 이번은 무척 어려울 것이다. 자칫하면 목숨을 잃을 수도 있고, 뒤를 밟히는 곤욕을 당할 수도 있다.

현문.

독사는 과감하게 현문 잠입을 명했다.

"현문은 마단과 자웅을 결할 만큼 강한 문파이지만, 삼태의 현문은 사천오주에 들지 못해. 들어가 볼 만하지. 무인들이 있는 내처(內處)까지 들어갈 필요는 없어. 월장만 하면 바로 나오니까."

쉬익! 쉭쉭……!

구렁이가 담을 넘듯 미끄럽게 타 넘었다.

주위는 숨소리까지 들릴 정도로 조용했다. 현문이라는 소리만 들어도 오금이 저리지만 외장의 경계는 심한 편이 아니었다. 어떤 면에서는 허술하다고까지 여겨졌다.

삼태 현문에서 가장 강한 고수는 오천검객이다. 그러나 그들은 사천무림인을 향해 무공을 선보인 적이 없다. 사천무림인들이 알고 있는 현문의 무공은 그의 제자들이 펼치는 무공뿐이다. 오죽하면 도림과의 정례비무에서조차 번번이 패할까.

광안이 손을 들어 한 곳을 가리켰다.

방이 쭉 늘어서 있는 객방(客房) 중 한 곳이다.

사사사삭……!

옷자락 스치는 소리조차 죽인 채 객방에 접근한 여섯 명은 약속이라도 한 듯 재빨리 자기 위치를 찾아 숨어들었다.

왕가달은 회랑(回廊) 밑으로 숨었다. 진취와 통음은 지붕 위로 올라섰다. 신령과 광안, 송개는 하정의 집에 잠입할 때처럼 방문을 살그머니 열어젖히고 안으로 파고들었다.

"끝내 찾아냈나? 후후! 현문 안에 숨으면 무사할 줄 알았는데, 그것도 아니었군."

똥장군 왕각의 음성이 흘러나왔다.

　　　　　*　　　　　*　　　　　*

사천 당문은 구파일방만큼이나 널리 알려진 가문이다.

일족으로만 이뤄진 가문치고 구파일방과 어깨를 나란히 할 수 있다는 것만으로도 당문의 위대함을 엿볼 수 있다.

간주(簡州) 기가(崎家)는 오래전부터 당문과 같은 거대가문으로 발돋움하려고 분투하였으나 역부족, 그저 사천무림의 일가(一家)로 인정해 주는 데 만족하는 처지였다.

그러나 무공만은 자신을 가졌다.

간주 기가 무학의 기본은 다권소퇴(多拳少腿)에서 출발한다. 권법을 수련할 때부터 이러한 요체를 뼈에 새기게 된다. 성도(成都)의 위치가 남쪽보다 북쪽에 가깝다고 보면 남권북퇴(南拳北腿)라는 상식에서 벗어난 무공이라고 할 수 있다. 간주 기가는 성도에서 이백 리밖에 떨어져 있지 않으니까.

이러한 기본은 간주 기가 모든 무학의 골간이 된다.

강구첩신단타(講究貼身短打)라는 한마디 말로 요약될 정도로 상대와 밀착되다시피 몸을 붙이며, 짧게 쳐내는 공부에 모든 정열을 쏟아 부었다.

화영검법은 곤전조교(滾轉ㅋ巧), 영민사후(靈敏似猴)의 정화다.

흐르고 구르는 초식의 영민함이 원숭이를 능가한다는 극찬을 받은 무공이다. 거기에 양강(陽剛)을 더해 절정의 검법으로 이끌어 올렸다. 또한 비락봉에서의 수련은 신검서생으로 하여금 최고수라는 자부심을 갖게 만들었다.

쉬이익!

신검서생은 상대를 바짝 따라붙었다.

상대는 피하지 않았다. 신검서생이 따라붙자 길이 일 척 정도의 쌍검을 뽑아 들고 마주쳐 왔다.

검신의 폭이 무척 좁은 기형장검, 눈에 익다.

'역시 십이추시! 입에 비침을 한 움큼 물고 있겠지.'

신검서생의 생각이 끝나기도 전에 쌍검이 한꺼번에 머리를 쓸어왔다. 양손을 좌에서 우로 한 번에 움직이는 전형적인 쌍검 공격법 중의 하나다.

머리를 살짝 뒤로 젖혀 쌍검을 피해낸 후, 다시 한 발을 내디뎠다.

상대의 신법은 무척 빠르고 영활했다. 전에 당진도의 움막에서 마주쳤던 십이추시와는 질적으로 달랐다. 그들 무공도 일류고수 수준이었지만, 정작 그들이 의존한 것은 자폭이다. 하지만 눈앞에 있는 자는 무공만으로도 당당히 나설 수 있을 만큼 강하다.

쌍검이 옆으로 흘러가는 순간, 비어 있는 왼쪽 어깨 쪽으로 몸을 바짝 밀착시켰다. 동시에 검을 뒤로 돌려 잡은 신검서생의 우수가 번쩍였고, 상대의 옆구리가 크게 휘청거렸다.

신검서생은 일검을 성공시키자마자 찰나의 틈도 주지 않고 신형을 빼냈다.

꽈앙……!

어김없이 거대한 폭발이 일어났다.

일수일살은 난감했다.

기껏 꼬리를 잡아챘더니 이제 솜털도 가시지 않은 어린 계집아이일 줄이야. 핏물이 뚝뚝 떨어지고 있는 혈검(血劍)이 무서운 듯 오돌오돌

떨고 있는 모습은 애처롭기까지 했다.

일수일살은 차마 벨 수 없었다.

"가라!"

소녀는 떨리는 손을 들어 일수일살의 뒤를 가리켰다.

뒤에는 소녀의 물건인 듯싶은 행낭이 떨어져 있었다.

'목숨이 위태로운 마당에 행낭이라니. 계집들이란……'

일수일살은 소녀가 지나갈 수 있게끔 길을 비켜주었다.

소녀는 일수일살의 눈치를 살피며 살금살금 걸었다. 일수일살과 몸이 부딪칠 만큼 가까워져서는 옷깃조차 건드리기 두렵다는 듯 상반신을 뒤로 빼기까지 했다.

일수일살은 눈을 돌렸다.

지금까지 베어낸 자가 네 명. 도대체 몇 명이나 더 있는 것인가. 검에 피를 얼마나 더 묻혀야 오늘 싸움이 끝나게 될까. 그때,

쑤우우……

미풍일지도 모를 소리가 신경을 건드렸다.

일수일살은 반사적으로 보법을 밟았다. 하지만…… 뜻대로 되지 않았다. 그가 보법을 밟을 자리에는 소녀가 있지 않은가.

쒜에엑!

혈검이 사정없이 내려쳐졌고, 소녀는 눈을 부릅떴다.

아주 잠깐 동안 보인 놀람이다. 일수일살이 검을 내리긋는 동안 아주 짧게 떠올랐다가 사라진 경악이다. 소녀의 몸은 반 토막이 되어 좌우로 흩어졌다.

그것도 잠깐이다. 소녀의 몸이 갈라진다 싶은 순간 거대한 폭발이 일어났고, 일수일살은 폭풍에 휘말려 버렸다.

“제길!”

일수일살은 툴툴 웃었다.

잠깐의 방심에 불과했는데, 결과는 아주 컸다. 민첩하게 반응하여 몸을 빼냈는데도, 폭풍의 영향에서 완전히 벗어나지는 못했다.

일수일살은 혈검을 땅에 놓고 왼쪽 눈에 박혀 있는 나뭇가지를 뽑아냈다.

뼈를 도려내는 듯한 아픔이 밀려왔다.

머리 속이 가닥가닥 찢어져 휘날리는 듯했다. 아픔을 참기 위해 이를 악문 바람에 이빨 조각까지 떨어져 나왔다.

그가 뽑아낸 나뭇가지에는 마치 다른 사람의 것처럼 보이는 눈알이 붙어 있었다.

그것으로 할 일이 끝난 것은 아니다.

성한 눈으로 왼쪽 어깨를 바라봤다.

비침 한 무더기가 빼곡히 틀어박힌 어깨에서는 벌써 검은 짓물이 흘러나오고 있다.

견정혈(肩井穴)을 비롯해 혈도 몇 군데를 눌러 피의 흐름을 중지시킨 후, 혈검을 들어 신속하게 팔을 내려쳤다.

“크윽!”

일수일살의 입에서도 비명이란 것이 튀어나왔다.

잘려진 어깻죽지에서는 피가 콸콸 쏟아져 나왔지만 지혈할 생각조차도 들지 않았다.

그런데도 아직 상황이 끝나지 않았다.

쒜에엑……!

일수일살은 번개처럼 달려오는 인영을 보며 혈검을 추켜들었다. 그리고는 정신을 잃어버렸다.

돌주먹은 다급한 대로 혈도를 지압해 지혈부터 시켰다.

그의 손은 부들부들 떨렸다.

수많은 싸움판을 전전한 그였지만 오늘처럼 지독한 싸움을 해보기
는 처음이었다. 지천도에게 무공 수련을 받으면서, 신검서생에게 혹독
하게 당하면서 무인들의 싸움이 무엇이란 것을 알았지만, 오늘 싸움은
더욱 지독했다.

음풍사장이 수련한 분뢰장은 어떤 형식으로든 적과 접촉해야만 하
는 무공이다.

그것이 더 치 떨리는 싸움을 하게 만들었다.

쉬익! 쒸이익……!

쾌속한 바람 소리와 함께 음풍사장 모두가 모여들었다. 신검서생도
피로 물든 검을 들고 달려왔다.

그는 오자마자 손가락으로 계두를 가리켰다.

"셋."

이어서 손가락이 쇠스랑에게 옮겨졌다.

"나도 셋."

사팔은 손가락이 옮겨지기도 전에 말했다.

"난 둘."

신검서생은 쭈그리고 앉으며 돌주먹을 쳐다봤다.

"셋입니다."

신검서생은 돌주먹이 누른 혈도 외에 네 군데를 더 눌렀다.

일수일살의 어깨에서 흘러내리던 피가 뚝 멈췄다.

신검서생은 옷자락을 북 찢어 어깨를 감쌌고, 얼굴부터 눈까지도 친친 동여맸다.

그는 생각했다.

'십이추시는 열두 명이야. 내가 네 명이니 벌써 열다섯 명. 일수일살이 몇 명을 베었는지는 모르지만 세 명만 잡아도 열여덟. 마단 이놈들…… 도대체 조직이 얼마나 큰 거야.'

그가 명을 내렸다.

"절대 방심하지 마라. 조그만 방심이 이런 화를 불러오는 거야. 지금부터 최대한 빨리 교가로 돌아간다. 싸움은 피해라. 우리의 목적은 돌아가는 것이지 싸우는 것이 아니다."

궁주로부터 받은 첫 번째 임무는 성공했다.

구탑에게 따라붙던 그림자들을 제거해 마음 놓고 활동할 수 있도록 해주었으니까.

*　　　　*　　　　*

엽수낭랑과 당문삼기가 돌아왔다. 냉설도 돌아왔다.

반가운 일만은 아니다. 독사 패거리 중 그 누구도 자신의 문파를 찾아갈 수 없다는 것을 의미하니까.

마단은 교묘한 방법으로 독사 패거리를 고립시켰다.

"이게 뇌궁이 필요한 이유입니다. 여기 있는 우리는…… 과거가 없는 사람들입니다. 과거에 맺었던 인연 모두를 지워 버리고 새롭게 출발해야 할 사람들입니다. 모두 잊어야죠. 혈연(血緣), 지연(地緣), 사연(師緣)…… 모두 잊어야 할 인연입니다. 그리고 여기 있는 우리들만으로 새로운 인연을 쌓아야 합니다. 뇌궁이란 이름 하에서.”

마천옥의 말은 설득력이 있었다.

출행에 나갔던 구탑이 돌아왔다.

십달통 중에 두 사람인 하정과 똥장군 왕각을 대동하고.

살탑도 돌아왔다.

얼굴과 의복에 묻은 피를 닦아낼 틈도 없이 달려와 혈귀(血鬼)가 따로 없는 몰골이었다.

냉설이 신검서생의 등에 업혀 있는 일수일살의 손을 잡았다.

“내가 따라가지 않으니 이 꼴이 되는군.”

“흐흐흐! 이제는 정말 일수(一手)가 되었어. 일살만 남은 셈이야. 죽음의 검만.”

일수일살의 표정에서는 살기가 뿜어져 나왔다.

“다음부터는 꼭 따라가지.”

“잘 돌아왔다.”

일수일살은 다시 혼절했다. 상처도 중했지만, 피를 너무 많이 흘린 탓이다.

『대형 설서린』 제9권으로…